风雨丹桂情

王桂英／著

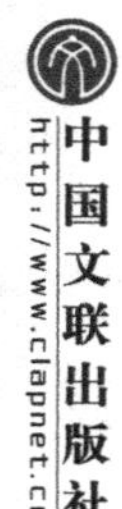

中国文联出版社
http://www.claplink.cn

图书在版编目（CIP）数据

风雨丹桂情 / 王桂英著 . -- 北京 : 中国文联出版社 , 2016.1（2025.4重印）
ISBN 978-7-5190-1160-4

Ⅰ . ①风… Ⅱ . ①王… Ⅲ . ①散文集 – 中国 – 当代
Ⅳ . ① I267

中国版本图书馆 CIP 数据核字 (2016) 第 033850 号

风雨丹桂情

作　　者：王桂英

出 版 人：朱　庆
终 审 人：金　文　　　复 审 人：王　军
责任编辑：郭　锋　　　责任校对：刘晓红
封面设计：凤凰树文化　责任印制：陈　晨

出版发行：中国文联出版社
地　　址：北京市朝阳区农展馆南里 10 号，100125
电　　话：010–65389139（咨询）65067803（发行）65389150（邮购）
传　　真：010–65933115（总编室），010–65033859（发行部）
网　　址：http://www.clapnet.cn
E-mail：clap@clapnet.cn　　guof@clapnet.cn

印　　刷：三河市宏顺兴印刷有限公司
装　　订：三河市宏顺兴印刷有限公司
法律顾问：北京市天驰洪范律师事务所徐波律师
本书如有破损、缺页、装订错误，请与本社联系调换

开　　本：710 × 1000　　1/16
字　　数：200 千字　　印　　张：15.5
版　　次：2016 年 4 月第 1 版　　印　　次：2025 年 4 月第 3 次印刷
书　　号：ISBN 978-7-5190-1160-4
定　　价：48.00 元

序

连续几天，专注拜读学友王桂英十五万字力作《风雨丹桂情》全文，沉甸甸情浓浓的文稿，逆境苦斗的高亢沉雄，催人上进的内蕴气质，让我眼睛一亮，击节长叹。

作品是纵横结构。以童年、壮年、老年（即书中的“求学苦旅”“讲坛躬耕”“退休吟咏”）的纵深拓展，用她自己人生各个阶段的亲历践行的横截切断来裁材和组材。开头先说“80后”，结尾是用她教过的“80后”获全国一等奖征文，她按上《三篇日记数流年》压轴。“喜看新鹰出春林”，老少接力，后浪推前浪。首尾呼应，圆润隽永，达观纯粹，不枝不蔓，主旨突出。这是一部草根破土，化蛹成蝶的成长史；也是一部“文革”前后，社会转型风云变幻的这一特定时代编年简约史，珍贵！它是当今家长教育后代培养独立人格的鲜活素材，好让后代：铭记昨天，珍惜今天，开创明天。它寄寓着一个教育工作者对青少年的期盼。，“80后”接力传递，重视锤炼意志，砥砺品质，铮铮铁骨担当实现中国梦的历史使命。它给广大教育工作者为社会进步多出优秀人才以参照和思考；还给学医探索者，给影视观众及评论者，给中老年退休者，给演讲者以启迪和借鉴。众采星驰，献身使命，恪尽职守，创造一流业绩，唯有精忠报国，代代承传的团队实干的整体发力，中国梦一定实现！

王桂英引用法国女历史学家佩如德的至理名言：“事实比虚构的故事，有更深的戏剧性，向来如此。”她说真话，干真活，做真人举止观照，回肠荡气。作品正能量传递，给我精气神的提振。

让我尤其感动甚至震撼的是：“求学苦旅”篇章的《难忘“初长成”》《跋涉“知青路”》二节；以及“讲坛躬耕”篇章。匠心独运，扎实地构建这部作品的挺立框架和真善的美学价值。她凭着生命的真诚，直面现实，励志奋发，实现人生价值。王安石在《游褒禅山记》中说：物、力、志，是登高望远尽览景物的必备条件。可是，王桂英是“50 前后”的特困生。她用打拼、抗争、百折不回的沉毅，终于由穷乡僻壤中牧羊放牛女成长为品学兼优的大学生。她有苦自咽，不爱求人，不求攀附，特立独行，孤身奋斗，开创刷新，奏一曲“知识改变命运”的亢奋旋律。她宛如一只搏击风雨的孤鸟，更像一树傲视寒霜的桂花，令人肃然起敬。

她的童年，极度贫困。“五岁半，全村在庙宇里创办了初小。我抓紧时间干完活，总是站在教室门口，看上课，听讲课。用树枝当笔，在地上比比划划，写写练练……模拟老师声情并茂地朗读课文。”老师被感动了：是读书的苗子，要想办法报名让她上学。就这样，靠着到学校旁听上课，王桂英在小学二年升三年级的考试中，居然胜出。“小荷才露尖尖角。”宛如神童，自小就显露才华。天生就是一块教书育人的好材料!

1960 年前后三年自然灾害，农村遍地饥荒。因为饥饿，王桂英没有读完初中便辍学回乡，离校时双手抹泪。在母校平潭一中大门口的南北两侧，南三圈、北三圈转走后，跪在校大门口正中磕了三个响头！一路号啕大哭往回家路走去。我读到这里也为之唏嘘。家乡生产队特殊眷顾，请她这位全村唯一的“女秀才”当“记工员”兼当了“民办教师”。“给我一汪清水，我就要学习游泳；给我一片蓝天，我就要尝试飞翔。”“小老师，大本事”名闻四乡。“桃李无言，下自为蹊。”学生们（大爷大婶）慕名而至，扫盲班名额扩增。由于她的出色表现，1963 年 12 月，才满 14 岁的王桂英荣获“平潭县第七届教育先进积极分子”。我想，这可能是全国最年幼的“县先进”，值得点赞。后来，她边当“民办教师”，边自考备战，又考上平潭一中读高中。

逢“文化大革命”，在“毛主席的战士最听党的话，哪里需要哪安家”的激励下，王桂英和其他应届生一样，揣着一张校长发的“毛主席去安源”照片当作“毕业证书”，离开母校回到老家，“接受贫下中农再教育”。王桂英是农村户口，连“上山下乡知青”这种称谓都不够格。因为在那时候够得上“上山下乡知青”待遇的是居民户口，到什么地方“上山下乡”接受再教育是由上级组织安排分配的，所以农村户口的回乡知青，就连农民都不如。因为农民的背后，没有遭人谈论嘲讽。除了老老实实地“修地球”，再也没有其他选择了。有一首歌叫《在希望的田野上》，歌词优美浪漫。但是，我可以断言，如果词作者长期生活在贫困农村，让他亲身感受在寒风里挑大粪，腰酸肩痛，咬牙切齿；感受在烈日下脚踩滚烫似的水田里插秧苗，酷热熏烤，汗流浃背，气喘吁吁；感受在昏暗的煤油灯看书看报（那时候没有电灯），蚊子成群，“亲吻”叮咬；感受衣不蔽体，食不果腹的窘境时，他无论如何也“浪漫不起来”！这首歌就得改为“在绝望的田野上”。有位影视大明星，当她也是当知青时，因为包片插秧，筋疲力尽，近乎哀求别人“谁帮我把秧插完，我就嫁给谁！”我也当过十多年的农民，还外出做民工。我感受的是自卑、是绝望！我的心灵在呐喊：“下辈子千万别当农民！”

王桂英是坚强的。她没有悲观绝望。她深信知识有用，知识可以改变命运。当我把老师教授给我的“数理化”扔到“爪哇国”时，她从来没有放弃知识，不顾劳动后的疲劳，挑灯苦修，永恒坚守。她把苦难当作生活的积累，把坎坷看成前进的阶梯，有《西游记》中唐僧团队去西天取经的执着。“不问前程如何，但求落幕无悔。淬炼之后，才知自己欠深浅。实践出真知。唯有潜入生活底层，才不会是头重脚轻根底浅的墙上芦苇，也不会是皮厚嘴尖腹中空的山间竹笋。面朝黄土背朝天的思考探索，让我读懂了天人合一的宇宙真谛。”（书卷的《跋涉知青路》一篇）她忍了常人难忍之苦，炼狱般的挣扎……但是，她的精神积极乐观，苦修斗志，永不言败。

机遇总是留给有准备的人。王桂英成功了。多少年执着苦学，多少年翘首以盼，1978 年 4 月末的一天，王桂英接到某师范大学录取通知单，成为“文化大革命”结束恢复高考后的首批大学生。她的人生命运从此得到彻底改变！她高兴地吟诗感怀：

其一
雾霾散尽乾坤朗，
姓名已列高校榜，
寒门女子零突破，
振奋人心迎春光。
其二
风雨丹桂傲寒霜，
人生磨砺不寻常。
浴火重生何处去？
重上讲台再闪光。

几经历练，几度遴选。王桂英踏进平潭县百年老校、县最高学府（也是她的母校）——平潭一中，担任高三年毕业班语文教学和班主任。择全县英才而教之。梦想的翅膀开始升腾。从1993调进平潭一中到2004年退休，经历四届高考每一届的高考、会考、联考、统考、质检等，凡是获得最高分的、优秀率最高的、平均分最多的学生几乎都归属她所任教的班级。桃欢李笑，桂花飘香。举一届为例：2001届高考，平均分（标准分、平衡班）超过同类同行的约50分。“常胜将军”，屡创佳绩。因为她教的语文成绩高，本来仅达大专线就可以近达大学本科线；因为语文成绩高，本来只上本科大学录取线的可以跃升重点本科大学。活脱脱的成绩观照，会造就培优促优，你追我赶整体发力，资质提升，大利教育。她教育的学生从特差生转化为优秀学生；她的演讲获奖；她的影评获奖；她指导学生作文获奖达100多人次；她指导学生林凯挑战电视主持人荣获周、月、季冠军，由央视三套直播；她指导学生高晟高二年就参加高考获胜；她传、帮、带的青年教师共创高考一流成绩……她说：“教师的任何努力，只有化作学生的内在动力和行动，才有现实意义。”有她的教诲，她的学生大获成功。

用理论指导教育教学实践，写出精气夯实饱满的有品位论文：

《改革高考语文试卷的构想》《试从控制论角度谈写作教学》《一节作文指导课》《格式塔心理学理论在高中语文教学中》《思考和探索的精品》等教学论文；《师德壮我行》《心中永恒的阳光》《谁来纠“矫枉过正”》《愿逐月华流照君》《抓好高三学生角色的三重定位》《宏观规划与微观调节》《阶段性和全程性德育导向》等德育论文；还有“演讲稿”、影评……

她的文章视野宽阔，旁征博引，论点有创意，论据充沛颖趣，语言酣畅优雅，多获市、省乃至全国一等奖；多篇论文收录人民日报出版社的《现代教育管理理论与实践指导全书》（第三卷）；还有几篇获奖作品也分别收入国家教育出版社出版的教育丛书；还有影评、词作、演讲稿等获奖作品入选省、市、县有关刊物出版。

几十年的讲台耕耘，她做出响当当、实打实的教书育人成绩，诠释着活脱脱的“捧着一颗心来，不带半根草去”的师德师魂。她引用并铭记着诺贝尔奖得主德兰修女的话：“我们都不是伟人，但可以用平凡的手做一些平凡的事，这也是一种伟大！”她践行着：“教育是事业，事业的意义在于奉献；教育是科学，科学的真谛在于求真；教育是艺术，艺术的生命在于创新。”（《风雨丹桂情》中《师德壮我行》一文）

她13岁当民办教师，14岁评上“县先进”；她接到大学生录取通知单时的吟诗中有“重上讲台再闪光”。她闪光了，给学生照亮前程；她闪光了，激励多少逆境成才者；她闪光了，给教书育人者以启迪与标记。一个挺直脊梁的中学高级女教师的形象健步在中华优秀儿女的队列中，催人奋发。至今学生还上门求请补课，老师还登门赐教……

她可以凭着在高校担任学生干部的素质和能力，尝试仕途出彩的体验；凭着她亲戚请她当销售员，在国际大都市大把赚钱过足富姐成功的风光。但是，她什么也不要，唯一的选择就是默默无闻地教书育人。她说：“就是热爱教育事业。积德行善，利国利民，补儿补孙。我总是魂牵梦绕。”几十年兢兢业业栽桃育李，硕果累累。她追求真善美的精神基因和人文品格，非常值得我尊敬。我相信，她会苦尽甘来，会很幸福。

严格说起来，这部作品从体裁上很难定位和归类。既不属自传体，也不是论文集。我简单归纳：有自传、评论、教育教学论文、演讲、心得体会、旅游观光、诗词吟咏；还有易经五行、医学养生……内容博杂而丰富，文笔辛辣又华丽。非学无以成才，非志无以成学。心灵鸡汤，补，有营养！我不由得想起家乡的“大杂烩”和省城的“佛跳墙”。这两样堪称当地名菜，却让你说不出其中什么是“主料”。管它呢，只要醇香可口，意趣隽永，就足矣！寒冬腊梅开放过，又是桂花放清香。唯有江河湖泊多润泽，桂香飘扬，恒久弥香。

我和王桂英都属“‘文革’老三届”，而且是同班学友。十年动乱，劫后余生，感同身受。我了解她，当然也很敬重她。我们都经历了共同的坎坷和灾难。作为女性，她又有更多的苦楚。动乱年月，诬告陷害，冤假错案遍地。尤其是农村，乱象丛生，权力独霸，繁植愚昧，打压知青，无中生有，恶毒害人。就是恢复高考，多少优秀生怕招嫉妒，怕抢眼，不敢报考大学，屈居报中考，甚至有的怕关卡，干脆不报名。栉风沐雨耕地劳作够苦了，王桂英的身后还追逐着“怪兽恶狼”，原本她会享有幸福婚恋家庭，可是恶人设局，横刀夺爱。人生惨遭劫难，后来，就更不幸了。“助君行长远，掐灭已珍情”，这是大爱无疆。她引领学生高考，而放弃侍候家人养病……不知道她做对了，还是做错了。（详见书中的《话巾帼风流，觅人生典范》《师德壮我行》篇章）。

自古才女多不幸。例如：唐朝女诗人鱼玄机；南宋词坛奇女李清照。她们驰骋文坛，名垂青史。但是，她们的爱情生活坎坷多舛。这是为什么？！生命起伏的原野，说不清有多少不平衡，不公道！

不搓麻将，更不下舞场。逃避世俗的热闹，心犹一寸丹。内心强大，精神不倒。退休后，逛世界，游名川，忆师长，念友人，抒志士，歌伟人，爱山水，记学生，读万卷书，行万里路，有资质，有禀赋，充实地过着她喜欢的生活，续写她的书伴人生。慎思独行，她跑赢了昨天的自己。她请我为她的《风雨丹桂情》作序，我义不容辞，责无旁贷。她逆境成才，知恩图报，很可贵。人间正道在，迷惘寻路难；亲历践行验，求索善真哉！

坎坷奋斗路，
风雨丹桂情，
拙笔代为序，
祝贺王桂英。

陈道贵

2015.9.3

（作者：著名剧作家，领国务院特殊津贴，其代表作《天鹅宴》《凤凰蛋》《画龙记》荣获“文华奖”“五个一工程奖”“曹禺剧作奖”等大奖）

目　录

三　退休吟咏

一　求学苦旅

先说“80后”

全国人都已习惯了把在20世纪80年代之后出生的人冠名为“80后”。

光阴荏苒，噪音静息，乾坤顺转。改革开放，雄天漫道，东方智慧，走向复兴。

80后，沐浴春风，共舞盛世，时代宠儿，天之骄子。独生子女，掌上明珠，风柔雨细，聚爱一身，载着寄托，曼妙奔程。

他们在奶奶的怀抱里，甜甜地听着摇篮曲，笑眯眯地酣眠。他们触摸着爷爷的胡须聆听祖辈光阴的故事。

他们吃饱喝足妈妈熬炖的鱼汤参汤莲子红枣汤。

他们滋滋地模仿着爸爸声情并茂抑扬顿挫的赋、诗、词、曲的放声朗读。

书法钢琴，歌画陶冶，影视达观，体育旅游，电脑放飞，百家讲坛，时代雅音的耳濡目染，撬动着智慧的支点。远离懵懂，聪明灵动。浇灌的正能量，滋养着“80后”，催生智商，强化情商，活化神童。

时光律动，孩儿健长，酿熟了全家人共筑成才梦。炙热的希望幻化着生动楚楚的忙碌的操作——挑校、捡班、择师，安排好座位，上学送达，放学接回，春夏秋冬，寒暑无阻。有的为了便利学习，干脆在学校周围租房。请厨师、雇保姆、聘家教、请名师；侍读、跟读、陪读。查成绩，争排名……望子成龙、盼女成凤的家长，精心细致，把子女的生活吟唱成小曲，栽播成诗行。畅游书海，鏖战考场，拼竞名次，问鼎天路。

天威公平，择优录取，摒弃“阶级论”，切割“社会关系”枝蔓，拆除城市户口与农村户口的人为藩篱；基金会、奖学金、助学贷款、爱心捐助，不让一个学生因为贫困而失学……

豆蔻年华酣战大学殿堂，花样妙龄大话人生喜乐。学历、文凭、位子、票子、房子、车子、妻子、孩子，人生课题日臻完美。父母心花怒放。于是，家务、保姆、房卫、所有的家事琐事，尽乐此不疲。

80后，吃香喝蜜，舞飘霓裳，在欲望和希望中静心朝着目标攀援，约会幸福，对话称心，牵手如意，仿佛航船驶入波平浪静的浩瀚大海，朝着太阳升起的地方，一泻千里；宛如开足马达的奔驰进入快车道，风驰电掣瞬间到达目的地。

让炎黄子孙铭记着：父母之爱子，则为之计深远……

打铁需要自身硬。青年人不依赖，能独立，有理想，有担当，不迷惘。家有风采，国有力量，民族就有希望。

难忘“初成长”

时光深处，岁月荒寒。相思林中，拽开冰封的记忆。反观来路的曾经，伤痕累累，往事依依，情愫缱绻。

君山峰耸秀入云，海坛岚气弥巅峰。门前东海碧波荡漾，村后青山层层葱茏。海坛深处，君山脚下，就是生我养我的地方。一户世世代代的渔樵人家在黎明时分把我诞生在这里。长夜茫茫的旧社会，在我之前的五个哥哥姐姐，因为不堪饥饿，患病没钱医治，一个又一个接连夭折。不惑之年盈余，母亲才生下我，父母把希望喜悦全部寄托于我。我又接二连四地带出了弟弟妹妹。父母说：我这个老大是有福的。年老的父母多子女，艰辛困苦是一般人难以忍受的。当子女的只得挣扎，只能共同承受。每当听到唱响的歌曲：有妈的孩子，像个宝；没妈的孩子像根草……我是酸楚涌泪的。草可以汲吸土壤里的水分，有清风，有空气，有阳光雨露，滋润沐浴着；而父母年老多子女，没有能力抚养子女，即使有了妈妈，当子女的却连一根草也不如。

母亲是旧式女，原本是缠足，“三寸金莲”，为了贴补家计，残酷地去掉裹脚布，用凳子当拐杖，或爬行或弯立着行走，操练五年后，才勉强模拟正常人走路造像，至死仅仅穿29码的鞋。我可怜的老父亲，两肋穷瘦骨，扛根扁担挑，一家九口人，生计全仗焉。

心语湿绵，笔墨疏朗，弥望时光深处苦旅大地烙印着的斑驳足迹，漫涌着自己奋发浩渺的坦言。

学着走路刚立站稳，就演练烧火做饭拾柴洗衣。在田地里，翻地挖土捡拾掉在地里的花生地瓜。挖野菜拔荒草饲养家畜家禽。牛的驯良，羊的咩叫，猪乐跳墙，兔跑圆舞，都因为有我给足它们吃的。我把这些近乎饲养员的本领，教给近乎梯队式的弟妹们。

五岁半，全村在庙宇里创办了初小，我抓紧时间干完活，总是站在教室门口，看上课，听讲课，用树枝当笔，在地板上写写练练。学习a、o、e等发音，模拟老师声情并茂地朗读课文。特别爱听语文课，《乌鸦喝水》《狼来了》《狐狸和羊》等课文内容至今还记得。时间久了，老师牵着我的手，带我进教室。一个学期过去了，我能帮助同学写作业、造句，他们送给我作业本、铅笔等。老师一次又一次地表扬我，一次又一次地上门对我父母说："是读书的苗子，要想方设法报名让她上学。"父母愁苦回绝："要她在家帮工，也实在上不起学，费用没着落……"

我勤恳地干家务活，也争分夺秒努力到学校旁听上课。在小学二年升三年级的考试中，居然胜出，赢得大众钦佩。

也许苍天眷顾，给生命暗示。县防疫站派医务人员到君山查螺灭除血吸虫。省城调派来的独臂女教师把我这"另类"学生的详细情况晒出来，才给我机会，才愉快地参加灭虫打工队。劳动锻炼了我，生命有了底气。能够料人所未料，神情专注，探幽发微，眼疾手快，每天捉到的虫螺，都比大人多。获得每天2元高薪奖赏。每年都有一次，每次一个多月，赚钱不少。正是生命中的这种机缘，七岁半，我才端坐在小学三年级的教室里，成为一名准学生。我帮助同学写作业辅导学习，纸、笔、书包都是同学们送的。心尊触角广，耳能撮意，上课时，我一边听老师讲课，一边自动做课后的每一道题作业。等老师布置作业时，我挑出已经做好了的作业习题，工工整整地再抄写一遍，每次都得到满分，还受到老师的多多表扬，张贴示范。

全国灭除血吸虫。1958年7月1日，开国领袖毛泽东欣然命笔，写下七律《送瘟神》："绿水青山枉自多，华佗无奈小虫何。千村薜荔人遗矢，万户萧疏鬼歌唱……”“借问瘟君欲往，全国人民共灭之。”神医华佗无法医治的痼疾，给人民解决了，让岁月铭记。我永远感恩陈碧咏老师，是她的慧眼垂悯，我才有机会参加“送瘟神”。我才有能在读书上学的起跑线上行走。我常常想：如果没有陈碧咏老师的帮衬，如果没有参加查虫灭螺的战疫获胜，我只能重复祖辈筚路蓝缕，匐匍大地抱团泥土；我只能担挑果蔬走街闯巷地嘶哑叫卖；我只能在街边摆放鱼虾与买客锱铢必较地讨价还价；我只能脱不离低级趣味，当随心所欲胡说八道的长舌妇。查螺队长老杨、老翁见到我，总说：过去的“小不点”……“是金子总会发亮的”……

苦旅在家校18里路上

不知道是师资缺乏，还是办学经费等原因，小学四年级必须到离家九里路，偏僻庙宇处上学。从家里的君山下徒步到松柏岚的东楼宫，绕三座大山三大弯，沿途数不清的坟墓，途中有龇牙咧嘴的凶狗追逐，有疯婆拦路作怪，有半阴阳怪人出没，有蛇舞拦路，……行走苦旅，恐惧盘桓。没有寄宿条件，中午饭都得从家里自带。山路弯弯，鬼怪横行，毛骨悚然。原本，同乡人有7个同学，每个人都准备一根比自己更高的木棍，准备好与恶狗蛇蝎开战，与疯婆鬼怪打斗。

行路艰难，中午连口水喝也没有。一个学期后，所有同乡学友全都不续学了。老师辛劳地多次上门家访动员，结果都是无功而返。

得孤单步履崎岖小道，我怕极了。“我要读书，我不怕。”几次梦魇惊叫，吵醒了父母，终于打动了他们。父亲心疼小女，整天辛苦劳作，还是坚持着背起书包接送我放学、上学。二周之后，壮着胆，偷偷抹着泪，光着的脚趾爪，踽踽独行上学路。父亲挨个沿途求助：“假如有意外，一定帮助压惊壮胆。”还特别送礼给几户厚道人家。

穿墓道，躲疯婆，斗恶狗，挺进在蜿蜒的山间小路。严寒酷暑，雾霾晨露，走过春夏秋冬。

细心的堂姐爱意浓。用她织渔网积攒的钱，买了一条粉红的毛茸茸的围巾送我御寒。冬季的一个傍晚，因为当值日生，放学后，迟了点回家。暮色苍茫，北风呼啸，天灰蒙蒙，我用尽浑身劲力飞快地向着回家路奔跑。跌倒了，围巾脱落，一头还在脖子上，一头被“鬼”拉住了。我不敢哭，用尽力气拔，认为会尽快挣脱。可是，越使劲儿，勒得越紧，浑身冒汗，泪咽肚里。我心里嘀咕着：完了，鬼为什么这般残酷，我才这么小，与你没有冤仇……力拔围巾挣不脱，哭没眼泪喊无声。路上没有行人，谁能救我，命丧此时吧！回头一看：鬼是什么样子的。啊，没有鬼。围巾是被树杈卡住的。越使劲儿拔，当然越紧。天地无鬼，鬼从心生！但是，心底总是怕鬼。每一次往返家校，双眼斜视，总是怕鬼会从墓里走出来，会从身后追赶我。有几次，狗盯上我，先是狂叫。我抓住打狗棍，摆开马步，站立停稳，准备与恶狗打斗，都被村民救了。他们教诲我，见狗不能跑，悠悠慢行，嘴上发出“嗟嗟”声，狗认为，人对它好，就不狂叫了，会摆摆尾巴，表示亲切送行。我依照大人教的办法，狗亲切摆尾表示和好。原来，狗通人性，动物懂情，需要人给它的温暖和呵护！

蛇行人道，见人行走，它自动爬避。见到疯婆和半阴阳，就远远躲开，一副挖野菜寻食物的村民小女孩的样子，于是，放行，无大碍。

苦不苦，记着历史课本上的“红军二万五千里”，上有飞机狂轰滥炸，后有追兵的枪林弹雨，爬雪山、过草地，大渡河，铁索桥……于是，我抖擞精神，壮胆疾行。

童心勃发，路障重重，行程万里。从小学四年级到六年级毕业，走进了梦想起航的地方平潭一中。不怕困难，执着读书的信心，撼动了沿途村民的心。他们用我的事例教育他们的孩子，珍惜机会，努力读书。

走进平潭一中

11岁，黄毛丫头，黑弱矮瘦，人与桌齐，我在平潭一中读初一年。那时，干旱三年，颗粒无收，大闹饥荒，饿尸横野。那时一边读书，一边吃饭成问题。苦苦挣扎，多方奔劳，纷纷辍学。有的才读三个月就含泪离别母校，1960 年 9 月入学，注册 415 人。1963 年 7 月毕业，仅剩 220 人，1966 年高中毕业不足 30 人。

9 月 1 日，隆重开学，10 月 1 日，欢度国庆。全校一千多名师生汇聚食堂会餐。（当时，初中、高中各有三个年龄段，初中每个年段有 6 个班，每个班都 60 人；高中每个年段共有 2 个班，每班 50 人。）聚餐每生缴 2 角钱，独我一人没有这 2 角钱。开饭了，我独自在寝室里摇头晃脑地背诵语文。深入工作的齐国通校长，巡视全校的各个班级，各个寝室时，发现了我，问“哪一个班的？为何不去晚餐？”我一一回答。齐校长要我拿出炖钵，牵住我的手，到食堂打了一钵香喷喷的米粉。我泪如泉涌，全校最穷的，这是施舍，像乞丐，赶紧跑回寝室，随即炊事员陈伯把饭送来了。后来，得到齐校长关怀，让我到校木工厂搬运课桌椅。打工，每天特批 2 元工钱。后勤主任是地下党老革命的陈国义，看见我小，发慈悲了，搬桌子是让课间操后大个子的搬，我搬椅子。就这样，把破损的桌椅搬到校木工厂，又把修理好的桌椅搬回到教室。一直干了近两年，边学习边打工，周末寒暑假全都在学校干活。有工钱，有饭吃，开心地搞好读书学习，我算幸运，苍天垂悯，得到校长和主任的救助，才能续学。

校长调走了。初三年时的一天，这活停止干了。饿饭，坚持着念书，妄想留住努力，铭记着饿饭苦撑着的求学。

辍学当“民办教师”

没有棉被草席，可以与女生帮铺共枕；没有衣服换洗，可以夜间迟到宿舍，灯熄了，轻轻地脱下白天衣服，清洗之后，挂在窗门口凉吹，不知干还是没干，第二天清晨穿上出操。可是，一日三餐没有粮食炖饭，是无法活下去的。平潭一中离北街粮店约 300 米，我到粮店拾捡丢在地上的米粒咀嚼；闻一闻油桶里花生油的香味；触摸漏斗里快要滴下来的油滴，摸一摸枯黄的像干野草一样的头发。到学校后山的防空洞旁，吃洞边的野草，啃树皮。有几回周末回家昏厥在路上，是过路的好心人把我救活；有几次上体育课晕倒窒息在操场上，是校医、同学们的抢救，才能活了下来……一天中午，午睡校静，书和炖钵带走，到后山防空洞，仰天呼喊，为什么不多长一些草，好让我多一天在一中读书！再走到教室，撕下贴在“学习园地”上我的作文《我的理想》，又在黑板上写着：再见，同学们！涕泪滂沱。走到校门口，我狠狠地把炖钵砸掉，说：“都是这钵头，为什么偏不给我饭吃？！”抹着泪，在校门口的南北两侧：南三圈，北三圈转走后，跪在校大门口的正中磕头三下！“什么时候，能够让我再来？我历经千辛万苦，才考入平潭一中的，小学毕业生有3000多人，能够合格上一中的仅360人。多少同学羡慕我，我居然得而复失，自生自灭！”小女孩爱读书的生命表情足以让天地动容！

一路号啕大哭，到家已是下午3点多。带着弟妹们上山采野果，捕鸟烧烤，抓泥鳅，抓蟹填饱肚子。随后，在小溪旁挖地围垦，种植果蔬。但是，我不忘读书，喃喃低语，古拙用力，脱贫与自学，追分夺秒，齐头并进。声气相通，联手协作，锻炼自我，失意时百折不挠，雨雪霏霏坚挺行，是因为那时我还小。

上个世纪60年代的农村，初中生是“稀缺资源”。生产队要我当记工员，大队干部请我当“民办教师”。工作内容是：进教室跟读小学生，教午校，教夜校。每个月的工资现金5元。我范读课文，教拼音识字，教绘画，教唱歌；还能自编自作通俗、易懂、好诵、能背的句子，突出学习重要，指导学习方法，鞭策学生有理想，懂感恩等等。例如：

文盲真痛苦，
什么也不懂，
识字读书好，
努力要趁早。

读语文，练算术，
上课专心听演讲，
课后作业认真做，
日积月累知识长。

算盘噼啪响，
动手并用脑，
计算快、准、好，
口诀要记牢。

旧社会，
有钱人家才读书。
新社会，
人人公平上学校。
实现理想有出息，
进京去见毛主席。

有文化，新一代，
建设祖国本领强，
吃水不忘挖井人，
永远跟着共产党。
……

给我一片蓝天，我就会尝试飞翔。成功之花绽放。“小老师，大本事”的亲昵称呼传开了。学生数倍增，扫盲班名额扩增，挤满教室。1963年12月，才14岁的我，被评上“平潭县第七届教育先进积极分子”，县人民政府颁发的纪念册，记载着我扩招到的学生名单、编班、德育教案等。历经几十年，随搬迁六次，至今能熠熠生辉。这不竭的动力，让我激情燃烧，奋进不停。

年幼当“县先”，是民风纯朴。关注歆羡簇拥我，大会上，我质朴的发言，天真的表意，打动了全场的所有听众。赞扬、鼓励的掌声，至今还回响在耳际，清晰地掠过眼帘……

鼓励小孩震撼大，孤灯挑尽夜未眠。父老乡亲饱受“文盲”苦，用我自己的忠诚和智慧，疗治他们的“睁眼瞎”。尽我最大的努力，培育儿童，茁壮成才，走向文明。这是我的责任。接受荣誉的担当。我得再接再厉，鼓舞人，打动人，影响人。但是，给人一杯水，自己必须有一桶水，如果没有具备，只能“冷饭重炒”，复沓教学技艺。过于驾轻就熟，变成千篇一律的重复，只能给学生留下刻板的印记，只能给学生“审美疲劳”，从而学不进去。我的文化水平不够，黔驴技穷，江郎才尽，直面现实，必须充电。好在我读书初衷不改，辍学是因为饥饿的被逼无奈的选择。坎坷而立志有所作为的信仰弥坚。同时，前年的开荒地，自留地里的作物茂盛，不再挨饿，弟妹们也稍长大了，家里有办法供给我每一餐一斤地瓜炖饭。于是，力争精益求精的教学长进的同时，执意备战中考。攻坚克难，条分缕析，积累盲点，测定重点，周末就上一中请老师指教，讨来考试资料，自考自测，弄懂搞清知识结构，把脉内在要领和深层内涵，记、背、演练，枝枝连理，跬步而不休。苦思冥想，自测自纠，铢积寸累，举一反三，疾首蹙额，訇然洞开。我这个“另类”学生的汗水有了满意的馈赠。1964年中考发榜，我被平潭一中录取，就读高一年一班。聆听着全县遴选来的最优秀老师的讲课，茅塞顿开。倍感“闻鸡起舞”的付出辛劳，很值得。“灯火阑珊处”尽是我读书的身影。

读书教书一肩挑

感恩戴德，知恩图报，当我没有口粮继续读书学习时，走投无路，弃学归耕时，乡亲们送来了“民办教师”这份工作。本应相依相守终老感恩报答，可是，我继续上学去了。无论如何不能抛下他们一走了之。我耕读班请其他老师代耕，我用其他方法偿还补足，适当的时候，我也续耕，为我学生增扩许多知识，拓广视野添智慧，妙趣横生寓教于乐。午校，夜校，我利用周末、寒暑假、节假日精耕细作。教学相长，教与学相通相连。我从课堂上老师讲课的成功教学方法，移植整合，序列系统，简单重组，嫁接到我的教学，动感飞度，鲜活灵动，深入浅出，四两拨千斤。内容丰富多彩，旁征博引，驾轻就熟，学员长进快。我教会他们查字典，发准音，扩大字词量，分析句子结构的主谓宾定补状，让他们真正弄懂后，很具体地教学：造句、对句、再写短文，能够表情达意，说完整话。查字典，辨成语，学诗词，背《毛选》搞比赛，促进步。互批互改，共同进步，达到了扫除文盲，提高素质的教学目的，教学相长，也激励自己，努力做得更好

马克思、恩格斯一生的理想是让那些穷人，那些不能读书的穷人能够读书。人类的真正解放，人类的真正平等必须是建立在知识接受的基础上。我要文盲“睁开眼”，读懂看懂世间万象。数理化高难度，深不可测，扫盲班没法接受弄懂。那么，政治、语文、历史、地理学科知识，我必须融会贯通，口若悬河，浇灌我面对的学员，并且强化他们记牢，学会应用。我培养学员中的学习优秀，成才达标，来接替我。为了提高他们，绞尽脑汁，设局布阵，梯度攀援。

重返学校，继续升学，来之不易。高中的课业实在是繁重的。而且要努力当一名合格的“民办教师”的任务也不轻。肩负着两重担，心悬两地跑，往返在家校两地距离隔有16里的路程上，披星戴月，穿越不止。凭着豆蔻年华的激情与傻劲，咽下数不清的咸酸苦辣，披肝沥胆，磨砺淬炼，孤单只影，奔走学、教。寄意明月，照我前行。

跋涉“知青路”

1966年5月16日，神州大地燃烧着“无产阶级文化大革命”的熊熊烈火。全国各级各类的学校全都停课。

炎黄子孙，龙的传人；东方巨人，威武世界，怎么会揭批那么多的牛鬼魍魉呢？我搞不懂，心底慈善，没受左右。始终没有揭批老师，没有说老师的一句坏话，更没有张贴一张揭批老师的大字报。因为我已经当过5年的“民办教师”。教诲如春风，句句沐我心。学养修行，字字珠玑。点点锦绣，巍巍中华。少年强则国强，老师是强国的功臣之一！师者，传道、授业、解惑。没有老师，疑惑多了，只能愚昧，愚昧太多，会倒退到远古的洪荒。一日为师，终身为父。老师是我敬爱和尊重的人，也许我不会赶时髦，会被扣上“不关心国家大事”或者“保皇派”的帽子，我也认了。每天做的是读报纸，看大字报，练毛笔字，研读《毛泽东选集》，背诵、默写《毛泽东诗集》，无休无止地等待复课。“读书无用论”，漫漫无期许，我还能孜孜不倦地演练数理化，自学高三科业。在中学阶段的知识领域里上下求索，刨根究底找出关联点，理清文理脉络。不管有用还是没用，我行我素，执着的耕耘和坚守。自学成习惯，一路陪伴，劲旅远方。还借到《高等数学》《大学语文》《左传》《汉书》《史记》，以及先秦的诸子百家。养成习惯，秉烛夜读，不知疲倦地遨游书海。思考领悟古贤先哲的智慧，汲吸精髓，对“精悍务实，潮涨潮落，能屈能伸”的人生态度十分崇拜。品味“进则精忠，退则补过”的才华和德行的修身养性，笑对未来。能够铸炼出强硬的心理素质，迎接挑战，路障险阻，却关山度若飞！面对选择有是非，任凭风浪起，稳坐钓鱼台。

岁月禁不住太久的等待。春夏秋冬没鞋穿，任凭雨打没伞遮，穿着褴褛，饥肠辘辘，我思考着为自己改变困窘。走进裁缝店，注视师傅的量体裁衣，尺寸拿捏，走针技巧，挖洞缝扣，学会了裁缝。我应用几何三角数理的精确计算，打量穿衣人的职业、气质、体态、年龄等，制作出来的衣服得体大方，与穿衣人的各个方面匹配，客户络绎不绝，收入可观。并且对穷人、亲朋好友免费缝制，升华人气人脉。自食其艺，贴补家计，也带动妹妹学艺自己谋生。在无路可走时，把时间花在不算有意义的事情上，虽然是不得以而为之，但还算充实。看破与放下，是逼出来的。待有通天大道，再扬帆起航。

福从读书始。“知人未知，见人未见”怎么能说读书无用的呢？这是愚民欺天罢了。知识过早地断奶，很遗憾。停课没师教，我就自学自悟。不放弃读书，不放纵随波逐流。危邦不入，拜乱不介。我执着于“裁缝”与“读书”齐步并举，“物质”可以脱贫献艺，养命糊口；“饱读诗书”，有眼力有见地。退则有温饱，进则报效祖国，不辱使命。居庙堂之高则忧其民，处江湖之远则忧其君。家国系于一心。忧国忧民，先忧后乐。思路清晰，知行合一。独上高楼，望尽天涯路。思考、实干、读书，充实过好每一天。衣带渐宽终不悔，为伊消得人憔悴，仍在灯火阑珊处。我没有浪费时间。

约略两年，凡是求学于大专、中专的各级各类学生，按文凭定位各个行业，再深入社会参加各种“运动”。如：“破四旧”“一打三反”，还有之前的“四清”。如数分配，胜人一筹，春风得意。有工作，有工资。正当风华正茂时，报国有门，施展才华，实现理想，人生有价值。这本来是顺理成章的应得，在当时却令人歆羡。那是因为花费更大精力奋发读书，养性修身的，准备接受高考严格选拔，即将升入大学的普通中学的学生，全部都要奔赴农村，接受贫下中农再教育，滚一辈子泥土，把“悬梁刺股”已学到的知识掷地荒野。名称叫：知识青年上山下乡。凡是在普通中学的高中、初中的66届、67届、68届毕业生，冠名为“老三届”。锣鼓喧天，鞭炮隆隆，车辆列队，将北京、上海、广州以及全国各大、中城市的几千万学生送达黑龙江、内蒙古、新疆、云南等地的僻域边陲。拓荒开垦，蓄肥挑粪，耕田种地，任凭风吹雨打。接受着“天将降大任”之前的各种磨炼。动心忍性，涵养修身，增补所能。这是出生在“50年前后”的一代莘莘学子的历练。原来是在艳阳高照，吮吸着新中国浇灌的阳光雨露，怀揣报国理想，脚踏共和国实地，健康茁壮成长着。当年的教育方针是：教育为无产阶级政治服务，教育与生产劳动相结合。在土改时划分的地主、富农、反革命、坏分子，还有后来“反右派”时定性的右派分子，他们的子女要学习得特别好，表现优异的才能有录取升学的机会。还有“社会关系”，即这个学生的所有亲戚都得干干净净，如果一点点牵连，就得受歧视。例如：操行评级不能得甲、乙等；不能“入团”，更不能有“助学金”等等。还要在报考大学的档案表格中，学校填上“不宜录取”……有一个学生在他的书本夹一张纸条写着：“学好数理化，走遍天下都不怕。”被一个“政治老师”发现了，就在全校的政治课上，以这个事例讲课，说这是“白专道路”的典型，共产主义不能有这样的接班人……我们N遍地看电影《决裂》，有一个只会讲“马尾巴功能”的教授，不知道是什么意思，很迂腐，又很搞笑。电影的主题是决裂，即不能要“死读书”迂腐无聊没有生机的教育，要培养能够劳动的一代新人。那时候，学雷锋做好事，成为每一个学生的自觉行动。打扫卫生，争先恐后，捡到东西，拾金不昧；看见老人，帮衬扶起……学习毛著，背诵毛主席诗词，写日记，谈感悟；树榜样、倡文明、学先进；比学、赶、帮、超，“不用扬鞭自奋蹄”的道德风尚催生着“为天地立心”的一代新秀。

聆听N场的烈士事迹报告会，又是以此规范出的日记、周记、作文优秀示范，“烈士回眸应笑慰，擎旗自有后来人”滋润学生心田。我们的班训是：

什么是理想，革命到底就是理想；

什么是前途，革命事业就是前途；

什么是幸福，为人民服务就是幸福……

每天早晨每节课之前的20分钟，由一位同学领读，全班齐诵……

还有一个又一个的时代先锋，如：雷锋、王杰、欧阳海、焦裕禄……不间断地研读……正能量的推力是巨大的。为“生民立命”的浩然正气，穿透历史风云，呈现价值取向，生动传神，回肠荡气。

那时候，每一个学期都安排一周劳动课。深入农村，与贫下中农同吃，同住，同劳动。批斗黑五类，“不忘阶级苦，牢记血泪仇”的口号震天响；思苦忆甜大会上，新旧社会对比，控诉剥削阶级恶贯满盈，点燃热爱新中国的激情。一篇又一篇的心得、日记、周记和墙报抒发着只有新中国，才有我们穷苦人读书求学的机会，伴随着歌曲《东方红》响彻神州大地，每一个学生在心底高呼：伟大领袖毛主席万寿无疆！以饱满的热情投入学习、生活、劳动。

还有深入工厂，学习工人师傅，吃苦耐劳，不怕苦，不怕死，更不会怕脏怕累。歌唱“我们工人阶级有力量，白天黑夜干活忙……”赞扬工人们为社会主义建设，热火朝天的壮观场景。

深入军营，我们学习打靶；瞄准实物目标开炮的实弹演习。还听了N场的军事知识讲座。学习军人作风。每天清晨，军事化摆设打理宿舍，背着扎成方块的棉被，按军人规范，集队出发，整齐划一，一口气跑到莲花山北地，又雄赳赳气昂昂地跑回学校早读。

挖防空洞，抬石建基，挖土撬石，搬砖调泥，铺架枕木等力求干得最好。

蒋介石“反攻大陆”的呼号铺天盖地，军事化操练为的是：招之能来，来之能战，战之能胜。很警惕，很锻炼。

还有大炼钢铁，我们带着脸盆，到大海边淘洗铁沙；到大山上捡柴，捡棺材板炼铁，每天一评比，个个争先恐后，用尽浑身解数，创优争先。

学校有农场。离校9里的“千里蒲”（城南中学东南一带）从耕地翻土，种植除草，挑肥担粪，采割收集，搬运赶往，我们全程劳碌。老师指向哪里，我们就奔向哪里，劳其筋骨，历练成长。

洁净的气场，好学的气氛，每一个学生宛如每一粒饱满的种子，沉甸甸。即使是播撒在高崖石缝，也会生根发芽开花结果的。经历火热烧烤，钢打铁铸，挺直脊梁。甘瓜抱苦蒂，美枣生荆棘。为往圣继绝学，为天下开太平。金子闪光，洪钟长鸣。即使口号不在，风韵依然。凭着生命的真诚，苦苦炼就的铮铮铁骨，浩然正气，在实现中国梦的大道上，鞠躬尽瘁，奋力打拼。历史底稿，故垒巍巍，岁月镏金，将恒久记住“老三届”。这一代人有素质！

“毛主席的战士最听党的话，哪里需要到哪里去，哪里艰苦哪安家。”这是当时最流行歌曲中的名句。

天涯海角，海坛一孤岛。察视全国“老三届”，平潭知青，算是非常幸运。不用离开海坛岛，不用到边陲寒地受雪霜冰冻。“家居虽沦落，眷属尚团圆。”每一个“老三届”从校长手中接过一张“毛主席去安源”的图片，算是一张毕业证书，打发我们离开学校，走与工农相结合的道路。当时城乡有别，农村户口与城镇户口的身份不相同。譬如：居民户口的同学，每一个月有23斤供给粮，而农村户口的一两也没有。这一次“上山下乡的知识青年”定位安置也不同。凡是“居民户口”的都安置在盐场、沙场、良种场、知青场。有同学合群的热闹；有劳动出勤的生活补贴，稍有温饱。而农村户口的当“回乡知青”，忍受孤单寂寞，什么温饱都没有。每一位同学，离开集体都独自回到各自的出生地。在农村原野，摸爬滚打。理想灰飞烟灭。虎落平阳，任凭蚊蝇叮咬，宛如还没有得志时的“范进”“苏秦”。知识断奶的饥渴，偏僻农村的孤寂，茫然困惑无处诉，形影相吊独思忖。破帽遮颜过闹市，漏船载酒泛中流。阳光仿佛被乌云遮住，不抛眼泪也无由。

我把“毛主席去安源”的毕业证书、课本读物、笔记考卷，以及与学习相关的材料，包好放好，打包背着。说几句互相安慰的话，离开同学，告别学校。“三十年功名尘与土，八千里路云和月”，默念着岳飞《满江红》

中的名句，脚像踩棉花一样地行走在回家路上。从此之后，头顶一片天，脚踩家乡土，老实再教育，深情沃土间。

何路向家园，跋涉十余年，从农村来回农村去。由起点回到原点，多年苦旅不寻常。知识没有改变命运，傻人自讨苦吃，活该！阵痛不绝，悲鸣绵绵。当时的农村，十里八乡，女孩子读书上县城，独我一人。逢雨天农闲，人人都在谈论我，笑话父母愚昧。落泊的尘埃，挤压着我的家人。这次夹着尾巴回乡，正中下怀，嘲笑地应验，打击着单薄弱女，父母弟妹又承受多大的精神打击呢？一把辛酸泪，谁解其中味？

敛泪强颜，放置行李，说："接受贫下中农再教育，就是接受父母的再教育。"其实一家人早就听说：读书没用。他们理解我的痛苦。父母弟妹面面相觑，房间里的空气仿佛凝固了，弟妹们挨挤着我。大妹先开口说："大姐有裁缝的好手艺，就把这手艺教给我们，不用去日晒雨淋，全家都有饭吃。"裁缝，一字不识的人都会做呀！显然，读书是白白浪费时间了。

禁不住泪流满面，号啕大哭，一口气跑到离家6里的山顶。仰望苍天，白云飘浮，日影徘徊；俯瞰大海，湛蓝碧透，浪花缱绻；大山肃目，溪水潺潺。浩海托举岸礁，蓝天与青山对峙。天抚摸着山，山一层层地拱着天。隆升的地脉，博大，莽苍，遒劲。宇宙格局，地球图案，写意绵森。环顾四周，山名寄意，挑逗着我写真想象。笔架山，砚石坪对峙；水歇底，墨塔（雷峰塔）错落有致。这笔、墨、水、砚菱形摆设，这是供读书人用的呀！天地人和，写意突显，一定会有才子出！这是"笔架山""二百朝天""天中墓"三座山竞相呈三角形搀扶依偎，亘古独特的地貌表情，让我联想到"吴、蜀、魏"的三国鼎立布局，联想到刘备慧眼识才"三顾茅庐"求请孔明的场景。同时联想到历史上许多"朝为田舍郎，暮登天子堂"的华丽转身事例。精神慰藉，顿失悲凉。这，也许是特定安排，举国上下谁能挣脱？唯有接受安排，耐心等待着命运转机的接唱。山登绝顶我为峰，脚踏海坛高峰，突发灵感诵咏：

伫立岛峰笑向天，
“读书无用”意欲何？
文明中华何向去，
独醒儿女涕泪涟。

林风海涛亢奋扬，
雁点春飞自一行，
“桃花源中”勤耕作，
强筋劲骨迎朝阳。

落霞迤逦，大海静谧，山海对视，海天苍茫。思绪翩掀，笔架山头几徘徊。自幼苦苦求学，为的是成才报国。位卑未敢忘忧国，是对，还是错？踯躅、徬徨、茫然、困惑……责怪自己爱读书走错路，没有帮助年迈的父母干活养弟妹。徐步低泣，蹒跚忐忑。一腔青春热血洒向何方？夜幕降临，冷风嗖嗖，扼腕叹息，泪似泉涌。山下万家灯火，迷惘困惑，不知归路。眼冒金星，耳鸣隆隆，仿佛每一个毛孔都渗出泪水。不由自主地全身摇晃，腿软跌倒。静静的树木里，闯出弟妹们，用热热的小手搀扶起我。原来，一家人担心我，当我独个哭着从家里跑出来，就一路偷偷紧紧尾随着我。亲情温润周身，他们懂事，一路牵手，安慰着我。还背诵我曾经教他们的《插秧歌》。

手把青秧插满园，
低头水中见青天，
心地清静方为道，
退步原来是向前。

好懂事的小弟小妹，我教他们背诵过几十首名诗雅词，这个时候，居然能够选出这一首隽永切题的诗句抚慰我，绝顶聪明。

次日清晨，脸上挂着笑容，肩挑畚箕，手握锄头，一幅“回乡知青”插队劳动的率真，紧跟出工的社员，阔步行走大地田间。“虚心接受贫下中农再教育”的高姿态，融入所在的生产队。社员们困惑不解，用怪异的目光打量着我，阴阳怪气地说：“这么一点点耕地，我们都不够耕种，你来干什么？”“土生土长的乡下人，还要接受什么再教育？”

城里读书独个回乡，没有同类，懵懂不知应对。缄默不语，挥锄洒汗，气喘吁吁，心有戚戚焉。生产队队长说：“她响应号召，回乡知青，接受农民再教育的。”他还是要我干记工员的工作，同时管理迟到、早退、偷懒的。这硬功夫，容易得罪人，我还是爽快地接受。有人偷工，常来说情，要求免掉他们的误工记录。我耐心地说：“大河无水小河干。”集体的生产直接关系到自家的粮食收获，这样欺骗集体，就等于骗了自己。假如不记上，就等于我不负责，不能这样做。如果你有意见，就找队长说去。他们不敢去说，也没有抱怨我，误工的人少了，集体观念强，劳动干劲足了。队长满意地说：“读书人就是不一样，把老大难的事给解决了。”

田间地头歇息，或是雨天，还是农闲没有活干时，我教他们唱歌，教他们学讲普通话，学习读书识字。毛主席曾经在湖南创办“工农讲习所”，先教他们识字，“工”字形象化，让文盲人理解、好记。他说：上边一横代表天，下一横代表地，中间一竖代表人站立着，我也这么说。因为全村人都姓“王”，中间一竖代表人站在天地间，顶天立地。我们姓王的，在“工”字之间，加一横，历史上“皇帝”敬称“大王”，皇帝就是天地人的主宰。我把“王”字上边加一点，即“主人”的主；把“王”字的中间一竖突破延伸了即“大丰收”的“丰”，我把字形象生动了，并且与日常生活紧紧相结合，易懂好记，激活了他们的学习兴趣。一个又一个地教会他们记好，写好他们各自的名字。教会他们把“土话”活化为“普通话”。日常用语，家庭成员，礼仪交往，社会常用语，一遍又一遍地教会他们。我精心挑选古今神话、传说、小说、戏剧等便于他们记忆，生动幽默，引人入胜，提高素质，振奋精神，鼓足干劲，劲促生产。

讲习的主要内容有：

（一）神话传说：盘古开天辟地；伏羲女娲，黄帝、炎帝；女娲补天、嫦娥奔月、夸父追日、精卫填海、愚公移山……

（二）古贤先哲：诸子百家、司马迁、齐桓公、屈原、陶渊明、苏东坡、岳飞、文天祥、王阳明、孙中山……

（三）小说、戏剧类：《林海雪原》《红岩》《聊斋志异》《儒林外史》《西游记》《窦娥冤》《西厢记》《桃花扇》《雷雨》《茶馆》……

他们特别爱听戏剧，我引进《莎士比亚》等多部戏剧……

我抑扬顿挫，绘声绘色，摇头晃脑，声情并茂，生动传神，活化作品中的人物，收到较好的艺术效果。我无数遍地模拟柳敬亭说书方法，吸引听众，激奋文盲农民。鲁迅笔下的阿Q带着旧社会农民的伤痕，我想铲除阿Q农民破相，树立新社会集体劳动的乐观文明的农民新形象。于是找书籍，寻先进，树榜样，开窍听众。普世范本的正能量，农耕文明的土地气息，稻麦香郁的作物气息中，我抢分夺秒，穿梭书海的字里行间，挖掘精彩，好想酿造一江的精品琼浆，浇灌给相伴我摸爬滚打的庄稼田汉，让他们都当上有文化的新时代农民。农村的广阔天地，知识青年在哪里都是大有可为的，就看你肯不肯为，怎么为的。

这两年，社员的精神面貌有改观。每家听够了牛哞羊咩。学好了天象云彩给人间的示意；八月十五晚上十二点天象活化昭人间，这一年里该多种什么庄稼有收成；海里产的带鱼、紫菜哪一类好；农作物中该种花生、大米、地瓜哪一品种好。让我读懂天人合一的道理。农历的九月没三十日，葱菜没收割，还有灾年与丰年的天象区别等等。与农民一起，平静地坚守，承受不间断的苦与累，忍受无休无止的单调与重复，冒寒耐暑，不屈不挠。劳动生产与国家的兴衰联系在一起。抓紧生产，多打粮食，自给自足，力争超产，缴交公粮，支援国家建设。旧社会在历史典籍中过多地歌颂帝王将相，“福从天将，洪福沐民”。其实都是农耕文明，繁衍不息，唯一没有历史中断的，能够延续至今几千年，乃至永远的文明，是中国的农耕文明。思源致远，大彻大悟，文明源于中国的农耕，进步始于普通人的劳动创造！唯有理解了劳动，感受艰辛，读懂中国农民，才能够有“一粥一饭当思来之不易，半缕半丝恒念物力维艰”的真切感悟。唯一融入人民，读懂百姓千锤百炼之后的共鸣，才会有内心追随的觉悟和行动。土地，永远是人类赖以生存的粮仓，唯有全世界人肯于洒汗着意耕耘，才会创建和平安宁的地球村。才会有蓝天碧海，人类的生生不息、健康生活。

农民中的贤达，也会吟诗诵读，弹琴唱曲，对话天地，他们也懂得许多儒家“圣贤”，道家“真人”，佛家“菩提”等等的宗教流派教义，且自觉内化于心，修身养性。他们通透豁达，吃苦耐劳，温良恭俭让；仁义淑贤，悲天悯人，尊老爱幼，讲究面子，礼尚往来；他们懂得族人的团结协作，注重族谱根脉分流。还会有神圣祭坛，效演八卦，还能侃侃而谈老子的《道德经》……饕餮的文化盛宴，雅俗共赏，荤素杂糅，博大精深。这些文明积淀，由农民浇灌给了我。庄稼汉的勤劳和智慧，得壮书竹帛，汲其精髓，弘扬传承。应该让全世界人民懂得：天地有正气，人间有真理，劳动是创造世界和平的动力，而不再创造毁灭人类的枪弹。东方文明，中国人伟大。

不问前程如何，但求落幕无悔。淬炼之后，才知自己欠深浅。实践出真知。唯有潜入生活底层，才不会是头重脚轻根底浅的墙上芦苇，也不会是皮厚嘴尖腹中空的山间竹笋。面朝黄土背朝天的思考探索，让我慢慢读懂天地人合一的宇宙真谛。即使埋没沙土，热血空洒也情愿。因为宽阔的农村，是劳动创造着生机盎然的大千世界。看，从农村走出来的诸葛亮。听，我们中华民族有同自己的敌人血战到底的气概，有在自力更生的基础上光复旧物的决心，有自立于世界民族之林的能力。这就是从农村走出来的开国领袖毛泽东的唱响，为往圣继绝学。有过多年的“泥沙”洗礼，“知青”历练，沐着平实的稻麦香味，培育出的时代巨人，习近平主席庄严宣告：“人民对美好生活的向往，就是我们的奋斗目标。”伟大领袖爱人民，人民的领袖人民爱。土地，是孕育伟大人物的摇篮。劳动，是锻造治国理政的伟大才俊。从红土地上走出来的领导人能够严肃纲纪，为天下开太平，为中国创盛世，为人民谋幸福。

悠悠的知青岁月，厚厚的农村文明积淀，心之自觉，理解知青上山下乡的大政策。每当迷茫困惑，多少次独上村后的海坛君山。海蒸岚气，山蕴雾霾在“三味书屋”里，岚气沐顶，海风呼啸，花香氤氲。俯瞰山川地貌，灵感迤逦曼妙。“笔架山”静卧平躺，笔态栩栩灵动，宛如作者握笔时的生动；“水歇底”飞流直下，白练飘飘数丈瀑布，仿佛仙女素娟当空舞；“砚石坪”砚石嶙峋，列阵方圆好几里；“墨塔”巍峨耸立，静观东海，山海对峙，无限诗情画意。我浮想联翩，多想撬一小块墨石，把大山土坪当草稿纸，笔墨纸水砚完全齐备间，抒发我插队劳动的知青生活，苦行与成长，心绪嬗变，轨迹错落却有致：

“焚书坑儒”哀国殇，
“知识青年”务农忙，
珍珠抛泥国宝丢，
“致君惠民”谁担当？

也许退后更向前，
千锤百炼铸脊梁，
待到铮铮铁骨挺，
文韬武略国栋梁。

面朝泥土，背朝天，大汗淋漓，气喘吁吁，虚心接受“再教育”，修身养性沃土间。时光流逝，磨砺依旧，累累耕地，静静呆萌。

我力争当女兵，我力争去“建设兵团”，我想当赤脚医生，我想当民办教师，我努力打拼妄想得到推荐上大学当“工农兵学员”……露重飞难进，风多响易沉。草根挣扎，孤立无助，找谁评理？

真的猛士，敢于正视淋漓的鲜血。古人云：天地有正气，于人曰浩然，佩乎塞苍溟。人，可以凭着浩然正气，将心中的愤怒转化为艰苦奋斗的锤炼。立定要改变命运，恶人把玩的私定政策，残害忠良，必将拨乱反正。随着时间推移，看谁的作为大，对人民的贡献多。

天意怜幽草。不久，公社来二位由上海来的军医巡诊。我带着患有小儿麻痹症的妹妹求医。公社第一层会议大厅，里三层外三层，挤满了求医问诊的村民。群众不会讲普通话，军医听不懂本地话，我自告奋勇当翻译。当上一个星期的“翻译”自愿者，军医顺利地完成巡诊任务。离开时，把他们带来的所有医类书籍全部送给我，还安慰说：会有好政策出台，知青会有前途的，好好读医书，可能会成为同行。记住：文化知识与社会进步相关联。

高人指点，暖流周匝，生命活脱脱。我行走知青路，乖乖听话务农，却遭受莫须有的诋毁打压。满腔热血变成一盆冷水，冰冻成霜了。军医送的医科精典，如获至宝。人在无路可走时，仿佛看见生命的绿洲。读、记、背，追分抢秒。当时的村民贫穷，治病全都是靠上山采的草药，他们中积淀着很多的良药秘方，我采集分类。纯天然没有任何污染的君山宝草，胜似仙草灵芝，药草到病消除。草药灼灼，药方津津。跳出三界外，不在五行中，我全神贯注地甄别、内化，为掌握草药治病的真本领。我殚思竭力，全神贯注。每天七点上山，林深不知处，唯有药草引路。每天都在下午才到家。把成捆的草药分门别类，全家人齐动手，我贴好字条，对症细说。第二天清晨，我又驮着草药赶集叫卖。每当买药草的人买完后，我设法盘问：怎么吃，量多少……由此积累了很多的验证方。救死扶伤，草药花钱少，没有副作用，见效又快。军医的指点迷津，清气芳香的君山，满山遍野的药草，是我解脱困境求得生存的好地方。学习李时珍尝遍百草，治病救人当名医。凡生善举发端于百姓，植根于生活。自食其力，本分谋生，救人自救，旷达自由。

穿行在寻草药的路途，遇见了一个文明老者。老者说：“孩儿时，你的艰难求学，执着上进，曾经打动了十里八乡的群众。而今，你踽踽独行，买卖草药，治病为啥？而文盲愚昧，靠打砸抢，白吃白喝白拿国家工资，横行霸道，欺压好人，你就不闻不问。社会进步，依靠谁呢？”

社会进步，我等要担当。但是，没有能力扭转事态，找同学诉苦，无可奈何感慨现状，共叙病态，责备自己无能。执手相看泪眼，竟无语凝咽。沉默、忍受、观望、叹息、愤懑，自嘲。

“上山下乡”见识长，
经受磨砺精神爽，
忧愤朽木当栋梁，
良才怎列飞龙榜？

报国无门自寻路，
忠义修身立山间，
上无报答父母恩，
下没立样启后生。

外缺失世故人情，
内耗竭已获知识。
畏讥谗举步维艰，
人前过破帽遮颜。

偷奸耍滑把玩狂，
残羽充鹏多荣光？
溃烂脓肿傻陶醉，
唯盼才俊转乾坤。

抛弃一代读书人，
精华流失正气丢，
损毁一段文明史，
捶胸顿足哀折腰。

沉甸甸的低吟，天地无私，声其娱人。“无名天地之始，有名万物之母，故常无欲以观共妙，常有欲以观其微。”不知天意与谁同？唯一能安慰的，一定有伟人横空出世！自己无法主宰沉浮，就做自己该做的。

冷眼向洋低思忖。陶渊明认为当官是“误入尘网中，一去三十年”的失落遗憾。于是弃官归农，耕田劳动，看成是寻找到的“桃花源”，解脱后轻松怡然自适。我当“回乡知青”，苦干实干。“复课闹革命”，国家需要文化人，我仅仅要续任当老师，却遭到打压，路障重重。我改变不了怪状，就改变自己自我设计，路在脚下心知道。追寻生命的那一片真诚，蹉跎岁月肯于自我打磨，忍着寂寞耐心坚守。转身蹄疾步稳，学医救人，专心啃技。泪汗俱下，风雨兼程。读医书拔草药。艰苦是一种财富！我认识一百多种药草的药性功效。下药用法，大见成效。先是亲人们的自疗痊愈，还收获经过几百次的验证有效方。唯山间的明月，江海的清风，取之不尽，用之不竭。天地的天然物滋润灌浆着的草药，确实是疾病的杀手，药到病除，神奇奥妙。天然氧吧，有益无害，更没有负面作用。这里就顺便举几例见效快，便于操作的：

1. 治痒：（1）用红管枇杷叶烧汤，洗于患处，洗几次速好；（2）鞍树叶与臭草烧汤泡洗。

2. 治烫伤、祛雀斑、黑痣、粉刺等，用“绿叶片”（盆栽的小叶）剥皮后涂在患处。“热类牙痛”就涂在脸部的外层嘴唇周围。

3. 治“香港脚”：萝卜与鸪嘴旺草，烧汤慢慢泡脚。

4. 根治青春痘：磹扣，长在深山的石头上，绿叶小白珠。采集之后即速捣碎，用汁当水，与糯米蒸，之后，酿酒，24 小时后可吃。

5. 治肝炎：肝炎草烧汤后冲冰糖喝，少量多次喝。

6. 治头风头痛：小型黄花草与 6 个鸡蛋炖后，冲冰糖，饭后分两次吃。

7. 治咽喉痛：一点红烧汤冲一点冰糖，饭后喝。

8. 治牙疼：韭菜一小把，切碎，开水滚开放入，熟后捞起来，与蓝色的鸭蛋调匀后，煎熟后吃，吃两次即好。历经两年都不疼，若再疼，用同一方法。

9. 治肚子疼（积食、胃肠炎）：铁观音、白米各一撮，炒几下，再放入一点盐炒几下，米变微黄，加入一碗水。烧开之后，倒出来，再继续 6 次这样煮了（总共 7 次），喝后即好。

10. 治疗高血压、糖尿病：农药、化肥、除草剂、添加剂、保鲜剂、转基因、海水污染、各种动物饲料全是化学激素。目前，全国有几亿人的“血”类病患者，这些慢性病，须用“慢治理”。建议有条件的家庭，自己栽种葱、蒜、芹菜等各种蔬菜，用饭屑、鱼骨、臭沟肥，绝对不用化学肥料，耕作阳台小菜园，唯有天然保健康。多吃海里有鳞鱼，尽量少吃四脚动物类。

（1）治高血压

芹菜炒海蛎、豆腐、白萝卜，确保食材全天然，每一餐换一种，或者一天换一种。

睡觉前用热水泡脚。

观察半年，好了，继续操作；没有好，只有靠吃药。但是，上述办法照样。

（2）治糖尿病

①用无根藤烧汤喝；用金丝草烧汤喝。

②明丽草：饭前半个小时喝。

生吃：7片，用温开水洗清洁吃。

烧汤17片，药味一出，停火。

③甜菊叶与铁观音泡茶喝。

④野生白鲫鱼剖腹后用一小包铁观音放入鱼腹内炖，每天早晚各一条。

⑤每周喝三次白管刺草汤，空腹喝。

⑥早上8点多，锻炼时脱鞋，站立在土上，对脾有很大好处。

⑦药食同疗。葛根三粒，茯苓三粒，芡实、薏米各一小撮，与黑米、黑芝麻混合磨浆当早餐长期喝。

⑧多吃百香果、芭乐等果品。

⑨多吃碱性蔬菜，如包菜、花菜、白米菜……

这里先浅显地供给几种，盼望龙的传人个个健康强壮。

为百姓用药草治病，多数见效。但是，也有不生效的。究其原因，草药与采摘的时间有关，药效与年龄、性别、体质以及曾经用过的药物有关。在医书宝典上看到：人体的各种器官有60多种元素的平均含量与地壳中同样元素的平均含量相近，有天人合一，人与自然共存的真理。我决心要奋斗担当仁道良医，得刨根究底。博学之，审问之，慎思之，明辨之，笃行之。精心研读医书，缜密辨析，医治的反复实践，细细斟酌，感悟妙哉。佐证着“天人合一”的奥秘。下定决心，绝不限制在草药治病的土方上，要当中医，要当能够妙手回春的名中医。仰之弥高，钻之弥深，愿得我师，助我向前。坚韧的生存意识，生命有了定力。选择比努力更重要。生命在最卑微的时刻，所展现出来的苦行与顽强是凄美的、冷艳的。上山采药去，记药性，明药理；行走大地村落，求拜名医指点，探访道士方术，按照“高人”指点，参照行家教艺，潜心研读医书，并付诸实践，探究结果。

孙思邈说：“不知《易经》，不足言太病。”我想：人的生命同等宝贵，当他们患病了，都渴望医生为他们治好。太医治疗的是皇帝和他们家族人，而普遍中医，要治疗的是天下苍生。太医要学《易经》，而普通中医更要学，不管多苦多累，慢工出细活，我一定要取得“中医真经”。

天地开阴阳见颂亘古神圣，日月照江河泽被万象于民，日月得天能久照，从而使万物得以生息繁衍。

生命：生物阶段（肉体）——心理阶段（灵魂）——意识阶段（精神），无时无刻不在于先天天地之生态因子（渊源性生态因子）和后天天地之生态因子（重演攀升性生态因子），进行漫长而严密地互相整合，攀升演进。

先天天地之生态因子，与人的出生的年、月、日、时辰紧密相关。我国出土的甲骨文有天干、地支的排列坐标系。

天干：甲乙丙丁戊己庚辛壬癸

地支：子丑寅卯辰巳午未申酉戌亥

天干地支的对应匹配，始起甲子，终结癸亥，六十年为一甲子，周而复始，无限循环。这永恒铁律是源自于“土星、木星、水星”三星运行会合期的1/3年，即60年。它们在地球中对应的区域，是与地球引力的同步对应。太阳、地球、星体运行及形成的气候变化都能在人物生物体引起反应，受自然周期节律的影响，人类发现了生物钟，发现了药物在不同季节的药性。

宇宙中的各种元素的优化组合，有天地之灵气，日月之精华，同时也生成了负能量，直接影响制衡着生命的基因。

我深入研探，以天干地支结构科学原理，为病人治疗做参照，操作初探如下：

天干：甲 4 乙 5 丙 6 丁 7 戊 8 己 9 庚 0 辛 1 壬 2 癸 3

地支：子 4 丑 5 寅 6 卯 7 辰 8 巳 9 午 10 未 11 申 0 酉 1 戌 2 亥 3

如果这个人是 1949 年出生的；因为每年是 12 个月，于是：

```
      162
12)1949   ……在天干找“9”的对应是“巳”
   12
   ——
    74
    72
    ——
     29
     24
     ——
      5   ……在地支上找“5”的对应是“丑”
```

这样用天干纪年法，知道 1949 年是“巳丑”年。人出生的那个特定时刻，是受时空天地的规范和制衡的。“年、月、日、时辰”是生命的四柱，先天为“命”，后天为“运”。这四柱的定位表白，蕴藏着人一生的生命活动的“运行信息”。核查四柱命理表，知道患者“五行”的盛与缺。获悉“运”和体内“五行”的准元素。医生心中有数，治疗拿捏到位。有的病是因为“运”使然，用药得“轻、平、缓”，待“运”的转好，病就好了。如果是因为“五行”的不平衡，甚至落差，就得用药增强某个元素的补充。各个年龄段的不同，各个时间段不同，“春生”“夏长”“秋收”“冬藏”各个时令，疗治的术数也全都不同。宇宙天地的五行与人体五行的相感相应，对应协作。究天人之际，悟时运变数，用药用量，恰到好处，考验了医术的高明，验证着医者的医术所达到的高度。

五脏：心肝脾肾肺

六腑：胃胆三焦膀胱大肠小肠

“五行”是自然环境系统对宇宙的高度体认、概括、涵盖。“五行”演化的各种元素，相生相克，制化胜复，相乘相依，如图简示：

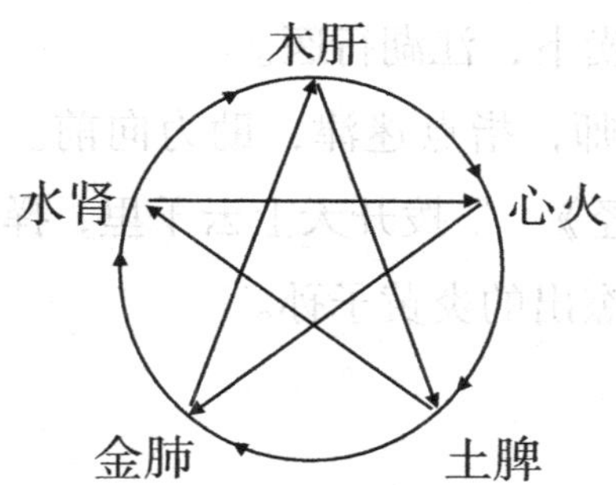

制化胜复，相乘相依。吃不同的各种颜色的食品，瑞应有道，都会进补相对应的器官。

圆形图中顺时的，是“五行”相生，即木生火，火生土，土生金，金生水，水生木。相克的是：木克土，土克水，水克火，火克金，金克木。五行的互辅互利，相互制约，相互滋生，循环重复。促进、助长、维持平衡，动态的生与克，形成微妙复杂的有序关系。患病是五行的不平衡。医术把握时机，未雨绸缪，见微知著，注重平衡。生克循环运作，整合、攀升、演进、诠释着后天天地之生态因子。因子的组合、演化、膨胀、收缩，循环兼并，统一圆融，是健康的生命参悟。为医者，必须做到“察隐，回天，通变，万全”。人的表情有：呻、笑、呼、哭、歌、恐、怒、忧、思等等表象的灵魂全息反应。治疗时，细察；然后，拿捏到位。我潜心探究，尝试、察形、感怀、提升。《内经》“天地之间，六合之内，其气九州九窍，五脏十二节，皆通于天气”。实践中，我领悟了。但是，还不成熟。

天，时间变化的风向和光照，日出日落，昼夜交替，暑往寒来，四季循环，周而复始，旋转往返，五星出东方利我中华。

地，依照空间变化，循序八卦分配，对应天体区域。

人，命宫五行所属的混元气场。

天地人和，创生之象谓之道，循进之律谓之德。老子说：万物负阴而抱阳。上合天道，下左地理，中得人道，从而法必正，命必寿。

《黄帝阴符经》："八卦甲子，神机魁藏，阴阳相胜之术，昭昭乎进乎象矣！"又看到闾巷卖卜，江湖行医。

书伴智长，先贤宗师，指点迷津，助力向前。鲁迅说："中华文化的根在道教，基础是《易经》。"拨开天上云千里，择出波心月一轮。《易经》滋养哺育着一代又一代杰出的炎黄子孙。

伏羲创太极八卦；

周文王演六十四卦；

黄帝：沧桑拾遗，缅怀猜想先祖；

老子：弘扬《道德经》；

孔子：推广写《十翼》；

三国：诸葛亮晓天地之机，通神仙之术，助刘备三分天下；

晋：郭璞《葬书》《风水学》；

唐：国师杨筠松《青囊奥语》创贞观之治，名满天下；还有大师袁天罡、李淳风……

宋：赖文俊；

明：刘伯温助朱元璋一统江山，能预测500年之后的大事；

清：有《沈民玄空学》中：人类的生老病死，兴衰成败，吉凶祸福，受时空能量场的影响和掌握。

以上精典，我细读。思考，用生效的办法给病人治病，验药方的准确率，核准尝试着规律，辨真伪。

环境控制生命，影响基因。浅显的有：黄皮肤的人，一般生长在温带；白皮肤的人，一般是生在寒带；黑皮肤的人，则生长在热带。漠北英雄，苏杭美女，杏花江南春雨，广西玉林市出了一个天姿国色的杨玉环，漠北出了个当时的盖世英雄铁木真。又如富贵人家患病，用尽好药，有的却不免逝去；贫苦人家患病，缺医少药，有照样活得好好的。这恰好证明，生命是受宇宙能量场掌控着。体内"五行"的相生相克，自动会调节平衡的。

有的病自动好。举一个例证：我的二舅患不治之症，他的孙女婿（博士）给他开刀，之后告诉全家人说“不会过三个月就走了，让他吃够他爱吃的东西……”舅舅回家后，也没有吃药，每一天踩白沙漫步海滩，吹海风，吃海鲜货，20年过去，气色好，俨然一个很健康的人。

世间这类事例俯拾皆是。司马迁《史记》中有：日者、龟策。班固《汉书》中有：方术方技。《中国大百科全书哲学》中有：象数学是易学的一个分支。

在蹉跎岁月里，自己选定要向医学远征，在先贤先师的指导下，走进《易经》，明白《易经》的四大功能：

一、 象｛天文、地理、人象｝

二、数：结论

三、推理：未卜先知

四、卜占：铁口直断

易之为书，推天道以明人事。呼天遁地，神机妙算，料事如神，六千余年，古而不老，人类至宝，伏羲文化，孔子在《易牺系辞传》中有：古者包氏王天下也，仰则观象于天，俯则观法于地，观鸟兽之文与地之宜。近取诸身，远取诸物，于是始作八卦，以通神明之德，以类万物之情。

大自然有：水、山、雷、风、火、地、沼泽、天。相传八卦是伏羲所造。

伏羲头上长着二只角。于是，华夏儿女都属于“龙的传人”。

图中间的太极阴阳雌雄交媾，永没分离。

表意：阴阳周流不虚，时空相对一体，能量此消，彼长。集祥纳瑞，繁荣昌盛，生生不息。

太极生两仪，两仪生四象，四象生八卦，八卦以东、南、西、北为序列如图所示。（也有别的排列）

震　巽　离　坤

兑　乾　坎　艮

卦中还有：东青龙（木）吉庆事

南朱雀（火）口舌文书信息

西白虎（金）凶伤孝服

北玄武（水）匪盗暗

本是有六兽卦，这里按方位说了四兽。还有两兽：居中、属土，即是：勾陈、腾龙。

宇宙奥秘外在于零（物理学真空产生万有），内在于灵（宇宙无意识到万物潜意识再到人类意识的创生过程）。伟大的民族有了伟大的思想，创造伟大的文明。圣人说：“百姓日用而不知也。”

无极——太极（阴、阳）——八卦，玄妙幽深。一个抽象凝练的宇宙太极生成图，是人类文明萌动的火种，是人类辉煌征程的印记。跋涉千秋万代，昭示着祖先的史迹。昼夜交替，潮起潮落，生死轮回，年景好差，朝代更替，否极泰来，祸福相依，回归返璞，居心正，见香不拜何妨；作事奸邪，任尔焚香无益。说得到位……《易经》尽览物性，悬壶济世，是认知宇宙布局的科学宝典；是人类文明的智慧锦囊，是祖先宗师留给炎黄子孙的厚重的文化遗产；是净心，亮眼，修身，齐家，治国平天下的法宝，应用在军事上，用在航海上，用在矿探上，用在企业上，用在农业上，用在中医上，用在喜丧事的择日上，用在建筑奠基定国安邦上……从正得福，博大精深，无与伦比。在此举一个例子说明：

元世祖忽必烈，令规划家、天文家、水利家刘秉忠师徒会聚全国易经风水名家规划兴建元大都——北京城。西边太行山，南边燕山。这两座大山山脉都属昆仑山。两座山脉在北京南部会合，形成向东南展开的半圆形大山湾。朱雀发祥生旺气。山湾环抱即是北京平原，地势西北向东南微倾，桑干河与洋河汇聚合成永定河向东方向顺流。天安门立子午兼癸丁分合。北京平原之水，从西方太行出来，流向东方，合先天地灵水法。都城倚山面水，后高前低，光足阳盛，活水奔流。紫气氤氲，花草葳蕤，俊秀挺拔，实属福寿宝地。元、明、清历时700多年。而长安、南京、洛阳等地都有朝代定都，却短、平、快逝去矣！宇宙图案，天地摆设，细细斟酌。感悟神奇，伟大的民族，才会滋养出伟大的思想，宏图伟业易经展。这么厚重的文化真经，我钻进书海，废寝忘食，走进先知，养活梦想。

说大真话，是一种勇气，一种境界，一种道德。致此，我还想说：一个人出生时，生命都受时空制约，“命”中的“五行”不齐很正常，在婚配上注意双方的生与克，协调“五行”，抑制不利，婚姻质量就会好，还有合婚、择时，定立各种规矩。古人极端重视这些，所以离婚率极少。五行”的专家是这样说的：

生肖	鼠	牛	虎	兔	龙	蛇	马	羊	猴	鸡	狗	猪
忌配	羊兔马鸡	龙马羊狗	蛇猴	鼠牛龙鸡	牛兔狗龙	虎猴猪	鼠牛兔龙	鼠牛狗	虎蛇猪	鼠兔鸡狗	牛羊龙鸡	蛇猴猪
宜配	牛龙猴	鼠蛇鸡	马狗	羊狗猪	鼠猴鸡	牛鸡	虎羊狗	兔马猪	鼠龙	牛龙蛇	虎兔马	羊兔

注：仅供参考，谨慎。如果本命中有三奇二德，能逢凶化吉。

方术杂流，经过百姓验证，悠久的精髓积淀，宛如陈年老酒，大补大益。穷理尽性，格物致知读透微妙，通达医术，大有增益。理解人间，智慧增添。

在应用中，我明白很多，这里就不说了。伟大的民族，产生了伟大的思想，细细品味心自知。“天机是不可泄露的！”

老子的《道德经》有中国文化自古至今的精髓，力单势薄，在狼口中抢肉，用时拿起来，用完扔掉。也许别的经书神，神圣有高手，人们是讲功利的。多少炎黄子孙移情别恋，数典忘祖，抛弃古贤先哲的文化遗产，还在诋毁老祖宗的科学智慧。说什么是“封建迷信”，这是很错误的。读了，认真研究了，才会领悟“真、善、美”的真理的核心价值，从而摒弃“急功近利”，自觉地去伪存真，回归本真。后代子孙承祥兆瑞，生生不息，枝繁叶茂。顺天从正，独领风骚。求名，求百世名；求利，求千代利；求功，求万世功。历经五千多年的中华民族，足以傲视异邦的挑战，永恒地存在于率真之中，替天行道，传承文明。“人算不如天算”。“日月得天才久照”是《易经》上指出的，人懂《易经》才通透！中华儿女伟大的骨子里，从来就没有侵略他国的不良。有了中国的文明，世界一定很太平；人性一定很文明！

君山祥云沐顶，海坛岚气曼妙，在君山的朗润中滋养生息，境界拓阔，挣脱苦难。困倦的眼神，干裂的嘴唇，饿了摘野果充饥，渴了喝山涧溪流，倦了放眼海山读风景，累了背诵精典诗文把玩自我。杨柳依依，雨雪霏霏，在那单打独斗自我设计的无奈日子里，涉世未深的弱女，也有“红消香断有谁怜”的纠结。然而，株株草药招惹欣喜；精品典藉醍醐灌顶，有“学医成才”这根定海神针的精神归依，变革自我的智慧和能量的撞击，浑身有了超凡脱俗的力量。潮撼朔望，汐应时辰，仰天察地，思绪翩然。古贤先哲从眼帘掠过：司马迁忍辱着著《史记》；陶渊明弃官归农耕作他心中的桃花源；竹林七贤不与邪恶权贵为伍，宁愿归隐山野打铁谋生自得其乐……也从书中和现实中看到许多阴险小人，对上溜须拍马，对下欺侮蹂躏……

卑鄙是卑鄙者的通行证，高尚是高尚者的墓志铭。原先有一种“凭什么，一个好学生乖知青此般落泊”的愤懑，霎时灰飞烟灭。“常无欲，以观其微，常有欲，以悟其妙”的智慧，心静如水。成熟长大了点，我斟酌着，领悟着，践行着。不管是历经九九八十一难，最终取到真经的唐僧团队，还是遍尝百草的医学大师李时珍，抑或是“三分天下诸葛亮，一统江山的刘伯温”，都是源于他们不屈不挠的读书与实践走出来的。九层之台，起于垒土，努力付出，有排列着不同层次的成功定数。精神力量的浇灌，厚实了。倚山照海花无数，高山流水觅知音，提振的精神勇气，与先贤对话，在他们奋斗的精神世界里，排疑解难，约会幸福。自律自爱，埋头苦干，若能精通医术，温饱应该有。积善行德，不懈修身，也许会成功！冷眼向洋，那些投机取巧，坑蒙拐骗，刁钻耍赖，古灵精怪，不劳而获者们，看看是怎么祸国殃民，终究会有怎样的结局。遗憾的是国家利益受损失，人民受伤害，文明被亵渎，埋怨自己空有一腔热血。但是，迟早会有伟人出，我相信。我就品评“春风大雅能容物，秋水文章不染尘”，多美的境界！

登山穿林拔草药，方术杂流引借鉴，经书宝典指路灯，好风凭借力，送我登君山。自我营造的精神气场踏实了。为病人治病的疗效还好，来者不绝，受人尊敬。庆幸自己在无路可走时，走出了一条属于自己的路，有质量地为人民服务的路。连天巨浪无穷碧，治病救人，拔草用药，与四时合其序，路越走越宽，前景是光明的。于无声处，书伴成长，草伴人生，独善其身。

偷梁换柱，正气消弭，刚健已远，残屑霸道。好处独揽，权力自肥。任凭他们推荐上去的“人才”，在实际工作中，破绽百出，谬误流传。有背景，有群集，充塞在其他行业中，可以混，可以忽悠，有时甚至很风光，很体面；可是，选送去当教师的，成了“南郭先生”，原形毕露。例如：当时流行语“打倒叛徒、内奸、工贼”中的“工贼”教成“公蛂”，即公螃蟹。更教不了什么是叛徒、内奸了；把“大干快上，苦干巧干”中的“巧干”教为“二十三干”；把水果“龙眼”教为“龙的眼睛”，……悖谬荒唐，误人子弟，祸国殃民。

现状，目不能睹。当时主管教育的领导，变革“销售私货”的推荐，采用“统一考试择优录用”的办法吸纳合格的代课教师。耕田种地，沉寂了多少年的知青，燃起希望，振奋精神，欢呼雀跃，奔走相告，互相鼓励，催督上阵，改变“残羽充鹏”的乱象。

但是，我思绪万千。忘不了在这之前，主动诉求当“代课”受打击的凄楚；

放不下辨别草药的药性以及学了那么多的中医知识；放不下追分夺秒学到的“五行”“易经”“方术杂流”等等的知识；放不下与李时珍、孙思邈、诸葛亮等高人的对话感知；放不下独辟蹊径领略到的风云际会，天地人和的曼妙真谛；放不下已经养成了随缘自适，与世无争的静心修身。千古兴亡多少事，炎凉世态几多情。当“代课”又能有什么？以后转正求爷爷拜奶奶，我找何人说？请君试问东流水，别意与之谁短长？

欲渡黄河冰川塞，猿猴爬行愁攀援。时有毒蛇猛兽袭击来。敢问路在何方？君山，当我挨饿，投入你的怀抱，给我数度饥荒逃难，给了我养命的生活资源。君山，当我走投无路时，你的宽阔胸襟接纳了我，在你避风的港湾里，拔草行医，人生亢奋。在山的朗润中滋养生息。林涛海风补给我生命的蔚蓝和人生的辽阔。君山，你是碧波万顷的东海和晴空万里的苍穹的天梯，祥云沐顶，绿波荡漾，碧波迤逦，花草葳蕤，清气氤氲。一幕幕心灵的风景，给了我绵绵的情恩和遐想。脚踩踏实，放飞思绪，摇篮中酣眠，叠加着的惬意甜甜的梦香，任凭我恣意飞翔……学校停办多年，人才匮乏，而今国家需要我去授业解惑，教书育人，即将远离你而去，素手抽针冷，那堪把剪刀，撑天卧地，肝肠寸断，难以割舍，倚树涕泗涟。

岛海接吻，山水相趣。我穿山过涧，腾挪跌宕，林间蹒跚，山路徘徊。脑海掀巨浪。出生在我之前有五个哥哥姐姐，贫病交加，居然早早夭折，没有阳光，没有温暖，没有看到新中国。而我，历经磨砺，创造高度生命宽度的拓展，有文化，有知识，有生命，都是新中国给我的。有机会上学读书，渴望的就是能够为国家所用，知恩图报，有所作为。现在，机会来了怎么就举棋不定，踯躅彷徨呢？人生达命岂暇愁，必须坦然地拿得起，放得下，自足荡心耳！业广于勤，以后也可以一边教书，一边学中医。

鱼和熊掌不可兼得，舍鱼而取熊掌。不许徘徊，不容迟疑，赴城赶考，真的能够择优录用，就奋发踔厉，力学贤达，健造栋梁满神州，像万世宗师孔子：学子三千，贤才七十二！学生成才，个个闪光发热，镶嵌在各行各业的大坝上，辉映着璀璨星空。自己果真是从事着太阳底下最辉煌的事业呀！长江后浪推前浪，少年强则国强，我一定自觉担当！

世事沧桑心事定，胸中海岳梦中飞。匆匆走进考场，款款面对考题，静心等待发榜。一周时间过去，我还是行走在山林间。瞬间接到“金榜题名”，是“中学代课”，月薪26元，每月十五号准时认领。

代课，语、数、外、政、史、地、理、化、生，必须全才、全能。备课投入全部的时间和精力。科目不同，授课方法也不同。哪一所学校缺了老师，都要服从调遣，遵照指令奔赴。居无定所，马不停蹄，辗转N所中学，浪迹海坛半岛屿。每一次调动，我都情不自禁地自嘲自娱哼唱几句：毛主席的战士，最听党的话，哪里需要到哪里去，哪里艰苦哪安家；招之能来，来之能战，战之能胜……

矫健辗转，一步一步地丈量讲坛，广泛接触社会，熟悉乡土民情，读懂学生个性，明确学生诉求，确定教学方术，践行“教书育人”的有效操作，寻探教育规律，开启教育智慧，强化师德师能，在无字句中读书和演练，涵养师德师能的达成。

与众不同的磨砺，在久旱甘霖浇灌后，在生命怒放的季节里，勃发着收藏当年无路可走的感受，顿时热血沸腾，激情燃烧。引万道清泉浇祖国花朵，倾一腔热血育所面对的学生，盘活教育资源，大象无形，大音稀声，教活学生。“好教后世续君来。”

仰之弥远，钻之弥深，开足精力充沛的马达，驰骋在“教”与“学”的原野里，采撷教学“真经”。让业绩见证，让时间检验。玩味着“文官执笔定天下，武官策马定乾坤”的担当。能文能武的，都是老师们教出来的，我能吗？上下求索，如饥似渴读孔子，满江红里品岳飞。殚精竭虑，拼一个“履历”的图像，至少留下一份真。“瓮牖绳枢”“筚路蓝缕”的草根女，国家需要正当时，舍弃“方土杂流”“治病救人”的独善其身，转换角色重新定位，题翰书章，默背揣胸，走上讲坛，培育桃李，做一点点为国利民的好事，欣慰滋生。德由心积，功由心修。无人提携空英雄，不用扬鞭自奋蹄，生命厚度积累的自觉，是一种理解，是一种通透，是一种境界。望广漠而无际兮，感任重而道远。行万里而无声兮，见绿洲而不停。为了选择的担当，既然选择了远方，便风雨兼程，演绎讲坛的生动。怀揣报国志，存心有天地知。在茫茫未知的生命里程上，目标选定、努力打拼。独理书签还自慰，虽然苦辛不担心，拳拳之心，天人可鉴。

时光动感，旋律曲变。为了储备“正式教师”的资源库存，上级决定从“代课教师”中再用统一考试的办法严格筛选出有质量的“民办教师”，意味隽永，选拔上了就是列入国家“编制内”的正式教师的后备军。铁饭碗，名额少，把关严，能够当一名合格的“民办教师”，在那个年代，是有多少人艳羡的。“有金子的地方盯上的人多”，必须有足够的思想准备。

行走在即将晋升的台阶上，怀揣对“修成正果”的渴望，有幸能够公平考核的一致确认，早就让我心驰神往。但是，那个特定的时间段，活生生的许多猫腻，有不劳而获在暗中算计着“狸猫换太子”的操作。我，以及许多像我这样赤条条的人，都用颤抖的笔尖垂钓着一池池瘦瘦的忧伤。“造反派”“游街批斗”“抢班夺权”，阴霾飘浮，浊浪排室。浩浩人间还是有许多毛主席培养出来的大公无私铁骨铮铮的好领导，他们挺直脊梁敢顶压力，扶正祛邪，勇于担当中流砥柱，人间有公道，择优录用在阳光下运作，成功理所当然属于脚踏实地出力流汗的人。于是，我成为一名中学民办教师，教授语文、政治等。

那时，“文革”进行时，“复课闹革命”，教学内容是“文革”版的。不应该的年代，有谁能摆脱？“一打三反”；时而“批林批孔”，又有“零分上大学”的笑话，还有“马振湖”事件，再有“王帅事件”……各种莫名其妙的事件，目不暇接，挤压着正规、系统的教学。在不误人子弟的良心驱使下，也是我发自内心的兴趣，强化学生听、说、读、写，让每一个学生脑子动起来，眼睛亮起来，明事懂理雅致文明。想方设法，引进竞争机制，竞赛刺激，讲评深化，盘活育人资源，出神入化，调动学生积极性，你追我赶，攀援升华。

教师的任何努力，只有化作学生的内在动力和行动，才有现实意义。那个不应该有的年代，几年时间没有上课，学生按年份地自然升级，名分上是初中生、高中生，实际上一大部分连小学毕业都没有达标。我面对实际因材施教，强化他们动手、动口、动脑，养成习惯，促成学生对学习渴望的自觉行动。一、先教查字典，背诵并默写常用的字、词，用定量的办法，次日用测评鞭策强化过关。二、连词造句，互评互改，测试，讲评，张贴示范，摘录成册，活化背诵脱口秀。书声琅琅，荡气回肠。三、引进名篇时文，背诵唐诗宋词，强化语音、语速、语流、语韵，合乎规范。学习历史上说书名流柳敬亭，抑扬顿挫，出神入化，绘形展像，声情并茂。四、养成写日记、周记、作文的好习惯，兼强化书写训练。互助互学，人人动手，讲评、张贴，鞭策精益求精、日妍日上。五、抓好辩论、相声、背诵、即席演讲等比赛，很好地培养学生听说读写的能力。《七部语要》中的“神静而心和，心和而神全”。我躬耕语文教学园地，从字词句文，篇章结构，主题与选材，详写与略写，疏密相间的文流，跌宕起伏的文波等严格训练学生。还详讲文学史，介评历史上的文学名人等等，用精彩的教学诠释语文博大精深，让学生欲罢不能，全神贯注，抵御外在的动乱诱惑。我的学生没有荒废读书时光，胸有诗书，出口成章，出类拔萃，能够为国家所用。他们中大部分能记住了我，“谢师恩”方式多，并且源源不断地送来他们的子女亲戚朋友等要我为他们补习，还有登门求教怎样当好老师……至今我一直都很忙碌着。

在中学里，任教的教师都是大学毕业的，有的在大学里，实际才读不到一年时间，就“文革”停学了。但是，是国家规定的正式教师。而我这个“中学民办”“是知青，是农民”，仅是高中生，是知青转型的。地位低，兼加学校住房紧张，分配我住在学生蒸饭的食堂里，水蒸气包裹着我，嘈杂、饭味与我同住。我像《装在套子里的人》里的别里科夫，为了天天的换洗，做了两张特级的又厚又高的蚊帐，又买了一张矮凳和一张高凳，躲在蚊帐里备课，批改作业。好在我基本功扎实，施教方法灵活，旁征博引，恰到好处，连贯得体，错落有致。经得起听课，考评的。唯有折服，赞叹，鼓励激奋，助我向前。但是，活得很挣扎。

我还是很留恋拔草药，为人治病的日子。每当寒暑假，就登临君山，攀援巅峰，与山海对话，与药草约会。沐岚气，观东海，诉说自己忍常人难忍的困苦。饥饿度荒少年时，“文革”耗费青春年华。也许生在农村，长在农村，踏踏实实地耕地种地，也就省去了那么多的磨难；但是，祖辈、父辈没有文化的苦难，让我想到了读书可以改变命运，唯有勤奋读书，奋发有为，为国为民，拾级人生台阶，播撒文明，传递正能量，留给后人的是榜样，是力量，如果，人人都怕苦怕累，不思进取，社会也不会进步了。我是走对了路。人间正道是沧桑，讲坛耕耘树形象，尽管不给转正，我还是要力争做好自己知识的富翁。从无字句中读书，向上进人学习。恒久的守望，终将会成功。也只能这样安慰自己。与学生同在，共享教学的快乐。日月两轮天地眼，洞穿人间是与非。如果始终欺负没有背景人，让它去！心似白云常自在，意如流水任东西。书伴人生，眼至神游，精足心静。千磨万击还坚挺，任尔东西南北风。甘其食，乐其俗，静以修身，教书报国，不误此生。

天柱劲挺，乾坤正旋转。风柔霾散，旷世奇才出。力挽狂澜，正本清源。龙虎出行，阳光相送。春回大地，万物苏萌。

正当我沉浸在批改作业时，传来“恢复高考”，“老三届”可以参加的好消息。我惊喜若狂。因为海岛闭塞，得知这信息，离高考的时间仅仅51天！群情激昂，大地欢腾，大快人心的饕餮盛宴，翻掀着人人欲试的波涛壮阔。公元1977年11月份，570万人赶考。群芳绽放，姹紫嫣红，草根将要破土，一代人望眼欲穿的高考，渴望公平竞争的高考，11年的等待终于来了。生命热量，精神图像，影视传媒，炙热写意，中国的历史，烙印着高考竞争比拼的这一回。

冲刺，迎考的51天，仍然担负着两个班125人的语文教学兼班主任；报考地点是得步行40华里路的流水中学；报考科目的选择，填报志愿的思索，还能有多少时间投入考前备战，温习已经掉弃了十一年的课本呢？没有分身术，没有超级智慧，内心充满着迷茫和不自信。但是，决意要抓住煎熬了十一年的有转身希望的机会。

“读书无用”，母亲早已把我上学时的课本、练习，提纲、考卷当作烧火做饭的起火索烧为灰烬，片纸不留。撕心裂肺，欲哭无泪，一个念头，借！到哪里借，向谁借？“咸鱼翻身”，宛然一根救命稻草，有谁肯当缩头乌龟，而放弃这个高考的机会。我冷静地分析每个同学的家庭状况，生存定位，以及有没有肯帮助弱者的思想意识。怀揣能够进大学改变命运的梦想，步行16里路，傍晚，叩响同学林友哲的家门。他桌子上，摆满应考的课本读物，他正伏案疾书，显然投入了考前演练。我很自私，直白来意。他说：“我已经有正式的工作了。你无依无靠的，要转正，不知猴年马月才能轮到，拿去，我不考了。”说完，就整理该用的复习资料，还在衣袋里掏出钱来送给我做报考费用。我趁他转身泡茶的时刻，钱，没有拿，拿走复习资料，“希望”在手，飞快跑离，仿佛抱走一个十世单传的婴儿。带着感激，带上希望，连夜赶回自己当民办教师任教的学校。惦着这个“舍已救人”获来的“武器弹药”，确定报考自己不占优势的文科。

数学，高三部分，因为“文革”停课，没有学习。我投入一半的时间专攻高中部分的数学立体几何。攻坚克难，啃噬硬梗，选择课后习题，自练，自查，自纠，强迫达标。但是，在综合练习题中，凡是渗透高三年部分，只是似曾相识，浮光掠影，无法应答自如。站在旷野透气，草木含情助悦，东海扬波鼓劲，岩石硬朗坚挺，都在为我喝彩添力量。但愿苍天睁开眼，普降甘霜，公平泽润；但愿人间少一点像《范进中举》中的范进岳父的势利嘴脸，多一点文明涵养，不要看不起一个很努力的人。文革耽误而能够矢志不渝的拼搏冲刺，痛苦承载有多少，欲知结果如何？待到高考揭榜时。奋发踔厉，是一种精神！

观天下尽收眼底，我把“中国地图”“世界地图”挂在蚊帐内。卧薪尝胆，睁眼扫描地图，记牢矿产、物产、温度、气候、纬度等，闭眼猜想考点。按图索骥，直观易记，烙印脑海，撬动难点，切中重点，从容对话。

岁月悠悠多少事，云谲波诡历史题。上下五千年，多少人与事，政治，军事，经济，朝代更换，明主暴君，忠奸对决……望而生畏，战战兢兢，畏难思退。但是，参加高考决心已定，必须勇敢面对。从朋友中得知：平潭一中历史老师王昌珠是专家，是超级老师。我不熟悉，唐突冒昧地登门求救。全家人热情地招待了我。

王老师先用几道口述题测试我。考查基础，又点面结合覆盖全局。他的办法是：纲举目张，连点成线，连线成面。他说：春秋战国乱悠悠，秦汉三国晋统一，南朝北朝是对头，隋唐五代又十国，宋元明清帝王休，变革帝制孙中山，文韬武略毛泽东。

几千年的历史长卷，王昌珠老师浓缩成几十个字。这一个宏观搭建，一览无余，纲举目张便记好背。然后，他又把每一个历史朝代中的重要人物，突出事件，意识形态，朝代更替，连串成章。又找出“文革”前高考的历史题与各自对应的朝代接轨，把脉命题意图，预测时隔11年的“恢复高考”的命题新意向。用三天时间给足我复习范围。王老师的业务精湛，教艺高超，诲人不倦的师德师能，给学生以希望。大浪淘金，春风化雨，潜移默化，宏观统领，微观透视，我从狭隘跨步宽阔，从粗浅进入厚重，信心勃起，迎接高考挑战。

当时高考总分定400分。政治、语文、数学每生必考，各科100分。报考文科的加考地理、历史。报考理科的加考物理、化学。加考两科共计100分。匆匆备考的个把月日子里，我力争补足短板，没有时间，也没有精力复习政治、语文。因为范围太广，题翰书章，卷帙浩繁，老虎吃天，无从下口。唯一依靠的是，吃老本，拼功底。

考前三天，放松心情，摆平心态。复习戛然而止。什么也不练，什么也不想。赶到县城一中，听三个半小时的数学考前指导。领导指派数学权威林自福老师担任。开场白，林老师是这样说的：欲识潮头高几许，面对实际测深浅。11年没有真正意义上的开课学习，造成一代人的学习质量断层差异大。命题人会放眼实际，以基础实用为主，为选择一些学习尖子，也会设计分值梯度，拉开成绩几个段层。于是，他浓缩精华，综合以往考题内容，提炼典型精要，题映各类重点，把控内容的恰到好处的深浅，击中题旨，条分缕析，振聋发聩。我在考场上，数学有两道题，梗塞思路，凝神聚气，抓耳挠腮，焦头烂额，绞尽脑汁，解不出来。落榜的恐惧袭来，手心冒汗，脚跟冰凉，笔尖滑落，目眩走神。霎时，屏气洗脑，灵感突发，技巧闪现。林自福老师的考前指导内容在脑中滤涌。他的题映所指，切中肯綮。我于是茅塞顿开，开窍提振，移植解法，豁然开朗，用他的定海神针，破解我的难题。题海茫茫，林老师居然靶心准扣，要领点击，撬动支点，携学生达成功的彼岸。挥指高考映师魂，题海放歌摘精粹，教艺高超切考旨，援引四两拨千斤。林老师永远是我尊敬的老师。他那宽阔的视野，丰富的内在，厚重的知识积淀，助力学生成功的力量，是我永恒的学习动力。

乾坤正旋，形于气还，各复本状。科举考试是皇帝选人用人的专用机制。自从隋朝赵僖父子开始，到清末1905年结束，历时1300多年，时光将历史活化了。开天辟地，新中国成立了。培养又红又专的社会主义各行各业的建设人才，国家用公开、公平、公正的高考，选择德才兼备的大学生。（除了家庭出身有问题的，社会关系复杂的。）金榜题名的幸运者，到大学深造，确实培养出思想品德好、素质优、能力强的好学生。学生们工作了，服务于各行各业，成绩骄人，出类拔萃。社会、历史对“文革”前的大学生，普遍认可和称赞。史无前例的无产阶级”文化大革命“爆发了，公元1966年停止高考了。历经11年，到1977年才恢复了高考。1977年的高考，改以往夏季开考为秋季开考。万里江山秋壮阔，风清天远海湛蓝，全国有570万学子带着希望，奔赴考场，接受检验，待命挑选。这是动乱结束，是人心思定，是拨动反正的信号。甘露普降恩泽匀等，千军万马挤独木桥，不管录取能否，沐着春风，人人脸上绽放笑容。失而复得的高考盛宴，智慧比拼，勇气是多么的坚毅。久旱甘霖的雨后，万物苏萌，跃跃欲试的考生，内心强大，自信提升，人声鼎沸的欢乐气场，写满神州兴旺的喜悦，历史将镌刻这一时刻。

1977年11月份开考，1978年3月份，高考成绩有上线的名单公布。到1978年4月末才接到录取通知，其间的几个月，我没有观望，没有等待，一团破纸塞两耳，自信人生二百年。岁月酿成的禀赋，照样勤奋努力。我拷问：语文、数学、政治的命题题旨；评估自已的考分得失。自设相关考题，检索知识宝典，查找相关辐射，细察“文革”前后题旨的变化与差异。明白自己可能丢分的原因。

我没有报考理科，但想方设法得来一份理化考卷。自练自纠，试评得分，权衡自己，考量脑中的形象思维与逻辑思维是否均衡发展。操练不停，认识自己是文科还是理科的料。时序常常有考评，社会处处有考场，潜心研究，不会错。

1978 年 3 月份，春暖花开，成绩有上线的名单公示。周围考生几百人，唯我胜出。但是，上线不等于录取。录取与淘汰的比率为 3：1，即三个上线就会淘汰一个。严格政审，甄别透彻。县进修班的周而国主任负责我的政治背景审查，品德修养考核，知青表现写实。办公地点设在我报考点的流水公社内。我母亲对周主任说：“书，全部被她读完了，还要再读什么大学？求求你，让我跪下磕头，千千万万不能让她再去读书了。”达标考生的政审圆满结束了。周主任在会议上对工作人员说：“女儿考上大学，居然有母亲不懂得为之高兴，还下跪磕头求拜‘不能让她去读大学’……这位考生，真是逆境奇崛，沧桑一绝！”后来各校获悉，校领导、政治科老师，在学校师生大会上，在他们上政治课时，以我为素材，高唱劝学篇，激励一届又一届学生，刻苦攻读，打拼追梦，金榜题名，事业有成，出类拔萃，精忠报国。

大浪淘沙，再挑粗粝。按照 3：1 的录取规则，录取的变数够大了，不用说在上线的三个人之中就会有一个被刷掉，就是 10：1 的淘汰定律，我也一定会被列入淘汰行列里。猿猴攀爬也得有攀援助力。我的祖上父辈全是捕鱼种地的，我找谁诉求？苦难与艰辛折腾我遍体鳞伤了，正常的神经也会魔鬼化。落选的痛苦袭击，绝望搅得心神不宁。走路低着头，脸色苍白，工作无力，饭食无味。涌动的思潮，沉寂了下来，治疗精神创伤，只能靠自己。找书读，找学生辅导，排遣心中的纠结。但是，很努力迎高考，成绩符合要求，却不给录取，痛心疾首，悲苦笼罩，半醒半醉，喃喃低语，欲诉无言，欲哭无泪，面壁默然，麻木僵呆，痛彻心扉，无法求解，尽人事，听天命吧。

知青的诗集中有一句名言：黑夜给了我黑色的眼睛，我要用它来寻找光明。于是宁静淡泊，反观历史，放眼实际，眼帘掠过一排一排科举落榜而也很成功的名流。英雄不问出处，悲剧人物的生命色彩也一样响亮。徐霞客因为科考落榜，迷途知返，投身自然，游历名川大山，一路风景。地形地貌，矿产宝藏，旖旎风光，尽收眼底，揽入笔记，贡献担当，名震天下。蒲松龄落榜，失意而不失志，洞彻天地，笔耕不止。他的《聊斋志异》彪炳文册。他思考物性，呐喊文明，启迪世人，捍卫人性有尊严。历史上，真有英名留下的是：嘉言懿行和才真事功。提振自己：莫为霜台愁岁暮，潜龙须待一声雷。相反的，许多人名中高榜，为朝廷所用，并没有建功立业，有的"伴君如伴虎"招惹祸害，呜呼哀哉。弥望亭台飞檐斗拱，踏稳脚下山丘平川峡谷。福兮祸所伏，祸兮福所倚。芸芸众生，平淡无奇，清澈纯净，是一种淡薄宁静。世界以病态吻我，我就以微笑置之。于无声处，自在游弋。路障卡压，大不了就继续拔草药救死扶伤，学习中医，深钻《易经》，对人对己都有用处。还要潜心研究文学，把脉各个作家的心路历程，学习他们的担当和使命，为进步和文明投笔呐喊……时间是用来奋斗的，不是用来慨叹，不能辜负韶华。我走访几所学校图书馆，借来许多我爱读的书，化解胸中郁结块垒。蒙头苦读，不苟言笑。"天不生仲尼，万古如长夜。"范导指向，境界超拔，撷英咀华，不甘被命运裹挟，动态的张力，激活着上升的力量。看得透，拿得起，放得下，心态平和，是一种成熟。路在脚下，砥砺求进，苍天不会看不起一个很努力的人，崖泉滴透石玲珑。总会有一天，摒弃窝囊，突破自我，与乖蹇命运抗争，活出样子，启迪他人。吟咏苏轼词《定风波》特别加重音："料峭春风吹酒醒，微冷，山头斜照却相迎。回首向来萧瑟处，归去，也无风雨也无晴。"关心我的人都特地赶来询问录取的情况，我全都从容地回答：没有录取，但是，我还会努力的。焚膏继晷，孤灯挑尽，读书的初衷不改，立志有所作为的信仰弥坚，拼劲递增。拥有别人不曾拥有的收获，心似白云常自在，意如流水任东西。竹杖芒鞋轻胜马，谁怕？一蓑烟雨任平生。起而行之，爬坡过坎，总会到达理想的彼岸。怀揣梦想，自怡游弋。

从恐惧落选，到能够以平常心应对，潜心读书，心无旁骛。心情修复，常态平衡。“达标”政审之后，过了约50天。4月底的一天，录取通知单送来了，喜从天降，兴意盎然。但是，我淡定宁静，更没有像《范进中举》中的范进那样的精神失控，导致出丑疯癫。春归大地，人间有公平，乾坤扭转，百姓有希望。生成的快慰，心潮澎湃，仰首望天，声情并茂地背诵宋代梅尧臣的《寒草》诗句：寒草才变枯，陈根已含绿，始知天地仁，谁道风霜酷？

能吃苦，能坚守，够努力。原本在花样年华就该实现的大学梦，而立之年才遂人愿。荒废了青春年华。在蹉跎岁月里，11年的煎熬，11年望眼欲穿，忍常人难忍之苦，还算修成正果。穿越岁月的门槛，回望路过的崎岖，孤影自怜，不掉眼泪也无由。拿到“录取”的这根救命稻草，这是一剂强心剂。咸鱼翻身，从此，人们不会以我为范本，煽动“读书无用”论，诋毁文明。无可奈何，受裹挟沉入谷底的命运，从此，可以走进新的征程。

撬动支点，重振雄风，是伟人的英明。“感谢”“感恩”的情愫，在心底喷涌，谁言寸草心，报得三春晖。投桃报李，菽水承欢，精忠报效，写满未来的人生。录取常作落选想，上场当念旧影时。相信草根扎进缝隙生长出来的，是会有旺盛的生命力。唯有阳光普照，恩惠均等送人，小草也会茁壮成长，装点大地。

雾霾散尽乾坤朗，
姓名已列高校榜。
寒门女子零突破，
振奋人心迎春光。

也许是对首战告捷者的钦佩，也许是周围附近仅一枝独秀的抢眼，也许是冰天雪地里有荷花绽放，火焰山有玫瑰飘香，全校沸腾了。学生家长来了，公社干部来了，军营里的军嫂们来了，周围中小学里的师生都来了，同学朋友父老乡亲全都来了……问候、掌声、称赞、资助簇拥着我。得到认可，有了面子，有了尊严，开心了一回，铭记了这一次。心理学家威廉姆斯说：别人对自己的关怀，是人性最深刻的原则。周围人对我的关爱，指引我前进的方向，增添了进击硬度，使自身内质的生命力劲挺勃发生机。我明白：人们有良知，懂得尊重知识，懂得尊敬努力打拼的人。也是人们对上大学的渴望和礼赞，是意识形态领域的文明拓展，是宝贵的精神财富，社会的文明和进步大大有希望。

春风大雅沐新地，雨驻霾散艳阳天。养活一团精神气，催生了我生命的勃发。锦瑟无端五十弦，一弦一柱恩华年。曾经在地平面上任凭土沙洗礼，还是痴痴地执着于梦想至上，献身指向。经历太多了，承受太多了，毛骨悚然，不堪回首。而今，春归大地，解脱了，开阔了。朝云推窗观大海，浪花缱绻，上下天光，一碧万顷。海天相连，山川相缪，郁乎苍苍。伫立山头，眺望大海，“浩浩乎如冯虚御风，而不知其所止；飘飘乎如遗世独立，羽化而登仙。”我将珍惜所有的感动。

祥云时光，骄阳沐顶，快意荡漾，动感飞渡。徐步漫游三十六脚湖，龟山脊梁稳驮，放眼环湖，山似翠波涌，湖似镜反光。湖滨西侧的山峰托举着巨崖，巨崖上力挺着几千吨重的风动石，峻险巍峨，颤颤抖抖，仿佛向我颔首致贺，亦仿佛在透视人间的真、善、妍。我挨过N遍的冰冻和烧烤，抗争的命运有硬度。但是，缺了点芳华馨韵，闻足了稻麦香，缺了点富丽典雅的浸润。见贤思齐，拾遗补缺，修身养性，文明规范，不断完善。五月的鲜花，春天的湖水。鸢飞鱼跃，青山朗润。良辰美景，穿越时光，思绪涟漪。女人拥有世界的一半，堪与才男俊杰相媲美的寥若晨星。国色天香，闭月羞花，沉鱼落雁的四大美女，因为有花容月貌，她们响亮的名字才定格在历史上。女皇武则天，词人李清照，科学家居里夫人……这些顶尖才女，智能特异，她们是怎样铸炼成为奇崛伟岸的呢？中国科举历时一千多年，出了“巾帼不让须眉”的第一个女状元傅善祥，在她金榜题名时，是否有“春风得意马蹄疾，一日看尽长安花”呢？独占鳌头的女状元名片，傲飘天宇，唤醒大地，滋润苍生，后来又出现多少个女状元呢？在帝王专制、等级森严的封建社会，有男子汉治国理政的，瀚墨飘香的，富甲一方的……而能够登峰造极的伟女子，是天赋，是志气，是百折不挠的刚毅？寄君千里遥想，叩击心扉动感，独树一帜的杰出才女，没有添加外部助力，独有内在智能迸发的正能量，才汩汩滔滔，一泻千里。沧海横流，女英姿气韵辉映日月。虽然望其项背，望尘莫及，却昭昭然荡漾心胸，引之为自豪，助一把推力，添一泓正能量。安得帮人生羽翼，飞来相伴醉如泥。高贵的精神辐射，醍醐灌顶，如沐春风。杜甫说：刻骨铭心的痛楚是一个经历磨难之后的收获。崖泉滴透石玲珑，练就了生命的从容不改。静静立定湖心龟背，在青山碧湖的环抱中，倒映在湖心中歇脚的独行客，邀请山山水水铭记这一单打独斗的贫寒女：

风雨丹桂傲雪霜，
人生磨砺不寻常，
浴火重生何处去？
重上讲台再闪光。

山重水复路，柳暗花明时。一路行走，仿佛挺进在一场马拉松赛。漫长得让多少人无法坚持到底。也有人喜欢用百米冲刺的速度奔跑在马拉松赛场上，结果气喘吁吁，差一点猝死在半道上。岁月流殇，时日悠悠，拂去时光的厚厚尘封，生命的那份纯真，恒久追赶着不懈的追求。凛然地为祖宗脱贫，为父辈祖辈洗刷文盲落后的耻辱。30岁挨着个“范进中举”，“农民后”踽踽独行崎岖的山间小路，练就了铁脚板，依然打着赤脚行走在升学的道路上。抚平冉冉逝去人生起点的精华光阴，时光打磨了我，鞭策我努力向前走好未来的每一步。大道无垠，也许会凌空踏虚，也会有破坚发奇。但是，我一定会永恒地追寻着属于我无悔的忠诚；攀登书山，读懂大千。千古风流笔端所展现的万千气象，放眼喧嚣的人世间的五彩缤纷，比照我生活在社会底层的所见所闻，放飞激情和果敢，做有益于你我他的纯粹自我。不浮躁、不显摆、淡泊、静好、审视、累积、熙熙焉环宇来往，攘攘乎海内东西，人间万相尽收眼底。江山无限，风月长存，颖悟会有内心正能量的储藏，内心琢磨着体验是很珍贵的。也许心如止水，纤微敛蕴；也许心潮掀动，波澜自阔，浩乎沛然。天地人和的中国元素浇灌着我，智慧苏萌涵养着精神气场，逆境深处的淬炼，创造了生命的高度；拓扩了视野的宽度，于是，生命有了硬度。情思漫起，安慰自己，不虚来到人间走一回。啊，贫寒女，“50前”的“农民后”，很羡慕“80后”的“博士后”。年代时差，全然不同的两代人。

春秋律动，时光静好，美好在前。“农民后”和“博士后”，携手并进，共同弘扬民族精神，踔厉风发，齐心协力，共建富强民主的大中华。让后代健康成长。谁能养气塞天地，吐出自足成虹霓。千江有水千江月，星星闪亮才有星空璀璨。人有才德，天耀中华。

电视剧《幸福来敲门》的编、导、演，潜入生活底层，体察知青。剧中女一号遭受的苦辣酸辛，浓缩着“知青”群体的苦难。观看电视剧《幸福来敲门》，听过该剧的主题歌，一定会感悟到：“生命起伏”的原野，流淌着“知青”绵绵的魂倩！

拉开记忆的闸门，返光来路的曾经。1966年5月16日无产阶级“文化大革命”爆发，停课，切断了一代人汲吸文化知识的乳汁良机。1977年11月恢复高考，570万学子赶考，录取27万人。“文革”“老三届”“知青”“上山下乡”“回乡插队”“恢复高考”等名称符号，成为铁血荣光的历史记忆。悠悠岁月荡涤厚厚铅尘。国家在人才资源库存里淘出了改革开放的精品要用。一心寻路，一汪泪水，一腔热血，风雨兼程。凿壁拓荒，设疑问理，究根究底，拷问真伪。“脚下的一条河，流淌着多少苦辣酸辛；生命是一首歌，尝尽所有的悲欢离合。”紧握所有，回味无穷。啊，“老三届”！不愿老去，看世界，促进步，享盛世，颂太平！

基于实，发乎情，述而作。烙印在血脉里的记忆，让存在着的留下痕迹。生津滋养沐心田。让“80后”懂得昨天，珍惜今天，开创明天。

“事实比虚构的故事，有更深切的戏剧性，向来如此。”法国著名的女历史学家佩如德，如是说。

（1999年9月）修改与2015.9

成长在高校

魂的重振

沐浴在改革开放浩荡的春风里，
生命转机在高校的百花园中。
咱们是十年动乱之后的第一拨受益者，
而立之年走进考场，百里挑一圆了大学梦。
挂着泪滴的腮帮子，
苏萌着甜甜的笑靥。

穿越岁月的门槛，
回望路过的曾经，
精英蒙难，栋梁摧折，满目疮痍，
学校停办，误尽苍生，
偷奸耍滑的竟然志得意满。
缺倚没靠的我们：
要当“民办教师”不准，
愿当“赤脚医生”遭呵斥，
来回往返演绎着十年的希望与绝望的无奈，

饱尝着“范进”“苏秦”不得志时的苦楚。
蹉跎岁月，
豆蔻年华被浩劫殆尽，
花季光阴在那段没有尾声的游弋，
透支了烈烈的青春魂。
集山河于斗室，
滚泥巴，顶讥讽，观不平，
悟道理，读史书，颂古贤，
否极泰来有定律，
读懂沧桑，
铸魂炼丹。

时光流逝，
动感飞度，
春归何处？
一代风流万代骄。
旷世奇才，
时代脊梁，
横扫浓重雾霾，
鬼蜮魑魅逃。
肃清流毒，正本清源，
苍茫大地生机勃发，
泱泱大国民魂重振，
人间正气升腾。
吟咏《东方红》音符，
高歌《国际歌》旋律，
华夏巍巍。
昂首望神州，

雄光漫道，正是长征路！

凤凰涅槃，
浴火重生，
不同寻常的历炼，
锻炼了生命的硬度。
寻回童年足迹，
少年斗志难灭！
失落于旋涡的黄金韶华，
在书页翻动的涛声里，
还原童心的本真。
怀揣报国心，
激情燃烧更旺。
战场上识勇敢，
书海中汲才智，
业绩谁辉煌？
生命真诚的精彩，
鲜活地展示在每一个年龄的仓橱里。
报效祖国，
重振雄风，
携手竞风流！

落下去的会重新升起，
得到手的也会倏然失去。
唯有爱国心的赤诚，
滋润着生命的本色，
自觉完善自我，
定然有生命价值的永恒升华。

魂的重振，与时代同行，
看谁冲锋最前？
共创一流业绩，
葳蕤崛起风采。

投给校墙报

1978.5.26

重振精神再远航

——一次师生大会上的发言

敬爱的老师，亲爱的同学们：

我们成长在红旗下，才有上学读书的机会。岁月沧桑，战乱洗礼，建国初期，百废待兴，经济匮乏，又遭遇三年自然灾害，贫困饥饿，辍学归耕，等待机会再读书，我们全都经历过。我们悬梁刺股，闻鸡起舞，鏖战书海，精益求精，目的只有一个：热爱新中国，力争多学文化知识，勇于担当，报效祖国有力量！

但是，我们“劳其筋骨，饿其体肤，空乏其身”，天并没有把大任降给我们。我们正在酣酣地吮吸知识琼浆时，过早地断奶了。我们只能无可奈何地把已学到的知识扔给泥沙。人生最宝贵的青春年华，在炼狱、在挣扎。十年苦战荒野，耕田种地。大爱无言，仰天长叹，苦闷彷徨，路障重重，上下求索，不知去路。终于明白了：没有倚柱，“欲渡黄河冰川塞”。唯一的出路是“日出而作，日落而息，无休止的复沓：面朝黄土，背朝天”的劳作。青春一天天消逝，知识一秒秒耗费。眼睁睁地看着“零分上大学”人的得意忘形；看着没有上过一天学，连名字也不会写的人却有工作岗位在招摇过市。我们失落，受人歧视，遭人讽刺。破帽遮颜过闹市，漏船载酒泛中流。夹着尾巴做人。唐僧取经遭遇九九八十一难。我们的苦行，也都会著作一部每一个人各自的《西游记》。磨难深入骨髓，沧桑植入灵魂。

我们凭着生命的真诚，矢志不渝，行走荒野。探索心路空间，有辛勤、有思考、有天问……唯独没有沉沦，没有眼泪，没有低声下气……地平面上的土沙洗礼，有“老三届”植根于泥土的尊严。

乾坤正方向旋转，时光已将历史分化。风华虽然耗尽，积极进取，力争有所作为的精神依旧在。十一年后的恢复高考，录取的预选线，“老三届”比普通考生多60分，在年龄不再有优势，在课本练习全部丢光，在精神经过烧烤的磨难，我们首战告捷，坚挺挑战，满载收获，验证了我们一代人的才华英姿。经霜腊梅，必将浓郁芳香。蹉跎岁月已过去，迎接我们的，一定是光辉灿烂的明天。岁月流金，历史留下凿凿的痕迹，峥嵘岁月曼妙，中国广袤的原野，一定会记住“老三届”。

我们都把祖国比作自己的母亲。要知道：世界上最伟大的母亲，也会有生气的时候，她会把怨气迁怒给自己的儿女，可能是打骂，可能是不给饭吃。但是过后，母亲都会心疼的。狗不嫌家贫；儿不嫌母丑。我们是祖国的新一代，生长在红旗下。凤凰涅槃，浴火重生，我们还是找回了人生追求。体谅母亲，感恩戴德。唯有心理平衡，能打起精神，撑起生命的蓝天，轻装上阵追赶明天。更不能有“船到码头车到站”的安逸思想，贪图享受，止步不前的！

司马迁受宫刑耻辱，著作《史记》书有《报任安书》一文中有：“盖文王拘而演《周易》；仲尼厄而作《春秋》；屈原放逐，仍赋《离骚》；左丘失明，厥有《国语》；孙子膑脚，《兵法》修列；不韦迁蜀，世传《吕览》；韩非囚秦，《说难》《孤愤》……我们的青春被掏空，要追分抢秒，为修补而奋斗，让生命的损失降低最小极限。仰天大笑出门出，吾辈非为蓬蒿人。万世宗师孔子，拥有弟子三千，贤士七十二。由他的学生远播他的教诲。将来我们也会拥有很多大有作为的学生，由我们的学生弘扬我们的教学。

精典《春秋》上有：“为天地立心，为民生立命，为往世继绝学，为万世开太平。”毕业之后，辛勤的讲坛耕耘，写好人生的正气篇，由我们的学生共同给历史镌刻一道亮丽的风景线。宝贵的青春年华被浩劫了。也许我们怎么努力，也不会跑赢伟大的时代。但是，可以自我创设，优化人生。

苦难和艰辛把玩得我们遍体鳞伤，要疗治好全靠我们自己。拖儿带女，一家老小嗷嗷待哺，直面人生，沉着应对。因为饥饿怕了，因为贫穷怕了，也因为教育事业太需要我们了。我们报考师范高等院校，感谢政府发给我们的饭票、菜票。我们曾经吃糠咽菜，可以把国家发给我们的菜票卖给老师把钱寄回家贴补家计。一举成名初上第，百千万里尽传名。说通“另一半”向亲朋好友借，齐心协力，克服目前家庭温饱的困难。铁脚板，打着赤脚上学来，忍受、克服，幸福在向我们招手。

也许生命是一种机缘，我们从五湖四海聚集在母校。老师和同学共同选举我当上学生会委员，负责全校的宣传工作。是信任、是鼓励、是褒奖，有校领导的引领，有学生会主席延建霖同学的带动，我将恪尽职守，不辱使命，出好板报读物，开展演讲比赛、作文竞赛、书法比赛、文体比赛，从中选拔优秀人才，充实各系各班，智慧投放，创造业绩，各项工作力争与全国各大高校相媲美，让母校熠熠生辉。也给往后各届的学弟学妹们树立榜样，正能量的传递，必将提升每一位同学的精神面貌，将汇聚成振兴中华的干练的精神气场。

宋·朱熹注《四书》援引尹氏一句话：“自天子至于庶人，未有不须友而成者。”说的是“朋友”是一个人成功的元素之一。渴望全校同学，都是我的好朋友，帮辅我，支持我。团结友好，携手并进，为母校争取更多荣誉。停办十年大学，积压了多少英才。这里，人才荟萃，每一位同学都是我学习的榜样。好风凭借力，助我快乐行。

重振精神，扬帆起航，诠释斑斓，精彩绵延母校。今后在母校校庆聚首时，畅谈各自的崛起与挺立！雄光漫道真如铁，而今迈步从头越，自古雄才多磨难，永保拼劲更向前，大写我们各自的精彩。努力吧，同学们！

谢谢老师，谢谢同学们！

1978 年

沁园春·汉字

博览书林，
璀璨斑斓，
形神迥异
唯中国汉字，
振众独秀；
横竖提撇，
弯折点顿，
钩挑蕴畅，
构字风格，
曼妙典雅冠世界。
书法展，
品浪飙云卷，
古国雄风。

翰墨飘香恒常，
有五千年文明承传。
形体与时进，
篆隶楷草，
清俊遒媚，
象形指事，
会意形声，
转注假借，
游丝引带悟精典。
环球赞，
哄抢赛珍藏，
国之瑰宝。

1979.5.4

感悟与启迪

（一）常识知多少（不看答案说出作者及出处）

唯贤是求，何贱之有……拣金子于沙砾，岂为类贱而不收？度木于涧松，宁以地卑而见弃？但恐所举失德，不可以贱废人。

作者：白居易　出自《白居易集》卷六十七

科举一日不废，即学校一日不能大兴；将士子永远无实在之学问，国家永远无救时之人才；中国永远不能进于富强，即永远不能争衡各国。

作者：张之洞　同治年间进士　出自 1903 年奏折中语

春风得意马蹄疾，一日看尽长安花。

“二十八人初上第，百千万里尽传名。”

作者：张籍

清末科教一道中国的项羽和法国的拿破仑对比的命题是《项羽拿破仑》

有一位考生的开篇是：

夫项羽，拔山盖世之雄，岂有破轮而不能拿哉？使破轮自修其破，又焉能为项羽所拿者？拿全轮而不能，而况于拿破仑也哉？

这种悖谬误作，让人啼笑皆非。显然，他不懂“拿破仑”。

收集出自：舒芜《项羽拿破仑论》

吴小如《（项羽拿破仑论）及其他》

读书人，最不济，背时文，烂如泥。国家本为求才计，谁知道变做了欺人技。三句破题，两句承题，摇头摆尾，便道是圣门高第。可知道三道三通、四史是何等文章？汉祖、唐宗是哪一朝皇帝？案头放高头讲章，店里买新科利器。读得来肩背高低，口角嘘唏。甘蔗渣儿嚼了又嚼，有何滋味。辜负光阴，白白昏迷一世。就教他骗得高官，也是百姓朝廷的晦气？

商衍鎏《清代科举考试述录》

（二）吃透精髓

孔子让弟子各言其志，

子路欲使千乘之国强盛，

冉求欲治小国而足民，

公西赤想当宗庙礼仪，

孔子或“哂之”，或“不已为然”。

曾点说在暮春约几个朋友“浴乎沂，风乎舞雩，咏而归”。孔子喟然感曰：“吾与点也。”

很明显，说的是“君子的抱负和情怀”。

君子的抱负：以德治国，民富国强，天地人和，天下太平。

君子情怀：与民同乐，乐山水之乐，共享盛世太平。

（三）牢记策行

五教之目：

父子有亲；君臣有义；夫妇有别；长幼有序；朋友有信。

为学有序：

博学之；审问之；慎思之；明辨之；笃行之。

修身之要：

言忠信；行笃敬；征忿窒欲；迁善改过。

处事之要：

正其谊，不谋其利；明共道，不计其功。

接物之要：

己所不欲，勿施于人；行有不得，返求诸己。

——朱熹新规

不知命，无以为君子也；不知礼，无以立身也；不知言，无以知人也。

——《礼记》

品一品，悟一悟：

君子的使命：为天地立心，为生民立命，为往圣继绝学，为万世开太平！

三日不读书，便面目可憎。

读书不觉已春深，一寸光阴一寸金。
天子重英豪，文章教尔曹。
金戈铁马，气吞万里如虎。
（四）填写作者，注明哪一朝代

学韩学杜学髯苏，
自是排场与众殊，
若使自家无曲子，
等闲铙鼓与笙竽。

清朝　作者：宋湘

读三苏进策涵养吾气，他日下笔，
自然文字滂沛，无吝啬处。

宋　吕本

谁能养气塞天地，
吐出自足成虹霓。

宋　陆游

（1979 年 6 月 15 日）

二　讲坛躬耕

（一）教学创意

改革高考语文试卷的构想

鲜活灵动的中学生锲而不舍地操练“标准化”，转而木讷地厌恶语文；博学资深的优秀教师面对刁钻怪谬的题海，困惑茫然地抱怨自己“学错手艺”，他们的子女断然拒绝报考师范类的中文系了。用所谓标准化试题取代培养语文能力的训练题，导致语文教学的变质与走味以致陷入低效甚至无效的绝境！现代的高考试卷已成为人们口诛笔伐的焦点。真知灼见的人士已经纷纷撰文指责其错误与危害，并呼吁立即改变这种畸形的新八股模式。

学生的高考成绩应当就是教师的“作品”，严威神圣的高考，是对教师学生教与学的直接指挥。有什么样的高考试题就会衍化出什么样式的语文教学。这也实在不能责怪中学师生目光短浅和功利主义。改革中学语文教学，如果不率先改革高考试卷，语文教学就只能在单调乏味的低层次“标准化”题海中永无休止地复沓劳作。其结果，学生的想象力、思维力、个性、灵气等全都被扼杀殆尽。爱因斯坦说：“想象力比知识更重要，因为知识是有限的，而想象力概括着世界的一切，推动进步，并且是知识进步的源泉。”已经规范好的是题干，捆绑思维，活脱脱的学生木呆了。敏捷、灵动、开阔、创新全都没有了，至于教学效果的少、慢、差、费，倒是还在其次的事。

改革高考语文试卷，势在必行。我的构想如下：

（一）确保主科，增加卷面分值

一项技术的发明，一次成功的外交，一部名著的问世，哪一项能够离开语文？学习工作、安身立命、治国平天下，哪一个人都离不开语文！汉民族语文是一个民族远在有史以前就已经开始了的全部精神生活。语言情感是民族亲和力和自爱心的重要源泉，是国家统一和民族团结的纽带。法国的教材就选篇《最后一课》。汉语，是中华民族的宝贵财富。博大精深的中国文学，培育出文学巨匠司马迁、苏东坡等，也培育出能够扭转乾坤安邦定国的一代伟人毛泽东。鲁迅说："文学是国民精神点燃的灯火，同时又引导国民前进。"可是，在向知识经济时代迈进的中国，今天的中学生困厄在俗套题干的苑囿里，没有欣赏的情愫，没有寻美的遐想，没有爱憎的冲动，没有灵魂的震撼，只在狭窄的干瘪的题干圈内打转，耗费时间，厌倦了。每当夜自习下班辅导时，学生的课桌上尽排着的是数理化等，就是不见语文。他们认为训练数理化有成效，很合算，而练与不练、读与不读语文都一个样。在考前的几天，做几套模拟试卷，读几本优秀作文选也就够了。一边是数理化逻辑演算的刺激，学生疲而不倦地操练；一边是思路狭窄枯燥繁赘的题干味同嚼蜡，学生无奈地放弃了。高考的语文平均分最低，学生的语文能力普遍差，原因也就在于此。

语文是龙头学科，它的作用是其他学科所无法替代的。而学生冷漠不肯习得。语文内容丰富多彩，市场经济讲究效益，给高考语文150分增加到180分，以示公平。这样，阅读80分，作文确保100分，以读带写，以写促读，不断吸收，不断反馈，学生在读与写的运转中打造磨合。读书能使驽钝者聪慧，只有这样，能够给学生长心智，增心力。康有为认为："人与人相去之远，全视习得。人的性、情、知识、能力之间的差异，都是因为他们所受的习染和对知识运用情况不同。"吸收——反馈——再吸收——再反馈，循环反复，挑战极限，养成很好的学习语文习惯，新世纪，他们才能够有能力承担民族复兴的伟大历史使命！

作文100分并不为过。否则，无法选准人才。多数学生不动笔训练作文。他们的理由：语言表达一般会过关的，只要能抓住中心，目前给定的作文是60分，总是能够得到30多分的。再苦再累的训练不过是多得10分左右，倒不如把时间和精力花在攻其他学科上。何况作文评分是靠碰运气。为了拯救作文，有一次，我大胆设想后对学生说：高考就只考一篇作文。顿时，学生哗然。买书刊的，跑阅览室的，做读书笔记的，写日记的，争着要我面批作文的；遣词造句，变换句式，写诗对句，研读课文，朗读背诵……学习语文能够有这种始终如一的激情与火爆，教学质量能不提高吗？

“十年苦寒窗，作文不过关”是一个不争的事实。张之洞进士奏折中有：“……士子永远无实在之学问，国家永无救时之人才，中国永远不能进于富强，即永远不能争衡各国。”前人尚且有忧国诤言。我想：作文定格100分，提高学生的写作积极性才有可能；作文又是培养学生创造能力的最好阵地，以写促读，腹有诗书气自华，全面提高语文能力才有保障。

增加分值，是激励器，是提高教学质量的契机。普通高中是人才培养链中的一个承上启下的关键环节。语文学习的好差影响着学生的未来成长，也直接影响着国民的素质。假如一个民族的文化底蕴不深，那么在全球竞争中只能处于劣势。中国已经不能付愚昧这个力量的成本。非提高语文高考分值不可！五千年的中华文明，饕餮的智慧大餐，怎么能不让炎黄子孙饱品承传呢？

（二）权衡利弊，删除“客观题”

现行的高考语文全国卷中的第一大题，必须全部删除。因为那些试题是盘点清算所谓的知识点，呆滞刻板，繁琐悖谬。就是这类试题和阅读论题中的客观题模式的误导，繁衍出茫茫题海，泛滥成灾。又把中学语文教学驱赶到狭窄的甬道上。一篇篇有如陈年老酒，令人回味无穷，充满美感魅力的文学作品被作为阐释种种语言工具的一堆堆零散材料。文章的韵味和感染力，教学的情趣和氛围，几乎荡然无存。这种试题模式是真正意义上的阅读教学的劲敌，又与作文教学抢滩夺流。为了应付考试，学生在题干中打圈，而对作文马虎了事地敷衍应付。楚骚风采，诗苑英华，学生不知玩味；鸿篇巨制，名篇时文，学生与之绝缘。于是，胸无点墨，文思枯竭，就像“营养不良”的孩子，弱智低能。他们对作文害怕了。

识字析句的考题，引发出的练习可铺天盖地结果在作文中错字病句也越来越多。究其原因，接触太多的错字病句，以假乱真，渗透污染，潜移默化，给错误地同化了。这类封闭试题是语言文字零部件的排列组合，作答时有猜题压字瞎蒙碰运气的因素，与国家选拔人才的要求相距甚远。试想一想：学生都能准确无误地选判第一大题的题干，可是真正的语文能力能有多少？对学生未来的发展帮助又能有多大？马克思说："科学的教育的任务，是教学生去探索创新。"而高考试卷的语基题，封闭俗套，假如命题意图能够敦促学生多读书，引导学生不断地吸收日新月异发现的现代社会生活中出现的新思想、新事物、新词汇，烂熟几十本好书在脑海里生了"根"，终身将受用无穷！

又如高考科技文阅读论题，多是绕弯弯，空穴来风，密布误区陷阱。把本来明白晓畅，浅显直露，好读易懂的实用文弄得很深晦涩，诡谲莫测，让人生厌，就连专家教授也很难作答。学生无法选判，有人用一根削尖了的短铅笔在A、B、C、D旁边转圈，然后，笔尖指向A就填A，指向B就填B，苍凉，悲哀！客观题就是要删除，否则，将使学生心灵造成扭曲，情绪转向病态，人格产生畸形，命题专家能够与一线教师换位思考，就不会把学生推到云遮雾障处，使他们迷途而不知走向。拿十多年来的高考试卷认真审视，累赘的题干表述，标准答案真的就全在其中吗？哪一个权威敢说自己的思维是人类思维的统一标准呢？高考试题，我们都认真练习，也给学生讲评，但是，总觉得模糊不清，很玄虚。在给定题干中打转，白费劲，确实很累。再沉进题海，千人一腔，干巴巴的几条筋，这怎么是中国的语文呢？条条框框，啰啰唆唆，语文教学，路在何方？题海战术，学生会有什么受益？

每到开学初，推销商就会运来一批一批的模拟试卷，有湖北的、湖南的、山东的、山西的、北京的……围着高三老师转，我们确确实实买了许多种，推销商还会赠送一套套配备好的答案。上课时，教师拿着现成答案，给学生的是没有答案的模拟卷，操练完毕，讲评校对。这就是迎考前的教学模式，有了这些题海战，才有了应考能力，成绩上去了，就被选拔，也就是人才！

那么，教师的精力就花在挑选备卷材料上，能够达到训练试题的深度、难度与高考试题最接近的，他们当然便是教学高手了！98届，我选用的材料中，就有“战胜脆弱”的作文题，学生夸赞我“高明，会猜题目”，我只是哀叹得声不敢出！

改革高考试卷，从明年开始，迟一年，就得多耽误一年的教学时间，学生就得多遭受一年时间的学业损失。其他的负面影响就不再赘述。

（三）匡正纠偏，构建试卷框架

革除积弊，上边已论述删除高考试卷的第一大题和阅读题“标准化”题型，考卷力求简约平实，就是测试阅读能力和写作能力，阅读不仅是吸收和接受，同时也是投入和创造。作文集知识智慧、道德修养、思维逻辑、语言表达等综合能力。阅读和写作是语文教学的双翼，水准的高低能够揭示语文能力的优劣。为了实现素质教育，试卷内容必须从知识立意向能力转化的命题上进行探索。我设想后构建的试卷框架如下：

高考试卷总分180
- 一、20分阅读：名篇时文
- 二、30分鉴赏
  - 1. 小说
  - 2. 诗词
    - ①古诗词
    - ②现代诗歌
- 三、30分文言文
  - 1. 侧重测试基础能力
  - 2. 侧重测试鉴赏能力
- 四、100分作文
  - 1.10分应用文写作
  - 2.90分大作文

按照上表格局，掌握分寸，难易适度，由浅入深，携带学生步步上台阶。语文是开考的第一科，作答顺利，会给考生鼓励、安慰、信心。

考卷的第一题，要精选优美的名篇时文，赋予试题时代气息，带给学生一种积极的情绪体验，到位地感知作品内容后，给考生好心情，激起他们的理智感。依据学生已有知识储备建立的、与特殊语境、目的和试题内容相一致，就让学生明白写什么，怎样写，为什么这样写，作品的题材、语言风格、思想内容与所学过的课文中哪一篇相近或相似；还与你课外阅读过的哪些名篇相类似，这些作品给你的教益是什么？阅读表征应作为问题解决的策略，强化并运用一定的模式去解决相关问题。这样，学生自求理解，自致其知，只要理解正确，允许语言表述各异。先哲说过，尊重事物的复杂性，原是智慧的开端。原有试卷的那种划定的题干选项，是“套路思维”，是阅读的羁绊，是思维灵动的杀手。

第二题，鉴赏文学作品，如小说、诗词等。阅读是鉴赏的基础，而鉴赏性阅读需要在读懂文义的前提下，通过文学的专门知识对作品作出主观的评价。美是文学所必具的物质。掌握鉴赏的基本要领，通过鉴赏让学生发现美，描绘美，创造美。体会文学语言的形象美、含蓄美，惊叹汉语变幻无穷的表现力和包容力。文学语言魅力唤起的美感，促使学生学习语文成为内在需求，这样试题的导向，就会转变那种“逼我学”为“我要学”。达到像达尔文说的：“用艺术的矿泉防治和治疗精神的编枯病。”从而陶冶情操，塑造人格，发展个性，达到宽阔丰富的精神世界。测试梳理文章思路，人物形象分析，作品的时代意义，理解语言含义，应用、迁移等。诗词当然测试思想内容、意像、意境、写作方法等。命题时能够拓宽思路，拓展领域，深入研讨，通力协作，把文学底蕴的深沉、浑厚、博大揭示出来，寻幽探微，通过品味涵泳，展示汉语风采，力求很好地为中学语文教学做示范。

第三题，测试文言文，分为二题，便利于考查阅读文言文的全面能力。

几千年的文化积淀，美文佳作卷帙浩繁，精选最佳篇章不是难的事。一题偏重测试文言文的阅读能力，即断句、通假字、古今义、实词、虚词、特殊句式，翻译能够做到信、达、雅。另一题偏重梳理思路，解读理解，文意理解，评价得失等。为的是弘扬中华传统文化，从知识到文化实现中华文化“根”的培植。

第四题，作文。如果说，阅读是学生的发展基础，那么，作文就是起飞平台了。作文与中国的考试制度同在，是因为自从人类发明了文字，写作承担了记载、传播社会文明与人类进步的重任，一个人的精神活动，只要进入学习、研究、创造的领域，就离不开写。写一笔工整、规范、清晰、美观的字，而且基本上不写错别字，不写不规范的标点符号，能在一小时内构思谋篇，驾驭语言，做到字文并茂，写出结构完整、中心合题的“千字文”，就是语文能力强的展现，原先制定的评分规则，再把字、词、句、标点的对错落实在评分升降上，定然改变“作文不过关”的现状！小作文测试考生掌握应用文的写作能力。信息时代，应用文是一大景观，准确、平实、严密等语言特点，学生必须掌握。以考促学，学以致用。大作文测试的是真实的写作能力，在审题上不多花时间。力避猜题、套题；又必须真正能够适合多种文体的写作，让每位考生有话可写。裁减“标准化”，用文字表述答题，评分有难度。每位考生多交十元报考费，保证一份考卷二位优秀教师评阅，权威把关，评分主观性的误差是会避免的。退一步说，即使还有误差，也总比目前不良导向要好得多。责任重于泰山。是纠偏错误的时候了。命题着眼点：为国家选拔真正的人才、为推动中学语文教学、对学生未来发展有利，祈望国人满意的高考语文考卷早日闪亮登场。

假如命题者听不到一线教师的呼声，或者要一意孤行，坚持不改革高考试卷，那么，语文就成了风干的丝瓜；语文教学陷进高耗低效的死胡同里；学生成为索检题干符号的机器；教师成了迂腐的穷忙的学究，权威的命题专家也会像庸才背祖的清代考官，遭受国人千古唾骂。这些，是谁都不愿意看到的！

（本文获全国三等奖，收录于人民日报社出版的《现代教育管理理论与实践指导全书（第三卷）》）

思考与探索的精品

社会对人才素质的要求越来越高。语文能力是人的素质的主要组成部分。语文教学当然应当着眼于未来的竞争，注重实用，贴近生活，力求强化人的器官功能的快速增质，培养学生善于运用语文这个工具，面对生活，服务社会，开拓未来，造福人类。诚然，必须以培养学生创造型思维，强化能说，训练善写，作为中学语文教学的制高点来规划课堂教学和课后作业。训练学生善于思考，思维敏捷；出口成章，妙语连珠；驾驭语言，字文并茂。能够优化脑、口、手的功能素质，无论从人的外包装还是内在力度来考察，都无愧于是有素质的人。教会了读书，再通过日后的努力，他们也就有了足够的能力迎接新世纪的挑战，希图借此在人类现代的“奥林匹克”运动中夺取更多、更重要、更有影响的属于我们时代的金牌。即使当个普通劳动者，也能够是能说善写的文明人。为了上述思考的达标，在语文教学中，我按下列“三说”探索并喜见成效。

（一）“脑”的开发说

脑是一个人的司令部，思维是读写听说的指挥员。大脑心理学强调“激发左右半脑思维的积极配合，大脑的总能力和效率会成倍提高”。在课堂教学序列中，追踪作者的写作思路，弄清各段之间的逻辑顺序；再根据语言信息形成的情节书画面，强化鲜明的整体感知。例如，我教《荷塘月色》，讲清背景，梳理段落层次结构，得出“苦闷彷徨——暂时解脱——茫然失落——朦胧向往”的号脉，学生熟读课文后问：①朱自清想什么，不想什么？②作者为什么不直接写明这些所思所想？既然什么都可以不想，为什么要那样写？③游塘之后写“热闹是他们的，我什么也没有”为什么？④回家时“妻已睡熟了”，作者在静谧的深夜，是“宁静心里”还是“伏案疾书”？联系时代背景，吃透课文内容，发挥联想，各抒己见写篇自拟题目的作文。

显然，我的用意是先读通全篇，得其大意，再逐段分解细读，然后揣摩推敲一些特别重要的和突出的语句，涵泳体味，获取精髓。启动思维器官，协调形象思维和逻辑思维的运转的循环反复，达到理解课文内容和运用祖国语言文字的教学目的。又能怡情养性，设题顺序由低能力层级到高能力层级，体现一般的认知规律以及阅读的综合性的特点，给学生创造了良好的心理环境。教完《赤壁之战》，我要学生写作文：《周瑜回吴路遇诸葛亮》；《东吴给曹操的“投降书”》。要求：以假乱真比真更真。

脑子是取得思想成功的根本。我的教学多用新旧知识的串联比较，参透呼应，活跃大脑的“想象区”，强化记忆的连锁反应。不仅帮助学生澄清头脑中的模糊概念，启动思维，也提高分析判断的准确率。启动心灵的闸门，提高大脑的深层素质。

再如，生活的一切时间和空间都是学生学习的课堂。而对“万花筒”式的五彩生活，人情绪复杂，教会学生正反面看问题，针对时兴的“热门话”必须有明确系统的导向。举例说：

党风问题	廉洁奉公，一身正气，改革搞活，开拓进取 贪污受贿，官僚腐败，懒惰糊涂，权力自肥
渴望理解	雷锋精神，尊重他人，关心体谅，献上爱心 代沟问题，求全责备，不能宽容，唯我独尊
环境人生	学会生存、自理自立、观念更新、款款面对 娇惯依赖、自我封闭、片面追求、自负自卑

虽然这样归“宗”不尽全面，但看问题有了这样正反的入射角，思维

开阔多了。常常训练变换角度想问题，练作文，那么渗透濡溉，潜移默化，春风拂面，细雨润物。练就学生别人未见我能见，别人浅见我深见。大脑因为善于思考，而变得聪明、博大、深远。思维是智力的核心。创造型人才的主要特征就是因为其具备超常的思维力。语文教学注重训练思维，使学生大脑聪明，能指挥若定，才战无不胜，又何愁未来的种种较量？

（二）“说”的教学说

发表演讲，讨论问题，争议辩论，推销产品，洽谈生意，跨世纪的人际交往，以“说”为主要工作手段的职业越来越多。而目前的现状是年级越高的学生越不善于说话。学习习惯听老师讲，对老师的提问，或沉默寡言，或词不达意的三言两语，布置课堂讨论也不积极发言，以致坐失训练良机。然而目前仍沿袭着传统的语文教学“重读写，轻听说”的现象却相当普遍。我变革这种现状，做法是：

1. 加强听说训练。首先是听课，不仅听懂，而且能归纳内容的要旨。掌握听说要领，课堂笔记加强指导和检查；其次，听同学自读课发言的“写什么，为什么这样写”的分析时，不断启发“反刍”“互训”促其顿悟。学生达到辨析有否挖掘其中心内容，能发现用词不当之类的错误，并能辨析讲述的观点是否正确，材料是否充实，表达是否清楚。诱导学生自纠、辩论，借此测试学生“听——记——说”的吸收和反馈情况。在课堂上注意尽量把说话的机会让给学生，求能说一口比较标准的普通话，做到吐词清晰，表达准确，语气连贯，能在规定的时间内现想现说，做到条理清楚，中心明确，内容完整，把说话和阅读教学结合，把教材变为学生说话的材料，既督促学生认真阅读，又鞭策学生能有所发现。

2. 教师的语言修养决定课堂气氛的活泼程度。要声情并茂地范读。并教会学生：读句准确，吐字清楚，声音响亮，流畅；注重停顿、重音、语调、节奏等语言技巧。散文的意境，小说的氛围，诗歌的画面感，教师描摹渲染并艺术再造。语韵、语流等出神入化地输入学生心田，使学生感染、产生共鸣陶冶其间，达到文情融会、物我合一的教学效果。实践证明，凡是朗读能力强的学生，说的能力也强，并且灵气活脱，人也更可爱。优美的文章片断经过反复的咏读、咀嚼、消化，其精华的东西就会慢慢地溶化在血液中并饱和了学生自己的东西，等遇到适当的契机，灵感的发条“啪”的一响，这情感汩汩滔滔地涌上心头落在笔尖，从而写出妙笔生花的文章。培养好“说”，也是在练习写。写，就是用笔说。

3. 语文的社会性决定了语文与生活同在。教会学生借助语文参与生活。指导好“说”的实践。如怎样交谈，怎样答问，怎样知己知彼说话有针对，有分寸，怎样讨论，打电话，登门拜访等等。在课外生活和课堂教学中都带有目的训练学生“会说”。

4. 每天设计口语训练的新鲜内容。如概述课文内容、讲故事、背名篇、变换句式、模拟语气、评价成语、发布新闻、即席讲话、致欢迎词、开联欢会、当主持人等等。

心理学上说：“写的思维效率高而说的思维最高。”因为“言为心声”，说话要现想现说，思维特别敏捷。说源于思维，又是写作的发端。注重“说”的教学，学生练就一张“铁嘴”，会使人生大大增辉。

（三）“形成写作”说

一手好字，一笔好文章，融化到人的素养，人的文化之中，是人的素质好品位高的辐射。而中学生作文的现状不容乐观。究其原因，作文教学不够重视“垒土”这个重要一环。著名的心理学家皮亚杰说：“传统的认识论只顾认识的某些后果，而发生认识论的特有问题是认识的成长问题。”我认为：学生写作行为能力的发展过程有“形成阶段”和“成熟阶段”，而我们只抓“成熟阶段”，即重视评改记分加讲评，忽视了“形成阶段”的必须大量的阅读和日记这个“垒土”过程的导向，忽略了写作能力的最初“发生”到基本形成的过程这个极其重要的一环。实践上的错位导致作文教学的少慢差废。家庭环境不同，施教教师的素质不同，学生作文起点的差异是造成日后差异的根源。一些学生一开始就掉队，如果教学不及时补上，可能造成日后环环扣不上，屡遭失败的体验而产生情绪障碍，终不能形成具有自我调节机制的作文心理结构。鉴于此，唯一的办法是抓“阅读笔记”和“日记”，背诵名篇时文，模拟片段，套路入格，培养语感，思路开窍，向报刊讨范例，向生活要素材，向教材学辞章。这个过程的渗透濡溉的能力建构，是靠教师的教导，落实到学生的行动上，正如梁启超说的："今日变一焉，明日变一焉，刹那刹那，相继相继。"这种潜隐于学生心理的变化就是写作的"形成阶段"。其质的增长就是由作文质量长进折射出来。渐渐地就会从"要我写"的困惑升华到"我要写"的境界，伴随着"成熟阶段"的萌芽，这时的讲与评能够与学生需求接轨，再点拨指导，作文质量才能步步上台阶。

社会，是"人"的组合。作文，是对社会生活的描摹和思考。无论是记事、说理，都离不开"人"这片风景。指导写人的各种描写时，从自己——家族——社会延伸拓展系统训练就是抓"形成阶段"的一环。如：1. 录下自己前进的步履。有：《学前的我》《在求学的起点上》《我的趣事、个性、爱好、追求、喜欢……》《我的童年》《十六岁的花季》《十七岁的雨季》《十八岁的蓝天》《昨天的我》……2. 我的风景线：《我的老师》《我的爸、妈、姐、舅、姑……》《我的同学》《我追赶的人》《我敬佩的人》……3. 人物身份"族"。有：饱含激情的节目主持人；艺海遨游不断创新的编导明星；奋力拼搏的体育健儿；荒漠中探寻矿藏的地质队员；酒泉卫星发射基地上共度除夕的单身汉……乱喊价的服装个体户；凶暴的车匪路霸……按照不同人物的身份及生活环境想象成特定情景中的人，形成一个可感的"具相"，穿透众生百相的人物心态。那么，记事、绘景、描述当可驾轻就熟。

多设想象作文有：《小福子与"芦柴棒"的深夜对话》《假如荆轲与他选用的人同去行刺》《埋头与出头》《索取与奉献》……

指导好"形成阶段"的写作，临近"成熟阶段"时，我采用每周一作文，一节课完成，学生互评，当场讲评的一条龙作文训练，鼓励学生突破，尽量铺排"库存"，认真构思，在文通字顺，内容、篇章符合基本要求的前提下，写出别具一格的好文章！于是，我指导学生征文比赛荣获全国最高奖，省、市、县获奖者不计其数！98届我的学生林凯上高校"万名挑一"地当上"校广"。后来参选挑战主持人，荣获周、月、季全国冠军，央视3套播放。我96届学生韩明文荣获福建省"见义勇为"模范……于是，《光明日报》《中国青年报》《中国教育报》《语文报》等多次评给我“伯乐奖”“优秀指导奖”“优秀组织奖”等。

一个镜头，一张画面，是我思考和探索的一份精品。

（本文获全国一等奖，收录于人民日报出版社出版的《现代教育管理理论与实践指导全书（第三卷）》）

一节作文指导课

提供作文材料：

何易于尝为益昌令，县距刺史治所四十里，扰嘉陵江南。刺史崔朴尝乘春自上游多从宾客歌酒，泛舟东下，直出益阳县。至则索民挽舟。易于则腰笏引舟上下。刺史惊问状，易于：“方春，百姓不耕即蚕，隙不可夺。易于为属令，当其无事，可以充役。”刺史与宾客跳出舟，偕骑带去。

注：笏，古代大臣上朝拿着的手板。

本节课主要是教学写评论性议论文的构思开始以及谋篇布局。（即为文章搭一个架子，列提纲）俗话说“磨刀不误砍柴工”，有了成文之前的精心构思，下笔写作时，放飞思绪，抖出“库存”，驾驭材料，酣畅淋漓，一挥而就，妙笔生花。

请读作文材料，审题要求：①全面审题，②反复推敲，③把握主次，④分清褒贬，⑤理解倾向。避免：远离中心，擦边而过，立意不深。

十分钟之后，学生发表意见总结归纳：

（一）审题立意

1. 抓要点（划线在原材料上）

“腰笏引舟上下”“百姓不耕即蚕……”

要抓住材料中的主要信息：

事：春季，刺史到益昌县要县令何易于“派民拉舟”，何易于考虑到春耕大忙，自己替刺史拉船，腰上还插着笏，并对刺史说明原因。

人：县令何易于、刺史

材料的感情倾向显然在赞县令何易于，斥责刺史。明确材料蕴含：县令不愿与上级同流合污；县令用他的正气使邪气收敛。匪夷所思，唯此为大！

2. 明蕴意，定评点

赞县令何易于：勤政爱民，一身正气，刚直抗上。

斥刺史崔朴：贪图享乐，不恤百姓，但是知错能改。

定评点注意：哪些评论点有现实意义；能够容易写好的；评议点最贴紧材料的。

显然赞颂县令何易于为评论点是最佳选择。

3. 定题目

何易于是好官形象，能够体恤百姓，顾念民以食为天抓春耕生产，能身先士卒；无私才能无畏，敢顶上级的不正，难能可贵！何易于为民，心底无私天地宽。

学生拟订的题目有：

为官之道

官的本色

就是要当这样的官

好官名传于死后

素质教育的活教材

心底无私天地宽

……

题好一半文，再好中选优，成功定半了。

（二）谋篇布局

1. 议论文结构

引论——本论——结论

引论部分：要引所给的作文材料中的重要语句，如县令何易于不趁机潇洒走一回，而是“腰笏引舟上下”。说的是“方春，百姓不耕即蚕，隙不可夺”体察民情又能尽忠朝廷的感人肺腑之言。这是勤政爱民的好官形象，折射出何易于一身正气，刚直抗上的高风亮节。这是“官”的本色，赞这种忠心耿耿，无私无畏的为官之道。注意：引论要引材料，略加分析，提出观点。

本论：选择评论点，在评论点的顺序排列上，注意层进。

选择是这三个评论。

A. 勤政爱民。亲自拉船，体察百姓农忙时节的辛劳。

B. 一生正气，不图享乐，不趁机会游玩一回。能使自己痛快游览，又博得刺史欢心，便于日后提拔升官。

C. 刚直抗上，腰间插笏，同朝为官，你游玩，我拉船。抗议上级的胡作非为，心底无私天地宽，迫使腐败行为收敛。他心中当然知道得罪刺史，会受打压的。

结论：“官”的本色，勤政爱民；“官”的人品，一身正气；“官”的素质，舍得一生祸，敢于顶住不正之风。这样的官，也许会“不得志遭迫害”，但是，“必将传名于死后”。历史不会忘记，人民不会忘记。

（2）列提纲

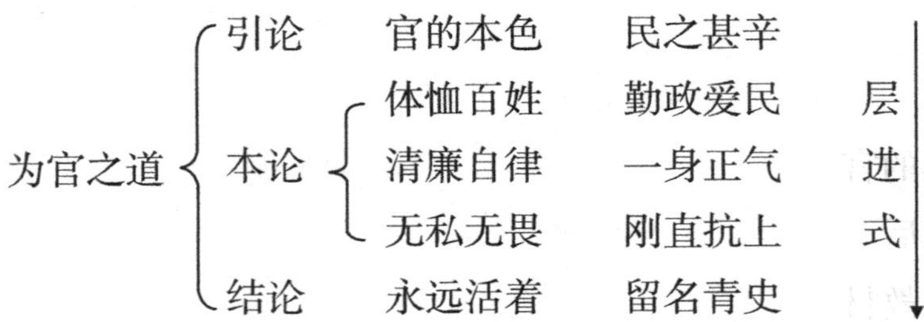

（三）写评论性议论文应当注意

1. 方法：通过分析、比照、评论拓展，从而得出深层次的认识。

2. 特点明确

A. 供的材料必定是有关现实生活中的人和事

B. 写作时要依事说理（就事论事）

C. 本论部分的评论点要层进式的排列

3. 要求

A. 明确文章的中心论点，选用的事实论据要与观点保持一致。

B. 构思时要全面透彻地理解题意，然后化深为浅，把自己的理解化为从不同角度，不同层次地支持中心论点的分论点。再动脑思索用有力的事理或事例支持分论点。

C. 表达：摆事实、讲道理，避免事例罗列，道理空洞。精心选用典型事例，学习应用形象比喻。

D. 语言：要有爱恨色彩，摆事实简练，讲道理要讲到点子上。

学生巩固这节课的授课内容

再布置一则给材料作文（略）

要求：按这节课指导的步骤习作

（本文获全国第五届“课堂教学论文大赛”优秀奖，登载于1998年11月20日的《语文报·高中版》《中国教学学会中学语文教学专业委员会会报》）

试从控制论角度谈写作教学

学生作文能力的形成，需要长期的写作练笔实践。我们语文教师，最重要的是要科学地遵循写作能力的形成及其发展规律寻找核心机制，有序地强化学生训练。为此，引进控制论的科学成果，消化吸收，融入语文写作教学之中。

控制论是研究各种系统的控制和调节的一般规律的科学。控制论的创造人维纳认为，客观世界有一种普遍的信息联系，这个信息联系过程为：信息→输入→贮存→处理→输出→信息。在这个过程中存在着信息的反馈。反馈指的是：一个系统的输出信息反作用于输入信息，并对信息再输出发生影响，起控制和调节作用。

所谓的控制，其实是对运动过程的驾驭、支配、调节。其目的使运动沿着正确轨道顺利地发展，把运动从“无序”的趋向转变到“有序”的流程。

根据控制论这些基本观点，可以把写作流程看作这样一个运行轨迹来界定：

生活→观察→选材→构思————→审题→作文→讲评

↓

: : : : 立意 : :

↓

: : : : 选材 : :

：　　：　　：　　：　　　　　↓

：　　：　　：　　：　　　　布局

信息→输入→贮存→处理————→输出→新信息

遵照这一运动程序，注意做好输入，支配输出，调节输出，就可以使整个作文教学有序可循。

写作教学是一门复杂的系统工程，这一工程的建筑和完成牵涉诸多能力素质。归纳起来，要写好一篇作文，首先要有搜集材料的能力（从控制论上说，即做好信息的输入工作）；其次，要有构思能力（即处理好信息）；再次，要有再现能力（反馈信息）。这三种能力是构成写作能力的最基本要素。有序地培养这些能力，是作文教学的首要任务。现将其全过程分述如下：

一、培养学生搜集材料的能力

要有一定质和量的信息输出，就得要有十倍、百倍信息的贮存，才能满足信息的加工需要。因此，首先要培养学生搜集材料的能力，而这种能力的基础是观察能力。

茫茫宇宙，皇皇万物，千姿百态，各有生机。如何观察捕捉，摄取特征，诉诸文字？教师要善于引导学生做生活的有心人，培养学生细致观察的习惯。

先把观察的对象分类：观察事物，观察场面，观察人物，观察事情，观察生活中的科学。

再把观察的对象分类：全面观察，重点观察，比较观察。

诚然，诸类观察相互包容，贯穿始终，要学生放开视野并且观察得准确、细致、精透。让学生获取生动丰富的写作资料，指导学生把一个问题记在一张卡片上，只有单独成卡，才便利于写作时排列组合分类使用。

卡片分类：1. 观察生活时写人状物绘景的精彩片段的观察卡片。2. 反思生活，探索真谛，褒贬是非，神奇想象等卡片。3. 资料剪贴的分类卡片。4. 精彩语句、警句格言、典型事例等等有参考价值的资料卡片。5. 整理记录、探究问题的书名、篇名、影视名卡片。

卡片是学生思维的激活器，能够帮助学生及时把思想闪出的火花收集起来；卡片是学生写作的贮存器，学生观察生活时撷取知识精华聚集在卡片上，写作时即可信手拈来。

学生每天要完成好当天的观察日记，或制作读书卡片，养成习惯，旷日持久，思维定势。学生还要主动写好教师提供给自己的有关信息或材料等线索。平时，教师应采用直接谈话、侧面了解、查看日记、碰头询问等方式，利用一切可能的机会，鼓励并指导学生用自己雪亮的眼睛、崭新的观念、超前的意识，去观察、认识、理解丰富多彩的变化莫测的事物、社会、人生，去寻找社会的闪光点，去挖掘时弊的“根”，启发学生在观察中思考，在思考中再观察。训练勤动脑，动手，做观察生活，积累素材的有心人。

还要把“生活引向课堂”。教学中要用课文的观点、材料作基础，用生活中观察所得来触发学生的思维活动，冲毁固定框架，超越突破口，发现新契机。例如，读《善于建设一个新世界》一文，由南郭先生不懂装懂想到“混”是没有出路的；从齐宣王喜欢听独奏，联想到打破“大锅饭”是杜绝“混日子”的好办法。若有涉及较多的名言警句或成语典故，就引导学生“逆向思维”“反常出格，标新立民”。这样，在收集材料的同时，兼而培养学生想象能力。联想的翅膀向着未知的前方拓展，酿造的知识就更充实。

这样，课堂内外紧密结合，强化学生细观察、广阅读、勤积累、多思考、善分析，不仅解决了学生写作文时缺乏材料的难题，更重要的是蓄足气势，奇崛顿宕，博采众长。腹有诗书气自华，为后来的联想能力、表达能力的培养，提供了发酵的基因。

二、培养构思能力

从控制论角度看，写作过程实际上是信息处理的过程。从起初对输入的客观自然信息的反映和选择，到大脑的转换加工成为的主体自为信息，然后编码组合为新的人工再造信息的输出。那么，怎么培养构思能力？

构思过程序列为：审题、立意、选材、布局，然后成文。这一具体的界定过程中充满着联想、判断、推理、分析、综合、抽象等内容的思维过程。构思能力的基础是思考能力。

按照作文构思流程，分别作详细指导，让学生按步骤有规则地受到由浅入深，由简到繁的训练是非常必要的。这一部分的内容太多，这里仅用成文之前的“思路开导”这一环节加以说明。

拥有素材，也懂得直观题目进行审题、立意、选材等。但是还未能铸造出机智的丹青妙手。学生有话不会说，这不仅是个表达问题，主要是不会思考，思维阻滞，自然有理说不出；尤其是写议论文，往往采取“论点+论据+论证”的三块拼凑法。究其根本原因是不注意或不会分析事物的内部联系。针对一个现象，一个论题，不懂得要联系理论和实例而一步步思考下去。对此，在讲读典范课文时，引导学生追踪作者的思路，明确作者在该文中的思考流向是很有借鉴作用的。如《崇高的理想》一文中作家的思维程序是：先对所要论述的事物进行共性思考→个性特色深入剖析→分析为什么有不同→世界观上的思索……这样做，可以强化学生对典范议论文的思考轨迹的追踪，写作议论文时也会仿效典范思维轨迹去思考，自然也就有一定的章法可循了。同时训练学生由一点出发，促进大脑的各个神经元不断地碰撞，记忆的触角伸入信息贮存的广阔空间，寻找每个信息元素之间的联络点，构成多通道的信息链，进而把思维的线索，调整成合理的立体网络。每次作文，都得引导学生顺理成章地画出整个思维轨迹图，灵动地把握内部联系，经过精心选材后，断然成章。

这种思路流向，既有分解，又有综合；既把一个整体分开，又把一个个部分综合起来。作文时严格按这种流向去写，就能增强文章结构的严谨性，这种诱发，萌动了学生平常培养起来跃跃欲试的创作思维，而且可能在特定的范例诱发下爆发“灵感”，汩汩滔滔，下笔成文。

三、培养再现能力

上面两部分，从控制论的角度说，就是教会学生做好输入信息，处理信息。那么怎样指导他们反馈信息呢？这就要研究培养再现能力。

教学实践表明：确定系统有序的习作目标，是培养再现能力的根本，即把作文看成一个完整的目标管理系统，先要把作文训练的全过程分解成若干符合作文系统提高规律的目标层次，指导学生按目标层次的要求完成作文。把《语文教学大纲》中关于作文教学的要求看作作文训练的总目标，在这个总目标的指导下，再把规定掌握的记叙、说明、议论等文体看作分目标，为了保证分目标的实现，进而将各类文体的训练过程分解为若干小目标，在小目标下又可以分出若干个具体的子目标，强化学生具体地按项训练。

例如：如果把记叙文的训练过程目标衍化，就可以采用下列曝光形式：

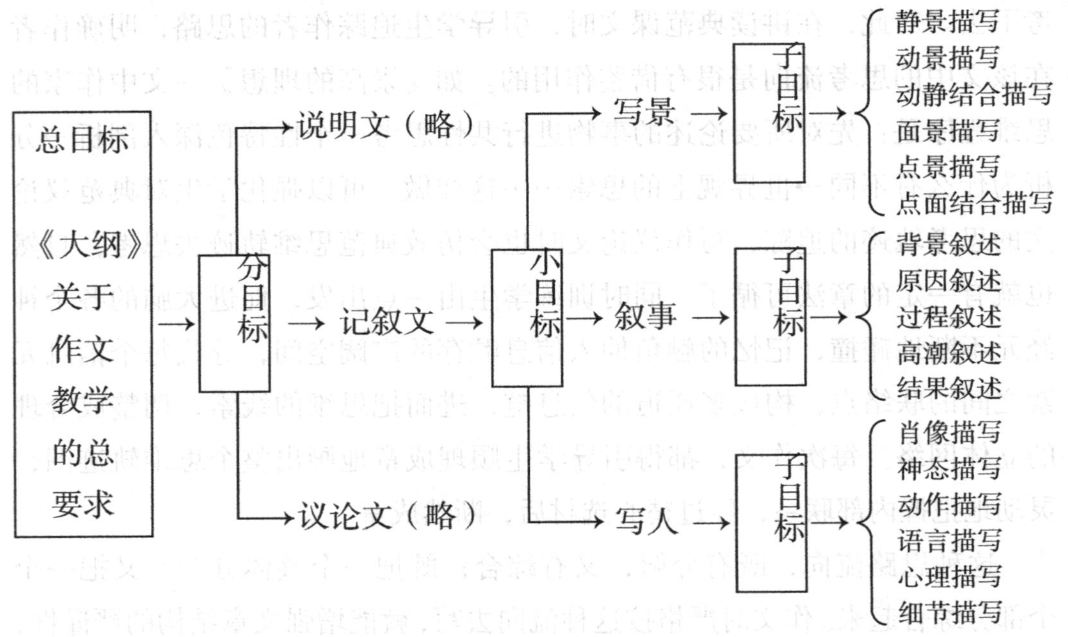

此表涵盖透明：各级目标的完成过程，实际上是一个由分解到综合，由简单到复杂的系统强化训练过程。子目标的完成为支持小目标的实现，小目标的落实促进了分目标的造成，分目标的达到又保证了总目标的最终实现。随着目标的由小到大，由低到高的逐级推进，作文教学总目标的实现，就可以在最优化的程度上获得保证。

我曾经搞过一组写作训练，要学生从微观到宏观，由局部到系统一步一步完成各项练习。如下表。

<table>
<tr><th>顺序</th><th>作文题</th><th>要求</th><th>讲评中心</th></tr>
<tr><td>1</td><td>君山一角</td><td>静景描写</td><td rowspan="3">观察必须全面、细致，色彩、形状等多角度描写观察必须准确、透彻，并变动观察点，细腻描写，且展开合理想象</td></tr>
<tr><td>2</td><td>军营</td><td>动景描写
人物的动作
语言、心理等描写
（重点描写）</td></tr>
<tr><td>3</td><td>望东海</td><td>动静结合描写</td></tr>
<tr><td>4</td><td>君山巅峰</td><td>面景描写</td><td rowspan="2">善于捕捉素材，截取生动画面，展开联想，提炼中心</td></tr>
<tr><td>5</td><td>漫步芦洋浦</td><td>点景描写</td></tr>
<tr><td>6</td><td>岚岛巡礼</td><td>点面结合描写</td><td>写好记叙文的六要素，兼用记叙、描写、抒情、议论等表达方式</td></tr>
</table>

这组由浅入深的写作训练，认真完成后，通过讲评，再写作文《游君山》，显然，学生作文的质量大大提高了。

确定目标，学生按照目标连续有序地训练，写作水平也就相应有序地提高了。整个训练过程的走向可用下图表示：

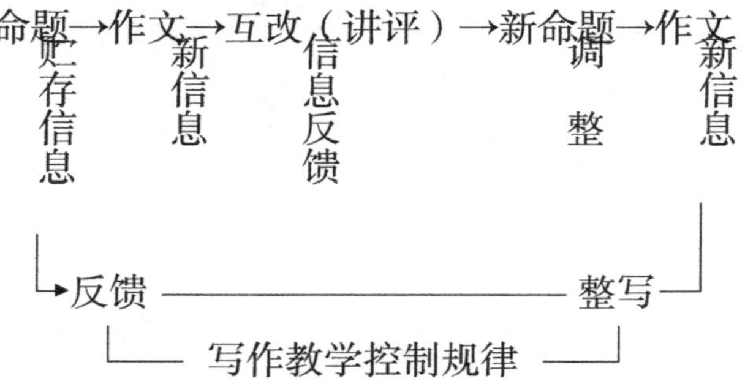

从控制论角度看，进行循序渐进的写作训练，有利于教师及时反馈学生写作水平的信息，及时发现问题，及时纠偏，有效地控制写作内容或命题的随意性。目标标准统一经确定公布，学生按要求逐项完成，分步过关，就能保证学生作文具有一定的质量。同是，在批改作文时，可以用目标标准来评估学生的作文。通过讲评，再训练，保证了全体学生的作文水平能在目标系统控制下相对稳步提高。学生思维成流，有条不紊，旁征博引，妙笔生花。

〈注〉在当时，实现我县论文获奖零的突破，获 1988 年 12 月福州市教学论文一等奖第一名，载入《福建教学与研究》1989 年第一期省内几家教学刊物都有转载。

（本文登载于广西教育出版社 1990 年 12 月出版的《中学作文教学论文选 1979—1990》）

课堂教学程序设计浅谈

教学程序，即学生在教师指导下的学习过程。设计课堂上的教学程序是克服杂乱无章、力求严谨缜密地上好课的基本保证。教师是课文的艺术天地与学生的心理世界的中介。教师把自己对教材的研读领会，依照科学的教学思路，设计教学方案，规划教学步骤，促成特定的教学内容与学生的学习心理需求接轨，使学生的“学”与教师的“教”同频共振，这是精心设计课堂教学程序的参照意向。

先举例说，小说《项链》第一课时的教学程序是：对小说情节的梳理、理解、鉴赏和续写。

把这一课时的教学程序的设计概述如下：

一、梳理情节

1. 说出故事的梗概。

2. 把故事梗概浓缩为六个动宾短语。动词是主人公发出的，宾语表示线索（项链）。

3. 这篇小说有无序幕和尾声？朗读“用项链”——“失项链”一段后问：小说的高潮在哪一段？为什么？

4. 在课文上标准各段的情节名号。

二、透析人物，把脉主题情节与人物、行文与主题的关系

1. 浏览课文开头部分，找出最能表现主人公心绪情节的词语二个，参照课文前后填下表：

心绪情节	矛盾解决	人物性格
苦恼、痛苦（出生、婚姻寒酸） · · · · · ·	梦想	爱奢华、图虚荣 · · · · · ·

2. 说说情节的作用。

3. 归纳小说的主题。

三、鉴赏情节艺术，玩味精巧构思

1. 根据小说题目和梳理的情节结构的提纲，说出小说情节有何特点？“线索”能否换成戒指、手镯、胸花？讨论之后得出艺术技巧①；

2. 开头一段没有提及项链，能否删掉？为什么？请归纳艺术技巧②；

3. 中间部分小说是怎样展开的，读课文预习提示后，小结艺术技巧③；

4. 本文结尾才说项链是赝品，在这之前有暗示性铺垫的句子，请指出并说说其作用。然后归纳艺术技巧④。

四、续写课文结尾。

要求：1. 合情合理。2.200 字左右。

语文教学过程是语言活动过程，又是思维活动过程。作为一个思维流程，课堂程序应当是阶段性和连续性的统一。这节课的程序介定了教学的时态序列，具有比较稳定的可控性，操作性也是显而易见的。诚然课文教学本身丰富多彩的特点，在设计程序时，既要考虑一般的教学程序还要因文而异设计不同的程序模式。根据语文文科的特点，无论设计哪种模式都必须

考虑以下三个方面：

（一）从认知角度看，要考虑到新旧知识的衔接环节

教学程序是以学生的认识规律出发来设计的。在设计时，要预见学习过程中，哪些会疑惑、会难解，哪里有障碍、有断层。充分考虑学生认识过程同教师的研读过程不尽一致之处。上述的“情节梳理”中的认清“高潮”是难点，而“对号入座”的注明情节发展顺序，又设了“理解”一环，目的是把新知识融化于原有的相应的认知结构中。学习过程就是外在的信息特征“内化”，为人的心灵吸收，人心灵的元素“外化”，成为自己体会的意象。所以程序设计时要考虑学生进行“新认知”过程的教学内容铺设与学生的原有的认知力度挂起钩来，不得随意加大难度或过于直露浅显，不从学生实际出发，走过了头，都将适得其反。

引导学生对要学的知识产生好奇。“情节的梳理——理解——鉴赏——续写”整个序列性形成一个有统筹规划的，一步紧接一步往前走的整体系统。从浅层到深层，由具体到抽象，由输入到反馈，环环相扣形成了恰到好处的“坡度”，从而使学生的认识逐步升华。程序的梯度适中，便利与感知，物质于人的感官刺激而导致人的生理神经的相应活动，并被人的心理所体验。不仅让学生清晰思路，理性启迪，而且让学生得到情感熏陶，沉静在美感享受中。这种体验反映于对作品欣赏层次的提高和对作品主题的把握。学生的这种思想与心理同构而形成心理与作品意蕴的同形同构，正是教与学所力求达到的育情、锻意、炼行的统一的目的。

（二）从思维角度看，要考虑左右半脑思维的转换阶段

大脑心理学告诉我们，逻辑思维是在人的左半脑进行的，而形象思维在右半脑。激发左右半脑思维的积极配合，大脑的总能力和效率会成倍提高。上述例子中的“梳理情节”环节是训练形象思维，根据语言信息在右半脑里形成的情节画面，“理解”环节是强化鲜明的整体感知。然后通过概念的推理，判断，运用概括、分析、综合等方法才能说出“情节作用”并“归纳主题”。这就完成了形象思维过渡到逻辑思维的飞跃，强化了左右半脑的协调运作。又从设疑启发提供的语言信息概括推导出又完成好上

述四点情节的艺术技巧，把对具体的感知认识上升为抽象的理性的认识。又完成了形象思维向语文逻辑思维的过渡。最后再设“续写课文结尾”环节，逻辑思维又往形象思维突然回归。这样就形成了“形象思维——逻辑思维——形象思维——逻辑思维——形象思维”的不断转换的螺旋上升共生效应的教学序列，从而激活思维，培养能力，达到发展学生个性认知以适应将来涉入社会之需要的教学目的。

（三）从心理角度看，要考虑学习心理的转化阶段

格式塔心理学流派认为：在文学作品中，文学形象的连续往往是感情上心理上的因果链。各个环节上的任何一个因都是前一环节的果，任何一个果都是下一环节的因，每一环节都具有因果二重性。《项链》情节发展的脉络是：想项链——借项链——用项链——失项链——赔项链——发现项链是赝品。这个由因到果过程的整个情节的“结”和“解”，其他一切因果都是组织在这个环状的有机结构之中的，为推动这个环状结构的合拢而存在。因为因果链的作用，小说结构的整体性空前提高了。又因为各种的知识点同时包含其中，设计教学程序必须考虑“感知事物具有整体性”的心理特点，诱导学生理清课文的总体脉络和先后承传，认清总体顺序和几个局部分支的组合，顺藤摸瓜明确段与段之间是怎样建构的，使篇章条理化、人物形象化、主题明朗化。教学程序抓住了课文这整体性和学生心理上感情上的因果链这一异质同构特征并促成其猝然遇合，也就是灵犀一点的“顿悟”，顿悟是学习中一种热烈而又生气灌注的直觉感觉活动，这就是一种寓教于乐的教学艺术。

上述的“情节梳理”“理解”二个环节，学习心理进程是流畅的。为截阻学生光凭感情的直观在作品文字表层上滑行，又设计了“鉴赏”和“续写”二个环节，即由输入转轨到了反馈，此时学习心理进程由“流畅”转为“滞碍”，他们觉得表达上的困难，再去探究课文底蕴，由困惑而滞碍去揣摩直至问题的解决有获流畅，这样心理“轻松——紧张——轻松”的跌宕起伏，形成了一张一弛的课堂节奏。学生不断地解疑去疑，新知迭涌，不断更新的审美心理和成功美感的渗透融合，把教学不断推向艺术化的境界。

教师犹如编导，课堂教学程序设计的优劣，是课堂教学的成败节点，在备课时非用心不可。

（本文收录于1995年12月山西高校联合出版的《中学语文教学研究论文集（第二卷·中）》）

格式塔心理学理论在高中语文教学中

格式塔心理学，在20世纪上半叶创始于德国，后来在美国得到传播和发展，现在在西方形成一个重要的心理学流派，正在受到各国心理学界和教育学界的重视。

格式塔心理学一个很大的贡献是：对人的知觉整体性的肯定。该学派认为：同一事物发射的信息是无组织的各自独立的，而我们之所以能够感知完整的事物，主要归功于神经系统的“组织作用”，这种组织作用使我们感知事物具有整体性。格式塔和瑞士心理学家皮亚杰经过各自独立在完全被动的低级水平上接受信息，在感知中同时又综合了人的期望、动机、感情、兴趣等高级心理活动。虽然由于脑科学目前的发展水平的限制，我们不能直接观察其活动过程，但是从其结果来看，这是一个内外交融的发育过程。外在信息特征被“内化”，为人的心灵吸收，人心灵的元素“外化”，成为自己体会的意象，人的心理内部相互关系的整体是不断变化的，在主客观的相互作用下，不断打破平衡，经过“调节”产生新的“同化”达到新的平衡。这就是人的认识发生、发展的过程。因此，人们通过感官知觉所得到的却是一些整体。

格式塔心理学关于学习的主要理论有：直觉性、整体性、完形趋向、异质同构等。

直觉性格式塔学派认为：人们在学习时，信息的某一旨意和主观心灵的某一特征偶然遇合，也就是灵犀一点，豁然相通。思维过程从紧张到解除紧张，是由问题情境的不断改组而最后取得解决。顿悟了问题的内在相互关系，就产生了“顿悟”。学习中顿悟是一种热烈而又生气灌注的直觉感受活动。

整体性格式塔学派确认：对于客观事物的完整知觉是人人都有的。客观事物对于神经的刺激容易自发地形成一个统一的整体。人类的学习不是对于个别刺激做出个别的反应，而是对学习对象做出反应，即一种整体性的把握，因此，他们注重学生的综合性，完整性，而对部分的分析只是达到对学习对象整体的认识的手段。

完形趋向格式塔学派心理学家认为：只要条件允许，神经组织作用总是趋向完整。他们强调完形，认为事物的信息经过组织作用，就“整齐、对称、简单”而变完善了。这“完形式样”是由问题情境中的紧张而产生。紧张导致目标定向，注意到整体形象的内在关系，迫使大脑紧张的活动，经弥补缺口，使之成为完满的形状，从而使紧张解除，达到内心平衡。紧张在感知过程中起动力作用。

异质同构格式塔学派心理学家提出：人们在外界见到的一些富有表现性事物，如一朵羞涩的花儿，一只可怜的小鸟，“力的式样”与人在怜爱和寂寞时的心理结构同化变形从而达到一致的原因。又如：东去的大江能变成时间的激流淘汰着千古英雄（苏轼），流血的弹孔可以化为报道黎明的星星（北岛），滔滔滚滚的大海竟然是流动着的“自由元素”（普希金），这都是人的知觉综合了人的感情等高级心理活动，使客观事物变成一种感情的“臆象”。景和物失去了独立性，成为人的感情的投影，即特殊感情赋予它的特殊意义。这种客观外物的力的作用模式和人的内在感情的相互吻合，就是格式塔的异质同构论。

但是，格式塔学派也有不足之处，一是认为完形结构是先天的，完形变化的变化是内心变化，而不强调活动和实践作用；二是把“顿悟”与“尝试错误”绝对地对立起来。

我们把格式塔心理理论的精华部分“拿来”，运用到语文教学实践中去，拓展教育研究的思维空间，以期推动高中语文教学向纵深发展。其尝试分述如次：

一、教学中注重培养学生阅读的直觉性

高中学生拥有了一定的识字量和词汇量，能对文章中的每个字根据上下文之间的联系，基本上推断出特殊含义。

因此，在讲析一篇课文时，先给学生足够的时间，让他们围绕阅读目标，自己在默读中揣摩玩味，即让学生通过感知活动把握课文的主旨、情境、艺术手法等，领悟课文的神韵。例如，直觉能力强的学生朗读朱自清的《荷塘月色》后，就能初步领悟作者“心里颇不宁静”的原因是黑暗的社会现实，他想“超脱”而又想“抗争”的矛盾心迹。在苦闷彷徨中见到月下荷塘宁静朦胧的美韵引起他的赞美，表达了作者对美好生活的追求和神往。

《绿》的活脱清新，《天山景物记》的绚丽多姿，《风景谈》的精神风采等写景抒情散文，“高声朗读以畅其气，低声慢吟以玩其味”。通过俯而读，仰而思，心理会，披文入情的反复吟诵，产生的直觉形象挑逗学生悟理，强化学生大脑动态机制。习惯进程中长期的大量的感受，心有灵犀的默契，那腾飞天外的神思，可能植根于这日积月累的阅读中。

教学诗词一类的文体以及一些课文中的较优美段落，为了加强直觉性，老师应适境得体，绘情和调的表情范读。例如，《林黛玉进贾府》一文中，写王熙凤出场，独具匠心，用笔腾挪跌宕，使凤姐满场飞转。

“我来迟了，没有迎接远客”，教师的朗读感情语调要描摹出王的那种放诞无礼、莽撞冒失的神情。再用轻蔑叙述的语气轻声朗读“头上戴着金丝八宝攒珠髻……”把玩王熙凤满身镶金缀玉，通体珠光宝气的庸俗再造到位，又把“一双丹凤三角眼，两弯柳叶吊梢眉，身量苗条，体格风骚，粉面含春威不露，丹唇未启笑先闻”绘形传神地范读，把活脱脱的凤姐形象带到学生面前，使学生耳醉其音，大大加强直觉性。点明作者写王熙凤出场的三个层次，直觉性使学生感悟到这其间的三部曲是：1. 画外音，流动的笑，由影见竿，先声夺人，渲染气氛。2. 人体造型，穷形尽相，诉诸读者鲜明的视觉形象。3. 人体内在精神的某种透视的显影，这是以形写神的手法。

二、在教学中重视阅读的整体性

因为在文学形式的统一整体的构成原则与格式派心理学家所说的神经的组织作用，使我们感知到的事物部分与部分之间都倾向于组成整体性极其类似。在文学作品中，文学形象的连续性往往是感情上心理上的因果链。各个环节上的任何一个因都是前一环节的果，任何一个果都是下一个环节的因，每一个环节都具有因果二重性。因此教学中，要从整体上全面地理解课文，在分析课文时，教师不要孤立地讲析一个段落，一个层次，应当把一篇课文当作一个有机的整体来剖析，引导学生理清课文的总体脉络和先后转承，弄清总体顺序和几个局部分支的组合，认识段与段之间是怎样建构的，使篇章条理化，人物形象化，主题明朗化。这种方法教学小说、戏剧一类的作品尤为管用。举例说，《祝福》应从整体出发，重点突出情节发展的脉络（祥林嫂的出嫁——守寡——改嫁——再寡——“谬种”——惨死）。这个由因到果的过程是整个情节的“结”和“解”，其他一切因果都是组织在这个环状有机结构之中的，为推动这个环关结构的合拢而存在的。因为因果链的作用，小说形象的完整性空前地提高了。教学时充分考虑“感知事物具有整体性”以及文体特征上把握纹路，就能深刻领悟“求生无路、求死不得”，是封建礼教的杀人本质。“人世间的惨事不是惨在狼吃阿毛，而是更惨在礼教吃祥林嫂。”

注重整体性教学，培养学生创造性思维，久而久之，学生也能够准确地分析课文的层次段落，把握作家的思路流程。

三、把“完形趋向”理论引进语文教学

一个不完全的形，能够挑逗心理上追求“完整”的倾向。课文中许多关键处存在着这种缺陷的形，教学时，多设“悬念”，创造“紧张”，强化学生积极参与填补缺形。例如《荷塘月色》中有“一个人在这苍茫的月下，什么都可以想，什么都可以不想，便觉得是个自由的人。白天里一定要做的事，一定要说的话，现在都可不理”。这里，作者想什么，不想什么，要求学生补充出来，课堂气氛就因学生的“完形冲动”而大大活跃起来，填补出“想写文章抨击时弊”“黑暗过于浓重，投身不得”之类的话。接着教师追问：“作者为什么不直接写明此时此景的所思所想？”或者，既然他什么都可以不想，那么为什么那样写？经过教师对作者身世、社会环境等背景知识的启发，学生讨论后能体会到，朱自清当时不甘同流合污而又感到济世无方的苦闷，扮演的角色是身不由己的。他写了“独处的妙处”，才真正自由而流畅地表现了自我。这在当时不好浅白直露，只能含蓄模糊给读者留下想象的空间。

高中课文中有许多关键处都用省略号，留下相当的“空白”。有的则亦在实处，需要补充扩写；有的常常造成结尾处的悬念，需要续写延伸。教学时，应诱导学生领悟作者的隐含义，进行恰到好处的填补以及再创造。或者，课堂上热烈讨论，或不同层次学生提出的“怪问”或“蠢问”，都是不断打破学生心态平衡，以推动教学有序发展所必需的。

我们在分析课文结构时，只要充分考虑学生的完形趋向心理，也可以收到良好的教育效果。例如《呆气》一文，可以作这样的板书设计：

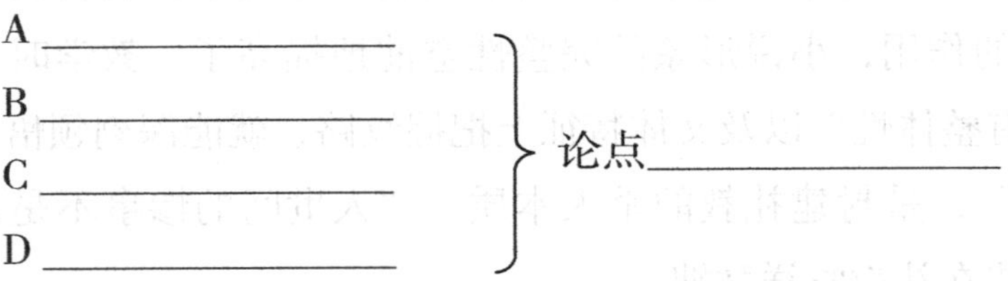

四个分论点，教师只要认真分析 A 点并写清：鼓“勇气”立“正气”需要呆气；教师故意写下 BCD 空缺，让学生面对一个完全的“形”在“完形趋向”作用下紧张起来，研读课文，逐一填写：B、研究学问需要呆气；C、献身革命需要呆气；D、工作交友需要呆气。中心论点：呆气真有这么大的好处。既掌握了结构布局，又明确归纳式的论证结构。

教学中注重“完形趋向”。交错的巧合，参差的悬念，把逐层的交代和紧张的心理结合起来设计教学实施方案，便能强化学生的求知欲，达到强化感知能力的教学效应。

四、运用“异质同构”理论理解作品深层意韵

在分析文学作品时，讲解文学常识以及训练某种能力当然需要。但是，更重要的是在欣赏某种吟咏作品之际，截阻学生光凭感情的直观在作品文字表层上滑行。要诱导他们进入“角色”，感知作品的底蕴。如《促织》的篇末有：“天将以酬长厚者，遂使抚臣，令伊，并受促织恩荫。闻之，一人飞升，仙及鸡犬。信夫！”这里，不少学生理解为成名富贵了，这是天赐给成名这长厚者的。显然，学生的直觉意识处于混沌状态，产生对作品主旨理解的错位。因此，教师要运用“异质同构”理论设计教学，跟学生讲清楚：“天将以酬长厚者”并不是作者要阐述的主要内容。篇末这句话的含义是：各级朝廷命官，并受促织恩荫，因而“鸡犬升天”了，这是对官僚们的辛辣讽刺。人因虫而超举擢升，那么，人实质上不如“虫”。尽管他们得到皇帝给的种种好处，但他们不过是服务于皇族贵显的“物”而已。这样将对作品的理解与社会、历史、现实联系起来，审视作者在作品中表达的内容与倾诉的感情，做出自己的判断评价。信息的强刺激，打破了感知神经的旧平衡，引起大脑中“格局”的“调节”。感知层次加深了，因此，能高屋建瓴地把握作品核心，学生认识水平和是非评判的能力也提高了。

（本文收录于广西接力出版社 1992 年 5 月出版的《中学语文阅读教学论文选》）

愿逐月华流照君

振兴民族的希望在教育，振兴教育的希望在教师。教师素质的优劣决定了民族走向的兴衰。教育担负着兴国强国的神圣使命。教育不仅仅是一种知识的独特培养，而且是一种相当人文的特殊凝聚。《礼记·文王世子》中：“师也者，教之以事而喻诸德也。”汉朝韩要的《韩诗外传》里：“智如泉涌，行可以为表仪者，人师也。”科学家熊庆来说：“同样的课程德行不同的教师施教，效果不一样。无才，不能施教；无德，会干坏事。”古今先哲圣贤达成的共识是：当教师的要德才兼备。博学多能，智慧如泉；通体透亮，为人表率。因此，做老师，也就注定要走一条艰辛而多磨砺的拼搏路。博采众长，业务精湛，志存高远，涵养阅历；严格修炼，与时俱进，聪慧睿智，仁爱文明，担当奉献，预测未来，探索创新，挑战极限。表率坚挺，秀出瞩目。于是，我很努力。

乌申斯基说：“教学工作中一切都应以教师的人格为依据，因为，教育力量只能从人格的活动源泉中产生出来，任何规章制度，任何人为机关，无论设想如何巧妙，都不能代替教育事业中教师人格的作用。”平时，我自觉地精选那些彪炳史册的大家名家学习。读孔子、屈原、苏轼、李清照；读陶行知、叶圣陶、鲁迅、冰心等，潜心研究他们，撷取“核”与“质”的素养，力求融会贯通，化为己有，跑赢昨天的自己。通读中外名著，读德育，读美学，读电影，研究中西方教育进程的异同点。汲吸精髓，遨游书海，饱读群书，读人，读社会，探索教育教学真谛。素质教育，培养“四有”人才，教育的“三个面向”，做代表先进文化前进方向的实践者。自己必须表里俱澄澈。传、帮、带青年教师，为君竖起脊梁骨，好教后辈继君来。唯有后浪推前浪，社会发展，人类进步才有不竭的源泉。我能够教好书，写好论文，教好学生，管理好班级，推荐学生发表作文，传递文明，燃烧激情，与学生一起成长。我也花精力，培养与我共事的青年教师，无限拓展，愿逐月华流照君，光亮无限照后人。受我帮带的教师，教书育人成绩凸显，都非常感谢我。这里就列举如下三位教师的感恩语言。

（一）学习的榜样：王桂英老师

——庄芳　2004.12

我是青年教师庄芳，2000 年 9 月开始任教高中语文。历经了 3 年打造，2003 年，我任教的高三年三四班的高考语文平均分超过校平均分 5.8 分，我高三三班的林宇获得了 132 分，这一届高考语文刷新纪录，平潭一中高考语文跃居福州市八县第三名。

因为高考成绩好，学校要我留任高三年文科班语文教学，有幸与王桂英老师同教 2004 届高三年语文。2004 届，平潭一中高考文科、理科平均分都名列福州市八县第一名。

我刚刚起步教高中，才教两届，两届都能够获得第一名。谢谢王桂英老师对我的培养和指导。我们是 1993 年在同一教研组。她任教过的 1996 届、1998 届、2001 届、2004 届，每一届高考语文都是她获得校第一名，且高考语文第一名的学生几乎都是她教的。她勤学苦练，博学多能，教技精湛。她指导的“提高课堂效率”“分步作文教学”“力求读写训练的效度”“听说的引领”“课后阅读导向”“培养兴趣妙法”等专题探讨，让我领悟深刻。探幽发微，可操作性强，有效地提高了语文教学质量。看见她锲而不舍，看见她一丝不苟，看见她在讲坛上的拼搏，看见她面批作文时的循循善诱……我茅塞顿开，宛如得到大师的指点迷津。榜样的力量是无穷的，我明白年纪轻轻的我，应该怎么做！成绩验检了我的努力，其实这应归功于王老师的培养和指导。

这里就以2001届高考成绩记录为例说明王老师是怎样创造高考业绩的。

（理科）平衡班

班级	高考语文成绩	科任教师
高三1	511.81	
高三2	509.74	
高三3	547.91	王桂英老师任教
高三4	552.34	王桂英老师任教
高三5	500.91	

（二）我的进步与王老师的帮带

——郑小琼　2004.12

我是青年教师郑小琼，1989年9月毕业于福建师大后被分配到平潭一中。先后担任过初、高中语文教学工作及备课组长。1999年7月，经过严格的“选青”后被评聘为中学语文一级教师。其间先后被评为：福州市普高优秀青年教师、市先进女工工作者。率先尝试语文研究性学习的新理念，经常在市、县、校级开示范课。撰写论文出版并多次获奖。2004年10月参评语文高级职称，并顺利通过了市级面试。

我取得的成绩，主要得益于王桂英老师的言传身教。1993年，我有幸能够与王老师共事。她的崇高师德、敬业奉献、大胆创优、教艺精湛、勤于笔耕、文明待人等优秀品质，深深地影响了我，鼓舞了我。2000年9月至今，我幸运地与王老师建立“传、帮、带”的师徒关系。她传授给我的“向课堂要质量”“学生的接受情绪与课堂程序设计”“识记与创新的调控”“吸收与反馈的导向”“作文的分步过关法”，是她精心打造“独树一帜”的品牌。我顿悟，我开窍，我仿效！她教我用比较法研究中外教育史，认真研究中国古今教育史，学习今天教育大师们的教育方法，考究“经师”与“人师”的区别与联系，研究“奔小康”大背景下的育人方法。在我的眼中，她就是教育大师。她任教的每一届高考成绩都获得第一名；她指导学生作文铁定获奖；她写的论文每一篇都能获奖；四面八方来信向她约稿，请她当编委等，钦佩的同时，更鞭策我要好好干！我要像王老师那样严谨治学，多出优秀学生。王老师的真善美，是我永远不竭的学习资源，她对我的指导，我永远忘不了，谢谢恩师！

（三）春风化雨

——林晓峰　2004.12

我崇拜大师。大师是有真实的人格，生动的精神，坚实的知识构筑起来的文明形象，是真善美的可触摸实体。我是幸运的，从2000年开始，我成为平潭一中高中语文组的一员，并由此结识这样的大师；我是幸福的，得到过王桂英老师许多的帮助，虽然都是些平凡的小事小节，然而这是经过修炼的平凡，是一种达到人生至高境界的平凡，这种平凡的给予，使我终生难忘、一生受益！记得参加工作不久，每个新教师都必须上一节公开课。那天，全校的语文组的老师都来听课，还有两位学校的领导。我怀着忐忑不安的心情上着，下课铃声响了，可我还有一个环节没完成……真有说不出的沮丧！评课的时候，许多老师都不时地为我提出许多上课的缺点，我的脸颊烧得难受。正在这时，王桂英老师亲热地招呼我，微笑着说：“过来，跟你聊聊这堂课。”听见她温柔和气的语调，我不安的心渐渐踏实起来。

“我觉得你上课亲切、自然，课堂用语连贯得体，优美动人；层次设计，环环相扣。”王老师笑眯眯地先开了腔，“你表现了很好的师大毕业生的素质，这节课学习的容量很大，宏观把握，微观调节，都到位，也简洁。能把自己对文体的理解融入课文中去，引领学生往前走，民主、开放……真不错！”“不过，在引导学生揣摩作者语言、情感上还需下功夫。”王老师依然微笑，“还有，教师的评价语，也要根据不同的学生、不同的情况，给予恰如其分的评价，而不能一味‘嗯’‘很好’……下次上课要自己认真听一听，记一记评价语，对你的教学会有很大的帮助……”我连声答应，真的不知道说什么，一堂本来并不出色的课，却在王老师的肯定中变成了好课。这对我的鼓舞是多么巨大啊！

“我觉得你是最棒的，你也应该有这份自信。”每次我参加教学比赛或举行讲座什么的活动，当我向王老师请教时，她总是这样温和地鼓励我。2003年，我应邀参加福州市高三毕业班复习研讨会，大会要求每个人准备一篇论文作为发言稿，我写完后给王老师看看。第二天，王老师拿着文章给我讲了许多的问题，我大为吃惊，没想到快要退休的她，老花眼，居然这么快地看完我的论文，而且为我提了这么多的意见，我当时深为王老师爱护后辈的精神感动。

当时，王老师还拿出了她自己以前写的论文给我看，我看到了作为大师级教师的成果；不仅有许多县市省级的论文，多数的论文在CN级（国家级）的刊物上发表，甚至有的还被收录到世界文化艺术研究中心，如《师德壮我行》等。

王老师是一个把工作和教学与生活甚至是生命融在一起的人，所以她生活得很纯粹。她是如此地热爱语文教学工作，即使是现在，仍然在为语文报当通讯员，并不时地给报社选送学生的优秀习作，写好荐评成文发表，有许多学生获奖。自己不时地也发表一些小论文。她还会给报社写一些散文，“华星杯”青春颂征文大赛，她还获过奖呢。刚刚起步的我，能不勤奋吗？

2004年，我有幸和她共事高三年语文教学，教了2004届应届毕业班。她的教学充满着激情，创新理念，见识广博，教技精湛，教研一丝不苟，教育春风化雨。经过全备课组四位老师的通力合作，2004年平潭一中语文高考平均分位列福州市八县第一，排名福州市第四名。（前三名为：福州一中、福州三中、师大附中。）

靠近春天，冰雪就会融化；

靠近音乐，生命就会舞蹈；

靠近清泉，心灵就会湿润；

靠近贤师，师魂就会升华。

我师群贤，他们给我质朴，给我深度，给我颖悟。

我师群贤，他们提醒我，教育是一种保护，是一种唤醒与引出，是一种鼓励和激励。

我师群贤，他们是一门课程，一本厚书，我在这门课程、这本书里读到知识，读懂道理，汲吸力量，学会做人！

我会一辈子把心放进去，好好地珍惜、细细地品味、奋力进取、精益求精、尽情地享受教育教学成功的乐趣！

亲爱的恩师，谢谢您！

恪尽职守，立德树人，造福学生。

为君树起脊梁骨。

愿逐月华，流照君。

青年教师，才俊知音，接力承传，

跨越、创优，青出于蓝胜于蓝。我的梦，中国梦！

我经常把学生们的好作文推荐到报刊上发表，这里就举一例。此文发表在《语文报》总第654期。

2005年修改

啊，生活！

林晓颖

小的时候，生活是妈妈哼唱的摇篮曲；是爸爸手中的《唐诗三百首》；是妈妈炖的喷香的红枣汤；是爷爷案头深奥的讲义；是从小竹管里吹出的色彩斑斓的肥皂泡……生活就是纯净透明的天，而我，是一片快乐的游离的云。

到了背起书包的年龄，生活，又成了老师那写尽沧桑的面孔，堆积如山的作业，以及令人提心吊胆的考试……生活不再透明，因为它已经有了些不快乐的颜色。然而，那毕竟是个快乐的季节，作业和考试犹如一阵暂时的雨，更多的时候，生活是阳光，而我，就是那只在阳光里唱歌的太阳鸟。

是的，我已经有了自己的歌，而不再是那依傍着生活的云。我愿意说，生活是海，是温柔广阔而又刚强的海，于潮涨潮落中释放着无尽能量的海，充溢着年少轻狂的梦幻和经过风雨的成熟的海。我愿意我是海中的一个贝壳，经受着海的抚揉和磨砺，我在心中默诵着纪伯伦的话：“也许大海给贝壳下的定义是珍珠；也许时间给煤炭下的定义是钻石。”我倾听着生活从我身畔走过的“滴答滴答”的脚步声；我看着太阳阿波罗驾着他的金马车逃逸到西边的山下；我感受着昨天、今天和明天，我发现生活是如此的神奇和美丽，让我想起古典的神话和近代的抽象艺术。

然而，于时日的递减中，我明白了这种种灿烂的表象并非生活的真正内涵。因为我只看到了她那柔美飘逸的裙裾，以及她那镶着红玫瑰的领子和袖口，我没有看到她的手——那双粗糙的手。我曾愿意我是一个贝壳，让生活的海给我下一个珍珠的定义，然而她这粗糙的手抚疼了我。磨砺是痛苦的过程，尽管它的结果可能是孕育了一颗珍珠。我看到许许多多的贝壳追逐着浪花，逃离了生活的海，随玉色的泡沫，搁浅在沙滩上。于是我感到了苦痛，感到了生活那看不见摸不着的实在，那是种不需要诺言和盟约的实在。这种实在是生活的真谛，它充溢在你我周围，是平淡琐碎的小事情，又是深奥艰涩的哲学课本。我想我应该直面她，哪怕让我在磨砺的过程中“灰飞烟灭”——我想，这种过程是美好的。

现在，我不再说生活了，我已经把它变成我的行囊，我脚下的路，还有我手中的单程车票。我把我童年的透明和烦恼都装进行囊，我用我少年的坚实的肩膀背着它，我把我年轻的期待和希望变成路标，我用我少年的朝气蓬勃的脚步量着生活的路。

啊，生活！让我称你一声“老师”好吗？让我唤你一声“朋友”好吗？

让我把你那看不见摸不着的实在变成人生的课程好吗？让我把每个终点当成起点，从头学起好吗？啊，生活！我看见你的笑纹了，展开在早春的清寒里，展开在清晨的岚霭里。你告诉我你的美丽和严峻，你的期望和慰勉，还有许多许多，你，要我自己去追寻，去求索。

啊，生活……

王桂英老师荐评：

作者为福建平潭一中高中生。这是一篇获得福州市中学生作文竞赛高中组一等奖的作文。小作者以时间为顺序，追忆昨天，素描今天，构思明天，互为参照，互为表里，贯通连缀，酣畅淋漓。文思之捷，笔下之趣，耐人寻味。生活有逆境也有顺境，小小年纪的中学生是否已跨越这两道门槛，进入了某种悟境了呢？这是该作主题深刻，独特，真实之所在。

本作构思巧妙，联想奇特，语言清丽脱俗，感情充沛，妙趣横生。

自我创意，主动担当。传、帮、带好青年教师，愿逐月华流照君。

品评推荐学生作文发表，传递文明火种，鼓舞学生成才。长江后浪推前浪，生生不息，光亮无限，竖起脊梁骨，壮我中华！

（论文《愿逐月华流照君》获全国一等奖，评选单位：中国教育报2002年5月，出席中国教育报社在山东青岛举办的“全国首届杏坛杯校园文学创作”的颁奖大会。）

（二）德育绘展

话巾帼风流　觅人生典范

女人，拥有世界的一半；女人，是社会进步不可缺少的力量。我国历史上曾有过许多巾帼伟人——王昭君、李清照、秋瑾……

巾帼风流，千古自有评说。但不同的时代，不同的阶级，自有不同的“风流”标准。而人们往往倾慕于醒目事业中的女杰强人。我却来话说我县教育界中默默耕耘的巾帼风流。她们的作为也就成了我追求人生的典范。

林诚梁——平潭一中语文教师、省政协委员、省先进教师工作者，她几十年如一日，为人民的教育事业呕心沥血。

1976年反击右倾翻案风风靡全国。学校又经历了一场新的浩劫。那时，林老师大病初愈，就赶到学校，刚跨入校门，听说一个差班缺了个班主任。她便自告奋勇去承担。全班52位学生，来自全县六个乡镇19个村。她利用周末，下乡到每个学生家中，循循善诱，把全班学生一个不差地招来了。她跟学生学习生活在一起，与同学们一块下田秋播劳动。病后羸弱的身体，她撑住了；反击右倾翻案风的压力，她顶住了。她说：“教书育人，是人民教师的职责，是正义的事业，我无所畏惧。”

七九届学生倪政猛，缴来的学费全是一分一角的零钱。林老师从中了解到这是个穷苦人家的孩子，对他体贴入微。有一次，这个学生患咽喉炎，咽不下饭。林老师把他接到家中，就亲自为他煎药治病，精心护理一个多月，真是师情宛如父母情。

七七届有个学生，因打架被警告处分。同学疏远，家长训斥。他孤单寂寞，见人低三分。林老师虽然不是他的班主任。但她主动亲近，给他推荐书籍，耐心开导。结果这个学生改正缺点，发奋攻读。两年后考上了大学，去年考取研究生。其中一科成绩获得全国第一名。今年春节，他去探望林老师，万分感慨地说："过去我犯了错误，许多人瞧不起，连父母也对我失望了。只有您——林老师给了我信心和勇气。"

这些事例，仅仅是林老师几十年执教生涯中的缩影。平潭七个小岛环绕，哪里没有她耕耘的足迹？哪里没有她献身的壮歌？

林美如——来自厦门市。坚守海岛，恪尽职守，兢兢业业，踏实奉献，学生亲和她，家长敬重她。她在篮球场上与男教师矫健相媲美，不知演绎多少场"巾帼不让须眉"的阳刚美，巾帼风流，英姿飒爽，令人折服。

刘梅玉——城关幼儿园白手起家的创立者。这个幼儿园 15 个班，为了照顾幼儿就近入学，分散办成五个点，分布在城关镇的东西南北中。刘梅玉坚持每天背上箩筐为幼儿买点心，一个班一个班地分送。借此巡视各个班级。及时解决问题，严寒酷暑，风雨无阻，多少年如一日。人们称她为不辞辛苦的"孺子牛"。

还有黄赛卿、陈碧咏、杨婉贞、刘云惠、林心光、许金菊、魏明玉等老师。

还有曾经为平潭教育工作作过很大贡献的退休老师——林雪。

还有我还没有发现和正在发现着的。

壮哉！一代风流。半边天的范畴中，都能有她们这样的矫健的倩影，我们女同胞的尊严就不会受到可悲的伤害！教师队伍，都能有她们这样的灵魂工程师，该会为国家多输送多少合格人才？各行各业都能有这样废寝忘食，埋头苦干的工作人员，就会大大加快中华腾飞的速度。

也许有人会说，这哪是在话说风流？

是啊，她们没有撒切尔夫人那些奔走世界各地，处理着永载史册的大事；也不是邓颖超那样杰出的女革命家，更不像电影银幕、体育球场上光华耀眼的明星。但她们把知识、母爱、精力都献给了下一代。一批又一批的学生为四化建设建功立业，在建设的里程碑上镌刻着教师们的功勋。她们操持的是太阳底下最光辉的事业。

作为老师，失去了很多。本来可以成为文学家的人，都悄悄地藏起了未打上句号的手稿；本来可以成为发明家的人，都无声地卷起了设计图案……如果她们不是来当老师，那么，也许就有她们的作品在文学宝库中放射金光；也许就会成为彪炳千古的人杰名流。然而，我要说，她们确确实实是我们中华民族的巾帼风流，人生典范。一个人出不出名并不重要，重要的是他是否活着最有价值。只有奉献，才能衡量生命的价值。她们披肝沥胆，默默奉献，她们与名流同样活着最有价值。

我时常听到80年代的年轻人说："佩服女强人。但当妻子的不敢要。"年轻人可要三思，有句俗语倒文明：牡丹花下死，做鬼也风流。说的大致是：能够得到女强人的爱，是男子汉的人生荣幸。因为女强人是社会的精华。人道的、科学的、民主的、进步的精神都集中体现于她们的身上。诚然，女强人的内心世界比一般的女人丰富很多。她们的爱的内涵更深沉，更高尚。她们更懂得怎样当好温柔体贴的妻子，怎样培养教育子女，怎样料理安排家庭，怎样为丈夫的事业做出应有的牺牲。一个事业上成功的男人，他的背后往往站着个强有力的女人。一个办公厅里工作效率高的女性，也一定是个家务劳动效率高的家庭主妇。李登熙是平潭教育界中有威望的老校长。曾经出席全国群英会，受到周总理的接见，他的背后就站着个林诚梁老师。如果李登熙能够算是男人中事业的成功者，那么，功劳的一半应当属于与他并肩携手相映生辉的妻子。林诚梁确是幕后功臣。她勤劳贤惠，教子有方，只有二个男孩，都毕业于厦门大学。老二留校，还被评为优秀的青年教师；老大也在平潭一中任教。

美哉！巾帼风流，她们身上寄托着人类的光荣和幸福的未来，她们担当着振兴中华的伟大使命，担当着相夫教子的人力承载。

"风流总被风吹雨打去。"不，这是旧时代的人杰的命运。今天，学生、家长、全社会的人都尊敬像林诚梁这样的好老师。人们赞扬她们是"教师魂"的旗帜，是妇女的榜样。

妇女的地位如何？女人的命运怎样？标志着社会的文明程度。封建社会女人的智慧被裹脚布捆绑死了；资本主义社会的女人侧重于珠光宝气典雅漂亮。只有社会主义的中国，妇女才获得独立和解放。集人类正气于一身，大气磅礴，英姿飒爽。

鼓吹自由化的人，把社会主义制度说得一无是处，把共产党领导下的广大干群，诋毁成了人类的丑陋，这是对中华民族的背叛。没有伟大人物出现的民族，是世界上最可怜的生物之群。有了伟大人物而不知拥护、爱戴、崇仰的国家，是没有希望的奴隶之邦……伟人在崛起，人杰在涌现，就在各行各业中……

为什么话巾帼风流？为什么觅人生典范？

因为，我是从许许多多平凡而又伟大的巾帼风流中，寻找生活的道路，追求人生的真谛，感悟巾帼风流的精神。她，有如一座光芒万丈的灯塔，矗立在我的心中；她，有如一支鲜红的路标，高高地插在生活的十字路口。

我出生在穷乡僻壤中的一个世代没有文化的农民家庭。既没有开阔文化视野的环境，也没有深受书香熏陶的条件。在闭塞贫穷的小山村，女子生来就是拔草喂猪，十多岁便像卖猪似的，随父母的主张嫁人了。可我不是这样的。我每次割草路过学校都徘徊在教室门口观望上课情景。久而久之，老师发现了我，把我收下了。七岁从小学三年起读。

1960年前后的三年自然灾害，我没有饭吃，回乡务农。读初二，才13岁当上大队的民办教师，工作出色，14岁就被评上县先进工作者，集资够上学花费，又继续升学。

六七届高中毕业。当时，我成了全村中唯一的女读书人。我曾经充满了幼稚的幻想。在丁玲、居里夫人等巾帼名流中觅选我人生的典范。但是，个人的命运总是同国家的命运紧紧相连。十年动乱，延误了一代人的青春，使不少人在家庭、婚姻、工作、学习等问题碰到了困难走人生的陡坡。我是其中不幸的一个。“文革”开始、学校停办、回到家乡农村，不管我怎么努力，要外出做民工不准，要当赤脚医生不给，更不准参军，更不给推荐上大学……剩下的唯一出路只能是“滚一身泥巴”。可是，家乡的土地本来就不够农民耕种。显然，我成了多余人。“广阔的天地”竟然没有我的落脚点。人们更是投来鄙视的目光，隐隐约约听到：“生女孩，甘愿抛入大海，不能让她读书。瞧，像 × × 人……”这，简直比鞭子抽打我的心，还要痛苦呀！回乡知青，有多苦难？

因为家境贫寒，不乏有地位，有人品的人愿意花钱培养我读大学，毕业了，有工作了，再成立家庭。当时的中学生不许谈婚论嫁，敢踩红线，就是丢脸，就会无地自容。背诵的“生命诚可贵，爱情价更高，若为自由故，二者皆可抛”的警句，烙印在脑海，认为如果自己因为上不起学答应许配人家，这是很掉价的，很是没有面子。于是，全都铁硬地一一拒绝了人家。哲学家冯友兰说的人有四种境界：一是自然境界；二是功利境界；三是道德境界；四是天地境界。我当然追求天地境界。“骨头自长肉，自炼铁骨汉。”吃了许多苦，始终认为自己是做对的。

当知青磨炼一段时间，女知青都各找到了自己的归宿。我却怀揣“虚心接受再教育”忠义，紧紧抱团泥土，坚守孤独。环顾四周，静心思索，有一个友好，是军人，被提拔重用，是可以让我托付终身的。迟豫好长时间，许诺了。因为抗日战争，我父亲当壮丁了，女方要与部队军干成家必须严格政审。不怀好意的“地头蛇”，决意要销售他的人，攀这亲，居然把我一字不识的父亲硬迫套成“伪连长”。当时的伪连长，就是历史反革命。拉帮结伙上部队，恐吓我的对方，说：“如果与她成家，就马上脱军装滚回老家种地……”“文革”进行时，欲加之罪，不容争辩。我们有抗争，有捍卫。蛇蝎心肠的“法海”，绞尽脑汁，找长官，闹军营；拉地方，撬家族……用尽一切手段，活活被拆散了。

助君行长远，掐灭已珍情。害人罪魁在二年后，就被天诛地灭了。可是，弱女遭受的人生劫难，烙印着凄厉的清纯初恋，精神差点崩溃了。在超负荷的困倦中，父母总是担心我发生意外，连面都没见，连一分钟座谈也没有，连登记也不去的情况下，指令我出嫁了。现实中的我，命比纸薄。诚然，这种特殊的境遇下的强制婚姻只能导致离异。“离婚”这件事发生在社会风尚古朴落后的海岛小镇自然是骇人听闻的。我处在各种荒唐绝伦的谣言包裹中，言者振振，听者昏昏。有人相信谣言甚过相信真理，有人加工谣言的卖劲儿比女排争夺冠军还要拼搏。谣言一经重复，说的人次多了，便成了事实，流言蜚语，蔓延滋长，渗透在社会的各阶层中去，模糊了人们的视觉听闻。尽管与我相处过的同志为我据理力争，力排众议，但在不够开化的海岛，人们太浅薄了，总是以女人的配偶优劣来看待女人，来评论女人本身的。落毛的凤凰不如鸡，千古奇冤呀！无论我走到哪里都有人对我指指点点，真是一场毁灭性灾难。打击、非议、饿饭、寂寞、颠沛孤苦……假如不是因为我父亲当壮丁抗日，现在的政策是要与现役军干成婚必严格政审，恶人利用了这一点暗算拆散，我才没有了好婚姻，才没有了有质量的相夫教子，才没有了人生尊严和顺利的工作，也才没有了桂冠顶顶，口碑洋洋，而且才招惹没眼没心没肝没肺者的狂吠肆啮。

无可奈何向天问：造化为庸人设计，唯独不关爱我。也许是要从另一个方面锻造我吗？让我在刀霜雨雪的逆境中，培养人格，涵养思想。任凭坏人撒野放刁去。奸佞戕害屈原，浅随贬谪苏轼，秦桧诬陷岳飞，妖怪围堵唐僧团队……大地上的小人总是对上溜须拍马，对下蹂躏捅刀，又机关算尽，拉帮结派。把红肿溃烂的，捧之为“艳若桃花”。其目的：削矮能人，抬高自己。我不怕积毁销骨，不怕风摧秀木，不怕浮云遮眼，竹杖芒鞋，一蓑烟雨，挺直脊梁，拓阔眼界，催生智慧长见识。“兹游绝境冠平生”，大道通天，走自己的路，做最好的自己。

唐朝贞观年间，高僧寒山与拾得的对话启发着我。寒山说：“世间人：谤我、欺我、辱我、笑我、轻我、贱我、恶我、骗我、如何处之？”拾得回答：“忍他、让他、由他、避他、耐他、敬他、不要理他。”我采纳。后来我看见大明星刘晓庆在《我的路》书中也有谈她离婚了，同样挨千刀万箭，而她周围的人，还比较有素质。

在人的素质差的环境旋涡中：女人是不能离婚的；女人是不能没有背景的；女人是不能有才华的………人的势利；栽赃陷害；挑拨离间；长舌胡言；拉帮结伙；圆滑世故；小人、变色龙………这些很差的素质，假如不具备就有可能是单打独斗，活着太累，遭受累累创伤。贤者，难能可贵；伯乐，稀缺资源。但是，我深爱着我的家乡。因为落后，我要担当，播撒文明。尽心尽责，捍卫正气，独善其身。

日子是那样的艰难，我在盘根究底的《天问》《离骚》中寻找痛苦的解脱。但没有找到答案，是身边这些自己感受到的活生生的巾帼风流的精神激励着我。我因绝望而冻结的心在此复活过来，犹如在暴风雨黑夜中迷航的孤舟，看到了灯塔的光亮，重新扬起了风帆。我开始严肃地思考人生，意识到自己比那些伪善的，不容我也有常人应有的一席之地的“正人君子”光明得多，正气得多。于是心灵被一个更深远更庄严的主题占据了。我振奋起来了，追求知识，全神贯注于看书学习，人类文化是一个金碧辉煌的宝库。我从文化知识中获得力量，从奋斗中看到了人生的希望。历史使“老三届”成为特有的专用名词。七七年高考恢复，在“老三届”生比一般考生高出60分的预选中，我考入高等学校，还被高校的师生推选为学生会委员负责学生会宣传工作。十年磨难，太残酷了。人世间的辛酸苦辣要把我吞噬，但我没有因之而涕泗滂沱，也决不屈服命运，苟且偷生。经过艰苦困顿的跋涉，我完成了由一个农民家的女子向知识分子升华的过程。这是何等艰巨的人生工程呀！

孤单弱女，能够在各种艰难困苦的重压下挣扎着，站起来。这是恢复高考对我拯救得及时。任何个人力量都是渺小的。如果不是择优录取的高考制度的恢复，无论是我，或是别的像我这样没有任何倚柱的人，怎样拼搏也是无用的。诚然，也是典范人物的精神给我的鼓励、鞭策、启迪、感召。生活的每一步历程都付出了无比艰辛的代价。在今天看来，这一切乃是历史对一个人的最有力的冷铸和锻造！凤凰涅槃，浴火重生，一个历经人生坎坷的独身女人是艰苦的；担任高二、高三两个进度的语文教学兼加高三年的班主任，是够繁忙的。当我遇到困难的时候，林诚粱等老师的形象总是浮雕般地在我眼前浮现。巾帼风流的伟大精神震撼着我，她给了我一股强大支撑力量，思想升华了，增添了我拼搏献身的干劲，让自己的微薄劳动造福于国家时，让自己最大限度地感受到人生的美好。位卑未敢忘忧国。我时常问自己，我为振兴中华做了些什么？

我没有评上劳模，也没有评上先进。站在这里演讲就是一种能力，但我逆境不卑，勤勤恳恳，不给荣誉，始终如一卖力地投入工作。无人提携空英雄，不用扬鞭自奋蹄，少年强，则国强。为伊消得人憔悴。

这个家长说："我孩子早碰到您这样的老师，有多好呀！"那个家长说："您在哪里工作，就把我的孩子也送到哪里。"当我在北厝搭车上高校时，学生们噙着泪水，蜂拥而至，把汽车全围揽了，延耽开动汽车时间二十几分钟，车上的旅客不仅没有怨言，感动得异口同声："做这样的老师，太值得了。"我每次放假返岚都有学生在车站等候接我。有一次，陈瑞钦等学生接下我的行李，说："老师，我们连续三天都来接您，今天终于等到了！"高校毕业后，我县把毕业生"一刀切"分配在乡下。我到了潭东，个把月后，接到进城的调令。学生送行的盛况把公路堵塞了。有一次，我家访路过翁蝇厅门前，他的媳妇见到我说："你就是从潭东调往城关时，有那么多学生含泪送行的老师啊！"

我什么也没有说，沉浸在甜甜的回忆中。黄金有价，情无价。作为一个老师，还有什么比受学生的爱戴和尊敬更幸福呢？求知欲望高的学生心灵是杆灵验的天平，能够准确地掂量出各位教师的"重量"。他们又是每位教师教学工作的严峻的监考师。

我的劳动得到了学生的承认，也受到了实践的检验。

城关中学的生源，是平一中"筛选"剩下的。尽管这样，经过各科任老师的共同努力，我的学生有上中专的，通过补习也有上大专的。每当学生给我来信赞扬致谢时，我心中都会呼喊："感谢高考恢复的决策者。"寒暑假，便是我最热闹的时候，学生们都来了，我的宿舍便成了第二课堂。

执教十几年，我没有缺过一节课。去年，平潭一中高中部一个年段，同时有两位语文老师请长假，一中老师来与我商量去代课。我已经有二个进度的教学，够紧张了。但我想到：在那阴霾四罩的动乱年月，是非颠倒，连争个民办教师都何等艰难。我原先早就当民办，不给恢复，现在是平潭一中德高望重的老师上门来请我，再累，我也得去。我去了，授完第一节课，平潭一中的学生就给了我美美的好评……

教育者，自己应当首先受教育，给人一杯水，自己应当备有一桶水。中学语文作为帮助学生驾驶母语的工具课，是门向学生提供开启知识宝库钥匙的基础学科，也是对学生思想品质、道德修养产生巨大影响的学科。因此，它的工具性、基础性、思想性是毋庸置疑的，这也决定了它在普通教育中不可替代的，举足轻重的地位。特别是在今天，语文教学不断改革，教学内容日益更新，新知识真使人有点应接不暇。作为一个语文教师，应当是个学识广博的“杂家”。多年来，不论春夏秋冬，我坚持每天晚上十二点半睡觉五点起床，连周末也被教学占了。我没有倦怠，深深地明白：只求身体健康，多做点才是生命的价值所在呢！我为教学工作献出了所有的时间和全部的精力。我以我的工作热忱激发学生勤奋炽情，以我自己艰难跋涉的历程启迪学生奋力攀登知识巅峰。原教育局局长林光楠说：“很差的学生，在王老师的教诲下都变成了优秀学生。”后来，他把亲戚从别的学校转入我班。

今天，我站在五尺讲台上开始了我人生的追求。我选择了我所话说的名流为我最活的典范。一点浩然气，快哉万里云。巾帼风流，德高才卓，献身事业。贤妻良母完整的女强人的全部内涵，烙印在我的脑海，伴随着我走向未来。我下定了决心，要用辛勤的劳动在人类的文明史上刻下一道痕迹，给女人有所教益。

巾帼风流，人生典范，这是中华民族的精髓，这是国家的栋梁，社会的基石，这是新中国女性的路标。人生道路有平坦，也有坎坷，沧海横流，方显出英雄本色。我们有幸生长在一个伟大的国家里，伟大的时代中。灿烂的历史，文明的战歌，杰出的人物都能熔练铸造我的坚毅美好性格。回首顾，千秋青史；抬头望，中华腾飞。拼搏吧，我们伟大的中华民族的优秀儿女！

［1987年5月，领导指派我上福州市演讲，获市一等奖（福州市五区八县榜首）］

师德壮我行

振兴民族的希望在教育，振兴教育的希望在教师。是师德，培养了一代又一代的优秀教师；优秀教师培养了一届又一届的优秀学生；优秀学生熔铸华厦栋梁。于是，祖国繁荣昌盛。有了师德，教师就会刻苦自励博学多能；有了师德，教师就会奋力拼搏探索开创；有了师德，教师就会不用扬鞭自奋蹄为国家培养更多优秀的人才。师德，强国根基；师德，为师之本；师德，壮我前行。

午夜几番梦回，往事不尽如烟。多少与教书育人相悦相伴的寻味片段翩然翻掀。

1992 年，从海岛远嫁山区的妹妹特地回来，说她的家族创办了木地板厂，要聘我常住上海当推销员。月薪三千，交通、住宿、电话等费用全部报销，干好还有奖金。那时正是破墙开店下海经商的涨潮。这机遇，多少人求之不得，我断然拒绝。父母耐心开导又叫来我亲戚规劝。舅舅说："海岛经济落后文明度差，孤单弱女会受歧视，工作出色会受嫉妒随之打击排挤，下海划算，车子票子都会有。"兄弟说："外边世界大，发展前景好。"姐说："大城市好人品多，挑个满意的成个家。"亲人的关爱我完全理解，但我毫不犹豫地拒绝了，只是为了那一个个满怀希望的把他们的孩子送来给我栽培的家长，只是为了一双双渴望知识的眼睛。三尺讲台垒不起功名利禄，但是，它是人世间的真善美所在。它是能够引导人类从幼稚走向成熟，从挫折走向崛起，从愚昧走向文明的不灭火炬。“从今别却江南路，化作啼鹃带血归”的文天祥，“苟利国家生死以，岂因祸福避趋之”的林则徐；“春蚕到死丝方尽，蜡炬成灰泪始干”的叶圣陶等等名人掠过我的眼帘，如高天长风不衰不朽的诗句，在拳拳赤诚中，我怆然泪下，精神在凛然正气中赫然升华。祖国解放我诞生，高中毕业逢“文革”，是邓小平改革高考才结束我滚一身泥巴的命运。反省明理，意志弥坚。决定铁定，不管环境如何，人总是可以凭着自己的崇高品质超越时代的社会，走自己的路。市井喧嚣熙来攘往风气中，我能够保持冷静，把握人生方向盘，脱俗超凡，把生命融入教育事业。捧着一颗心来，不带半根草去，焚膏继晷，披肝沥胆，教书报国。

1996 年 3 月临近市质检。我担任从高一带上来的高三三班的班主任。班上有个女生施琴，她父亲猝然离世，痛不欲生，每个晚上，泪水打湿了枕头，班级里浓浓的迎考学风因之淡化。与此同时，我刚刚组织的家，丈夫开刀正躺在厦门中山医院里呻吟；耳边又传来我父亲因跌倒摔伤要为他准备后事的消息。夫妻情义，敬父孝道，与为人师者正在指导学生高考冲刺，权衡比照中，前两者隐席退位。我把施琴接到家里，寻找许多报刊治疗她的痛伤，给她讲述怎样才能算是报答父母恩情的道理，列举很多事例让她感悟；又在班上表扬她的成绩提升；教导同学们亲和她，开导她，鼓励她。她学习成绩一向在班里中下水平，竟然能够在高考中刷新，成为福建医科大学的一名新生，又能在选派到新加坡留学的层层考试中百里挑一顺利中选。夫病父危，我承受痛苦，咬紧牙关，打起精神，和平常一样面带微笑，口颂佳句，充满对高考成功的愉悦情绪感染学生，给学生上好每一节课，辅导好每一夜自修。家访沟通，迎考指导促优扶弱等等工作照常卖力。是师德给我无穷力量，令我突破重围。这一届的会考、质检、联考、高分数段、班级录取人数，学生六项评比，全部指数我都名列全县第一。上高校的人数中，过半数学生担任高校的学生会主席、团支书、班长、部长等。因为我没有尽到扶病的夫妻义务，丈夫住院三个月后回来，把我告上法庭，法官因之判定离婚！5月18日，96岁的老爸临终之前呼叫着我的乳名“英儿，英儿！……”一直到他气息全无。弟妹们咒骂我，族友们诘责我，都是为了你——学生！赤子衷情，一腔热血，至纯至真，那灵与肉的厮守，任凭雨打风吹，在天地间烙一弯酷的绝痕。和所有的知识女性一样渴望有个像样的家，但是恐惧此类事，更是为了全身心地投入工作，我谢绝所有人的好意。

96届教毕，学校要我从高二年接班跟上，班上有个年仅15岁的学习尖子高晟，应中国科技大学少年班招生需要，才高二年就要参加高考。学校把教学语文的任务分配给我和另一位老师。我已经有两个班的教学任务，况且这两个班的起点不同，一个班是初中上高中时优秀生保送班，一个是普通班，这样就有两个进度了。再加上培养一个高二学生必须具备高三年尖子生般的语文素质参加高考，确实超负荷！每天夜半躺下，鸡鸣起床。认真演练历届高考的全国卷和上海卷，把脉悟道。领会命题者意图，预测考点新意向，归纳考点内容，梳理知识网络，夯实基础知识，压缩授课内容，拓展引进更新，交叉完成好重点专题和精选综合的训练切中肯綮，力求让高晟用最少的时间学得最多与高考内容贴得最紧的有用知识。老师们预测：如果语文能行，高晟一定高就！语文与生活同在，提前一年，跃进高考，为了探索这一成功尝试，我殚精竭虑。等高晟拿到录取通知单，语文过百，悬在心头的一块石头飘然落地，现在高晟赴美国攻读博士。回想起那时的两个教学班的两个进度，又得教会一个压缩一年时间参加高考而且必获胜利的挑战，至今还有疲惫袭击。三十载执教，给学生补课，指导征文，从来没有收纳一分辛苦费。奉献是教师本色，我明白。

前尘旧影，片段小叙，一缕缩影罢了。寒来暑往，呕心沥血，千锤百炼，就这样匆匆走过。没有提拔晋升，没有评优评模，没有节假日；有的是长夜孤灯下的语言文字教改设计，有的是批改不尽的作业，评判不完的考卷，有的是操场边小路上鼓励学生进步的润物细无声，有的是家访迟归摸黑赶路被掉进滚滚污水的下水道的难堪……

陶行知说：先生的最大快乐，在于培养值得自己崇拜的学生。北大的翁若菁，厦大的林旭峰，华东理工大的陈建春，华中理工大的林凯，重点大学毕业后走进军队的陈友松……有的是高考状元，有的是征文比赛获得全国一等奖，有的是挑战电视主持人冠军得主，有的参军入伍立下赫赫战功……他们的出类拔萃给了我快乐。1993年夏，我从普通中学调入重点中学，经过96届、98届、2001届的语文教学，每一届都是两个教学班，130人，每一届高考语文都获得全县第一名，2001届超同类班约50分。三秩耕耘二千桃李，香飘四方，学生的成功是对我体力和精力透支的最好回报。我毕竟没有白活。我还有论文、教案等获奖33次，有全国的一等奖、国际金奖，特等奖的已发表23篇文章。《中国教育报》邀请我出席全国首届杏坛杯校园文学大赛的颁奖大会；指导学生征文获奖不计其数，《光明日报》《中国青年报》授给我“伯乐奖”；《语文报》评给我“优秀指导奖”。一鞭一创痕，一步一血印。老师说：“不容易，有真才实学！”家长说：“敬业精神感天动地，是榜上无名的劳模。要挑选语文老师就得把孩子放在王老师班里。”有时也会走进电视台点歌表谢忱。众说：“好钢，就得用在刀刃上。”庄学文、张述林、陈由平、丁桐生等学校领导都说：“是人才，太迟发现，很可惜！”

站在三尺讲台，只觉得天高地迥、宇宙无限。在塑造人的工程舞台上，用我自己生命内核的智能和智慧转化为养料浇灌所面对的未来主人。学生又用他们获得才智振兴中华，这恒常价值无限。获得诺贝尔和平奖德兰修女说：“我们都不是伟人，但可以用平凡的手做一些平凡的事，这也是一种伟大！”历尽坎坷的一个普通教师能自觉自动地钻研教学，以求多出人才，出好人才，这就是她的价值。无欲则刚，有容乃大。接纳委屈，耐得寂寞，简化生活，不屈不挠，最终会获得成功。是金子总要闪光，是黄钟毁弃不了。假如成功总是不给青睐，难酬蹈海亦英雄！

教育是事业，事业的意义在于奉献；

教育是科学，科学的真谛在于求真；

教育是艺术，艺术的生命在于创新。

实践这一理念，打造做最好的自己。挑灯夜战，闻鸡起舞，非为蟾宫折桂，只为做一头嚼草老牛，以挤出的奶汁造福学生；钻进书海播弄文字，非为名垂青史，只为做风范于学生，警策其勿虚度年华。学高为师，德高为范，师范于斯！

师德崇高在，光焰万古长；

师德壮我行，酣畅自轩昂！

（注：八个评审机构都评为全国一等奖，又评为第二届“国际优秀创新学术成果“金”奖，还被评为国际特等奖。）

（本文收录于中国文联出版社出版的《中国师德论坛文选》）

心中永恒的阳光

致天下之治在人才，成天之才在教化，行教化之业在教师。教师素质的优劣决定民族走向的兴衰。教育担负着兴国强国的神圣使命。教育不仅仅是知识的独特培养，而且是一种相当人文的特殊凝聚。学高为师，德高为范。脚踏实地，默默耕耘。

为了实践这一理念，我比一般人更加艰辛。海岛闭塞，我又是出生在穷乡僻壤中一个世世代代目不识丁的农民家庭，目睹太多人没有文化的痛苦，从小立志当老师。儿时上平潭一中读初一时，作文《我的理想》写的就是自己要当老师。语文老师梁兴汉以之为范文向全班宣读，由他推荐还获得全县一等奖。成功的振奋，插上理想的翅膀，携带美好的憧憬，专心致志刻苦学习。仅仅再有一个多月就升入高三年级。“文革”风暴骤起，理想灰飞烟灭。回乡知青的唯一出路是滚一身泥巴。困惑、迷惘，知识“断奶”的饥饿……求知欲望涌动勃起，我想方设法借来高三和大学本科中文系的所有课本，白天下田劳动，晚上在豆黄的煤油灯下，摒弃疲劳，隐忍蚊叮，坚持到午夜。一字一句，一页一本演练不已，背诵琅琅。咬定青山不放松，卧薪尝胆，无师自通。十载寒窗，长夜孤灯，独咏独琢。谁都不会想到会有高考恢复的这一天，况且不计年龄不论婚否。可怜的“老三届”竟然还有公平竞争的这一次机会。十年没有高考的人才积压，似乎万人空巷，大有千军万马奔赴考场之势。我首战告捷。当时，还在流水中学任副校长兼教政治的周而才老师，把我在“非常时期”能坚持学习而一举成名的事迹当作活教材，向全校学生高歌一曲“劝学篇”，莘莘学子亢奋不已。恢复高考后的首届高校，强手云集，人才荟萃。我还是被师生推选担任学生会负责宣传工作。一番寒彻骨，有了机遇，实现理想。茫然中，我把学习自觉延续，不断地完善自我，人才就是在锲而不舍的学习过程中孕育出来的，有毅力，更有思想境界。这就是我心中永恒的阳光。

在我上大学时，当地政府给了我很多的经济补助。毕业时选择回岛教书报效。亚圣孟子把“得天下英才而教之”归档为人生的三大乐事之一。我在福建一隅的海岛平潭，虽然没有得天下英才而教之，但是，这里是汇聚全岛最优秀的中学生。经过我和同事的合力打造，保质保量地一届又一届地把他们送达全国各地的大专院校深造。让人心仪，我也非常心动，很是自得其乐。不仅用我汲吸到的知识精髓浇灌学生，而且用我自身的人格风范去熏陶冶铸他们，严慈相济，使学生茁壮成长。高考冲刺，是演绎教师人生的竞技赛场；学生成功，能展示教师才华的品位风采。优生出众显师艺，弱生转化见师魂。我想：最能代表中学教师贡献价值和学术水平的还是教学的实际业绩和论文品位。成功的教育教学，依赖教师丰富的内在涵养，深厚的文化底蕴，过硬的基本功。出神入化，荡气回肠。这才是标准的含金量。

我三秋耕耘，二千桃李，香飘四方。每一届的高考、会考、联考、统考、质检等，获得最高分的，优秀率最高的，平均分最多的，几乎全是我的学生。2001 届高考，平均分（标准分）超同类同行约 50 分。每一届都教两个班 130 人，代培生有三分之一。有代培生就有差生，有个学生中考才 156 分。人的模样宛如两肋插刀双眸冒火能够摆平决斗双方的武林高手，目无校规校纪，又常常与社会上的无业游民称兄道弟。我多次找他的同伙，又上百次家访，动员全班同学对他关爱，把他心思转移到学习上来。润物细无声，终于他忸怩致谢，浪子回头，奋起直追。让他担任体育委员，他确实有潜能，开展工作有声有色，校运会上班里的成绩稳居年段甚至全校第一名。我恩威并举，潜移默化，果然顺利考入高校，现在是一位优秀的体育教师。还被提拔重用！像这类的学生就有近百例。我感觉到“人类灵魂工程师”的功与德。望广漠而无际兮，感任重而道远！行万里而无声兮，见绿洲而不停！

不进行教育科研的学校是没有出路的学校；不进行教育科研的教师终究枯萎。科研兴教，科研强校，科研壮师。用教育理论指导教育实践，用教育实践升华教育理论应当成为每一位教师的自觉行为。我是这样想的，更是这样做的。

我的论文、教案、演讲、影评、随笔等获奖已达33次，荣获县、市、省乃至全国的一等奖，已出版发行16篇。全国各地（包括香港）多次邀请我参加颁奖大会和学术研讨。仅2002年至今就获全国一等奖6篇，其中4篇又获“国际优秀论文奖”，还有两篇是其他档次的奖级。培养出一大批学生成为作文能手，在全国各种征文比赛中获奖达118次。我96届的考入厦大的学生林旭锋，入学时作文比赛荣获全校一等奖；98届一学生高尼，在《语文报》“爱我家乡”的征文比赛中，荣获全国高中组一等奖；98届一学生林凯，考入重庆大学，三万多名学生中挑选两个当“校广”，他过关斩将一举夺魁，又能够在全国挑战电视节目主持人荣获周、月、季全国冠军，在央视三套播报。我培养的学生能说会写，功底扎实，升入学校，有一半学生担任高校学生的主要干部职位，他们仍都很感激我。陶行知说：先生的最大快乐，在培养值得自己崇拜的学生。学生的出类拔萃给了我快乐。我还常为学生的作文写荐评在全国各种报刊上发表。《光明日报》《中国教育报》《中国青年报》《语文报》等等刊物授予我“伯乐奖”“优秀指导奖”“优秀辅导奖”等等。

视通万里，神游八极，宇宙无限，在塑造人的工程舞台上，用我生命内核的智能精髓，教之以才，导之以德，学而不厌，诲人不倦。“甚于蓝”的学生又用他们的才智建设祖国。不朽的永恒，递增的灿烂，这恒常价值无限。国运兴衰系于教育，教育成败系于教师。责任重于泰山。

于是，不用扬鞭，我坚持“悬梁刺股”“闻鸡起舞”，自觉地精选那些彪炳史册光照后人的大家名家，读孔子、屈原、苏轼、李清照，读陶行知、叶圣陶、鲁迅、冰心。潜心研究他们，撷取“核”与“质”的养分，力求融会贯通，引智借脑，化为己有。读德育、读美学，通读中外教育名著，研究中西方教育进程的异同点，探索教育教学真谛，为的是培养更多更优秀的学生。我遨游书海，饱览群书，常以碗面代餐，常常忘掉节假日，把“别人喝咖啡的时间”都用上。

素质教育，培养“四有”人才，教育的“三个面向”，做代表先进文化前进方向的实践者，自己必须率先垂范。指导学生背诵课文，自己首先要字正腔圆，声情并茂，汩汩滔滔；教学生要说写生辉，自己首先要言辞流利，见地深刻，妙笔生花，示范启迪。我钻研教材，解读学生探索规律，胸中有书，目中有人。然后将上课的每一句话背诵后再口语化。树立“精口意识”，力求每一节课都成精品。真知灼见，肯说真话。面对130个想法不同的孩子，要随时应变，款款面对，因势利导，德泽滋润，强化他们成为共话忧乐的知己。我常常想：这样的课，给教育改革家魏书生他会怎么教；给本色派陈日亮他会是怎么教的；给教坛明星于漪她会怎么教的。我与他们的差距有多大？怎样努力达标，功夫花在创新超越上。高考来临，通常是“题海战术”，我独辟蹊径，取百家之长，独树一帜。美点寻踪，妙点列举，难点攻破把脉悟道，切中肯綮。所以学生的成绩始终能够遥遥领先。经师易得，人师难求，我斟酌“经师”与“人师”的差别与联系，强化自己当好“人师”。不舍昼夜，孜孜不倦，衣带渐宽终不悔，为伊消得人憔悴。

没有人要我这样做，没有人知道我这样做。这种责任感，这种使命感，源于自身渴望当好“人师”的心底情结；源于博大精深的教育理论；源于德艺双馨的教育大师；源于对祖国对人民的前途和命运的深切关注。源自于“少年强则国强”自觉担当，三尺讲台写忠诚，满腔热血铸师魂。魂系教育，心驰神往，殚精竭虑，披肝沥胆，生命不息，冲锋不止——心中永恒的阳光！

只有心中留下阳光的指纹，周围纵使是无边的黑暗和寒冷，你的世界也是明媚和温暖的。

（本文获全国一等奖，收录于人民日报出版社出版的《现代教育管理理论与实践指导全书（第三卷）》）

阶段性和全程性德育导向

国家对各类中学赋予的要求不同，人们的价值取向更新，形成了这样的中招格局和效应。

400—500 分中专跻，

400 左右分一中招，

300—400 分职高检，

200—300 分普高包。

自己认为稍微有希望的，又往初三回收跑。

显然，作为海岛三类校的平潭城关中学的高中生源，是几经“优胜劣汰”的筛选，剩余下来的末等品了。

差生就差在不肯学习。于是知识贫乏，人的素质差，精神空虚，无聊事滋生。初中三年的劣习积淀，进入到我校的高中学生，有如下突出的定势表现：

打架斗殴热衷于低级趣味的；

早恋的，哥儿姐儿义气的；

知识贫乏造成痴呆麻木的；

考试场作弊成风的；

从不动笔练习懒惰成癖的；

想混三年拿张高中毕业文凭的；

野鹿般的顽童强拗性子还是无法坐定一节课的……

这些“同伙群”文化水平相仿，心理特征相似，感情需要相类。唯独缺乏“四有”，提笔不懂作文，开口不知讲文明话……

眼前学生的素质与培养“四有”人才要求的强烈反差，再与未来需要创造性开拓型能描绘业绩蓝图的骄子相比较，其间的“二重奏”和“三部曲”，真叫我有点茫然不知所措。

同时，改革开放，雄关漫道，封闭了几十年的中国门户轰然訇开，商品经济的浪涛汹涌，一方面冲刷着古中国滞留已久的贫穷，另一方面也冲溃了对改革毫无思想准备的一些人的传统道德的堤坝。在扔弃传统文化中的糟粕和新文化建设尚未完成的间隙，各种已有的和“引进”的非理性主义的反文化思想趁机蔓延起来，并且利用各种大众传播媒介，赤裸裸的自由泛滥起来。各种腐朽思想和恶势力乘机作恶：贪污受贿的、以权谋私、劣胜优败、恃强欺弱、卖淫嫖娼、聚众赌博……电影电视里的善恶争斗，书报杂志上的美丑轶事，无奇不有的社会传闻，前庭后院俯拾皆是非非是是的人际关系，惨剧怪状，又失去了及时进行的公正评价和舆论监督。再加上，知识贬值，升大学无用：摆个地摊，赢过县官；汽车一响，胜过省长；脑体侧垂导致新的“读书无用论”漫起……闪光的民族道德内核被湮灭，腐朽的糟粕却张张扬扬，让人耳濡目染，又特别容易迎合差生的心态，起到了共鸣、吸收、增酵的作用。而一身粉笔灰，两袖清风吹，三餐白稀饭，四面作土堆的清贫教员，困惑之中，感慨自已力不从心：学校这个小气候抵不过社会的大气候。“学生在学校进一步，回到家里退两步，到了社会退三步……”

差生的本身素质与五光十色的社会氛围，三类中学的德育工作艰难万端。怎么“救救孩子”，何能使“朽木可雕”？！这份严肃的试卷，我认真作答。无数次的成功和失误中我领悟到：关键是教育者胸中要有教育人的蓝图，既要认识学生的现有状况，更要规划他们成长的前景。这就需要我们从所处的时代的大背景去观察各种德育现象，透视全方位，多角度，多层次地分析差生现象，再遵照差生生理心理特点和思想品德形成，多层次，有针对性，一个阶段一个专题，做好阶段性和全程性的教育导向。其基本框架如下：

一、严格管理与认真导向

纪律是铸造好学生的保证。面对那样一群低素质不愿学习的差生，没有良好的学习环境的威慑，任其不良个性的发展，不仅无法进行正常教学，连教室也会变成武坛或市场，不但无法塑造“四有”人才，还会滋生更多的比“阿Q”“看客”更差劲低劣等笑料了。而中学生守则以及一切规章制度，若是照本宣科，威慑力的充其量不过是耳边风罢了。学习、张贴，令每个人写出遵纪守法的计划外，功夫得花在抓落实上。

除了有课，我几乎每节课都到班级门口巡视。察看每位学生的具体表现，半个学期的跟踪，每位学生的个性、内蕴的光点和盲点有了基本的印象。个别谈话，家校配合，锋芒毕露的恶作剧有收敛。“瘸子里边拔将军”，组阁好班委与组长之后，我把纪律教育导向竞争机制，按步操作。见下表：

小组各项评比表　周别星期（每天评比）

<table>
<tr><td>组别
评比项目</td><td></td><td></td><td></td><td></td><td>备注</td></tr>
<tr><td>早读课</td><td></td><td></td><td></td><td></td><td rowspan="17">每人每周给基本分六分，扣达满六分按规定是进行处罚。（小组评比按扣分情况）
扣分内容说明
1. 尊师方面（指漫骂老师、顶嘴不听话等），每人每次扣2分。
2. 上课（包括早读课）不专心，讲话做小动作，睡觉或看其他刊物，课前三分钟没有将课本等用具准备好，课间操不认真，每人每次扣1分，被老师登记在“记录簿”上的每人每次扣2分。
3. 每缺勤一节课扣半分（含正课、晚自习、早读自习、下午第三节、课间操班会等），迟到、早退每两次扣半分。
4. 凡在校内打架，抽烟，赌博等，每人每次扣2分。
5. 值日生工作没有完成（含不参加者），每人每次扣2分，没有评上最清洁，每人每次扣1分，且罚扫地一天。
6. 作业没有完成，每人每次扣1分。
7. 校徽没有佩戴，每人每次扣1分。
8. 损坏公物按损坏程度扣分，且罚款（每次赔偿，扣1分）。
9. 做好事酌情给加分。
10. 每天第六节课后由班长或组长集体评定。</td></tr>
<tr><td>课前三分钟</td><td></td><td></td><td></td><td></td></tr>
<tr><td>自习课纪律</td><td></td><td></td><td></td><td></td></tr>
<tr><td>课堂纪律</td><td></td><td></td><td></td><td></td></tr>
<tr><td>晚自习</td><td></td><td></td><td></td><td></td></tr>
<tr><td>课外表现</td><td></td><td></td><td></td><td></td></tr>
<tr><td>作业完成</td><td></td><td></td><td></td><td></td></tr>
<tr><td>出勤</td><td></td><td></td><td></td><td></td></tr>
<tr><td>课间操</td><td></td><td></td><td></td><td></td></tr>
<tr><td>值日生工作</td><td></td><td></td><td></td><td></td></tr>
<tr><td>尊师</td><td></td><td></td><td></td><td></td></tr>
<tr><td>校徽佩戴</td><td></td><td></td><td></td><td></td></tr>
<tr><td>爱护公物</td><td></td><td></td><td></td><td></td></tr>
<tr><td>嘉奖得分</td><td></td><td></td><td></td><td></td></tr>
<tr><td></td><td></td><td></td><td></td><td></td></tr>
<tr><td></td><td></td><td></td><td></td><td></td></tr>
<tr><td>每天累计</td><td></td><td></td><td></td><td></td></tr>
</table>

每天评比当天公布，及时发现问题及时解决。一周一累计，一月一奖惩。最好的组享有看电影、奖好书的鼓励。乐滋滋中让他们写《沐浴在荣誉中》《争取更上一层楼》等作文；差的组也写《找差距争做好》《在后进中奋起》，并且向全班宣读后张榜亮相。这种择优和淘汰已形成一股强大的力量，它是迫使每位差生遵纪守法的外力。虽然有点蜜糖加皮鞭地又哄又吓，但是，我毫不动摇地强化管理，对薄弱环节（如班风、广播操质量）一个阶段一个整顿内容，努力使学生逐渐由服从到同化到内化。再经过艰苦细致的思想工作的叠加，生效的近景引导，学生成长了。从严治教，稳定了教学秩序，规范行为习惯，使班级面貌大有改观。有了正常的教学秩序，才能谈得上教育教学质量的提高。“教育的技巧在于随机应变”，面对着活生生有思想有感情的人，还得常常采用直接谈话、侧面了解、查看日记、碰头询问、作文对话等方式。还特地用日记的形式，统计“三闲”的时间量。我把“闲事”“闲话”“闲思”（即胡思乱想）叫作“三闲”。差生相当多的时间被“三闲”占据了，这样不仅影响学习，更严重的是：容易养成不良习惯。于是我提出了把“三闲”时间压到最低点的要求。学生每天都要在日记本上统计一下说了多少句闲话，做了多少件闲事，用了多少时间闲思，随着时间的推移，“三闲”会明显减少。以上这些做法是差生向好的方向转化的速效力。

通过观察，我了解了学生的心理：越是差的学生越是渴望表现自己才华的心理愿望。于是举行了《回顾与展望》《明天是从今天开始》《而今迈步从头越》等演讲，让每位学生登台讲演，开放搞活，增加透明度。还经常开展作文比赛、书法比赛、做好事评比、阅读笔记展览、作业展览、背诵比赛、表情朗读比赛、猜谜语比赛、成语接力比赛等寓教育于活动之中。然后认真评比，弘扬优良。让学生学有榜样，争有对手。这样智力因素和非智力因素一起抓，具体帮助差生在学习上取得一点成绩，及时给予肯定的评价，从而提高一点兴趣，增加一点学习积极性，使差生产生对学习的需要，把学生的思维活动、兴趣爱好转移到学习上来，并且慢慢形成一个有利竞争和创新班级风貌的机制，也从中挖掘潜藏在差生身上的创造力。并且用大量的史料佐证：不管分配领域的不公平现象如何尖锐，人类醉心于知识的探索，永远是有吸引力的。

以上德育内容，是在高一年第一学期的施教重点。

通过强化培养，不仅造就了学生良好的学习习惯，也为培养“四有”人才奠定下基石。更重要的是蓄足气势，为后来的创造性开拓型等素质的酿造，提供了发酵的基因。

二、援引系统论为教育导向

遵纪守法的强化，竞争机制的导向，艰苦细致的思想工作的叠加，差生对旧的自我有质的超越和再造，代之而来的是勤奋学习，尊师守纪的新质在萌芽。但是重点校学生所具备的素质等同，在好学生的参照系之中应该说还处于相对的萎缩状态。由于已往所造成的差生与重点校的学生的知识水平上的断裂，而由此涵盖着人的内蕴素质的落差，又得花大力气来再造。为此引进系统论的科学成果，消化吸收，融入德育工作之中，确实裨益匪浅！

系统论的创造人贝塔朗菲观点：系统就是相互关联，相互制约的若干要素所构成的具有特定功能的有机整体。这个组成部分通常被称为子系统，而这个子系统本身又看成为它所属的那个大系统所属的部分。即许多组成要素保持有机的秩序，向同一目标运行。显然，子目标是总目标的支撑点和内在构成因素。

教育者要对德育内容做全方位的扫描，然后按学生的精神需求进行。

德育内容浩瀚无边。我把它归纳起来，用系统目标来界定，采用下列图示：

（文中称“系统目标图”）

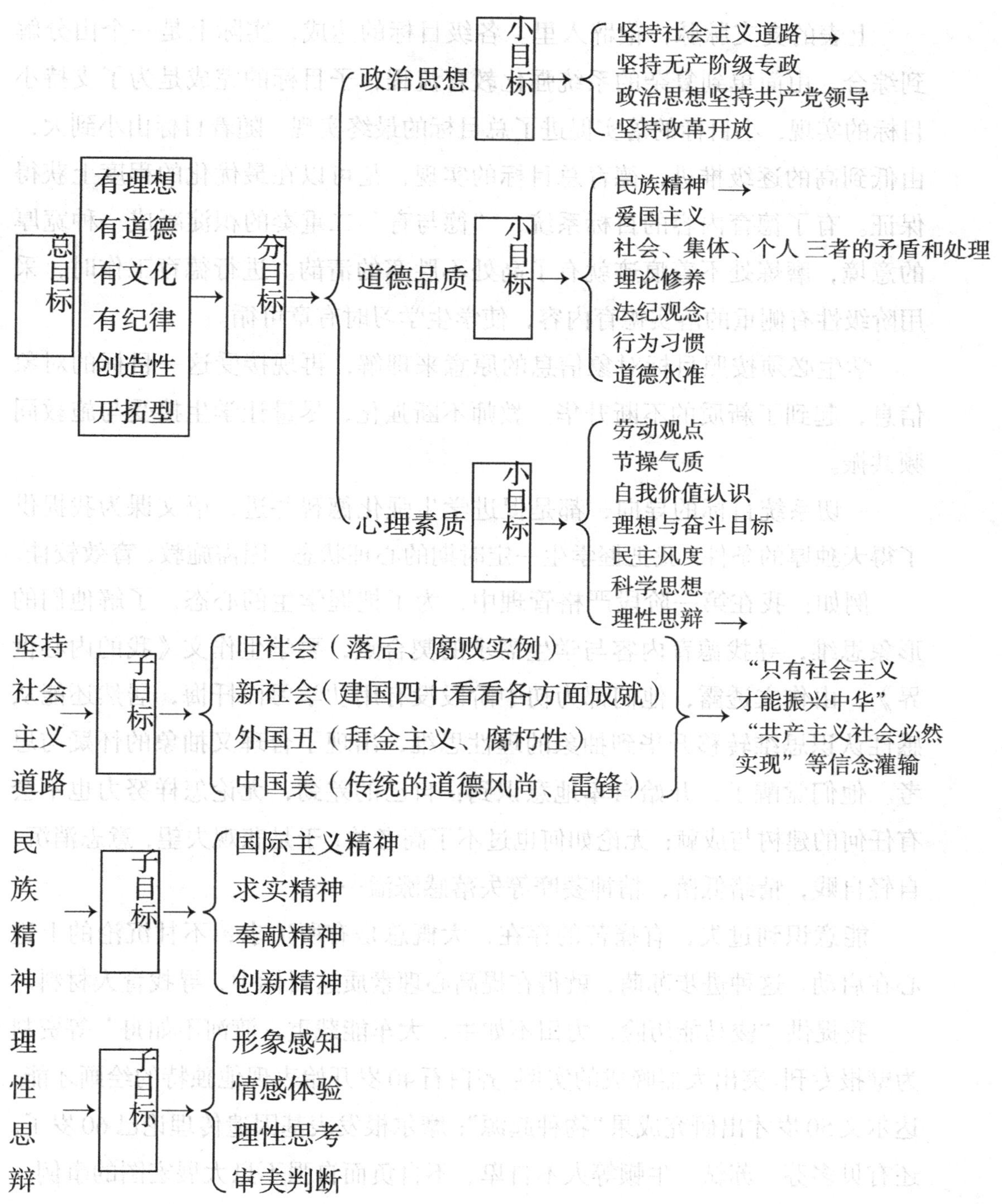

注：“√”号的在以下开列，以此为说明，其他列项自己在上班会时详讲。

上表的支支脉脉，鞭辟入里。各级目标的达成，实际上是一个由分解到综合，由简单到复杂的系统强化教育流程，子目标的完成是为了支持小目标的实现，小目标的落实促进了总目标的最终实现。随着目标由小到大，由低到高的逐级推进，德育总目标的实现，是可以在最优化的程度上获得保证。有了德育内容的目标系统，“德与育”二重奏的积淀凝成一种宽厚的意境，磨炼处不着痕迹就有了高处不胜寒的清韵。进行德育工作时，采用阶级性有侧重的落实德育内容，使学生学习时有章可循。

学生必须按照目标对象信息的原意来理解，再现接受这一目标的对象信息，起到了新质的不断升华。教师不断强化，尽量让学生接受与施教同频共振。

一切系统目标的导向，都是促进学生强化德智并进，语文课为我提供了得天独厚的条件。我把握学生一定时期的心理状态，因需施教，育效较佳。

例如：我在第一阶段严格管理中，为了把握学生的心态，了解他们的形象思维，寻找德育内容与学生需求的契合点，要学生作文《我的内心世界》，由作文透露，他们都为初中阶段没有用功学习而忏悔，居然还能从感性认识思维转移升华到抽象的理性思维，出现了合理又抽象的怀疑与思考。他们觉醒了，开始自卑地意识到：自己的差劲，无论怎样努力也不会有任何的建树与成就；无论如何也过不了高考关，于是悲观失望，意志消沉，自轻自贱，情绪低落，精神萎靡等失落感涨溢……

能意识到过失，有痛苦的存在，大概总是有所追求，不甘沉沦的上进心在启动。这种进步苏萌，就得在提高心理素质这目标中，寻找育人材料。

我提供“骏马能历险，力田不如牛，大车能载重，渡河不如舟”等资料为壁报专刊。突出大器晚成的实例：齐白石40岁开始表现他独特的绘画才能；达尔文50岁才出研究成果“物种起源”；摩尔根发表基因遗传理论已60岁了。还有贝多芬、苏轼、牛顿等人不自卑、不自负而自强不息大展宏图的事例。以及“失败乃是成功之母”“亡羊补牢，犹未为晚”“唯有尽到努力，方能问心无愧”“不想当将军的士兵就不是好士兵”“有所作为是生活的最高境界”“而今迈步从头越”“不到长城非好汉”“为中华的崛起而学习”

等等大量可感的生动材料，引导学生搜集这方面的名言，每天按学号轮流，总会有一名学生把收集的一条格言警句，写在黑板的右侧。学生抄摘录背，潜移默化。界定的导向内容，他们最初的感受和幻想的“记录”消逝了；名人精神的投影产生了辐射效应，学生振作了，长大了。

现代心理学认为：只有充分发挥人的视觉、听觉、触觉等器官的协同效应，才能有效地感知事物，把握对象。

于是，我要学生确定座右铭。内容有：①崇拜的伟人名字；②针对自己的思想弱点，找一句医治这一弱点的格言；③要追赶的本班一位同学的名字，做好后贴在课桌的左角上。这样就使学生天天都想着自己崇敬的人，不知不觉地产生某种同化作用。

我还寻找有针对性的、能入耳入心的毛泽东诗词，报阅文辞，表情范读，学生模仿。信息的甘霖与内心的苦涩，两种感情的撞击，形成交叉冲激，再适当地点拨，学生触景生情，缘文想象，进而产生“共鸣”的心理效应。

以上导向的有机结合的强化，各科信息的相互作用和渗透，点燃感情辐射的火花。听觉视觉感觉所形成的兴奋感逐步扩大汇聚成奋斗拼搏感情的巨大漩涡。再启发，进入理性思考，反思之后，指导审美判断，分清正误，褒贬是非，明确方向天天向上。

同样，在高二年、高三年的不同学期，我都全面审视系统目标图，侧重施教不同层次程序的德育内容，关注学生内心世界的变化，把握不同阶段学生的心理，寻找教育内容与学生需求的遇合点，向宏观世界步步扩展，向微观世界层层深入，力求达到育人的优化效应。

三、高屋建瓴和认真总结

阶段性的教育导向，是把握学生的心态，有的放矢地及时教育。全程性的教育导向，要驾驭系统目标图，站在时代高度，深化教育内容，高屋建瓴，全面引导。

在教育的实践中，我悟出：学生的心田如果没有真理和情感的浇灌，就会龟裂。就教育信息而论，语文课本中功垂汗青者辈出，有盘根究底探索人生真谛的屈原；有挽大厦将倾的天文祥；有反思中国文化决心疗救国民灵魂的鲁迅……

当代的群英谱上，一个个大写的青年赫赫有名——

雷锋光彩照人的共产主义精神彪炳的日月；张海迪逆境成才为青年一代树立风范；郎平的铁榔头敲响的是一曲凌云战歌，连续为世界冠军的颁奖仪式定音；徐良把自己作为青年的双腿植根南国边陲，让它长成了铮铮的共和国界碑……

躁动的血浆，酿就了一脉脉滚滚烫烫的习性，中华儿女，一代一代风流潇洒的内蕴，一柱柱镶金嵌玉的英姿……榜样群立，成了建设班级文化背景的重要内容。班级的四周墙报博采众长，内容或是结合语文课的德育内容，或是紧扣时代强音，每周刷新，扩拓学生的视野投向，让学生沐浴在人类楷模的风采之中。

我还多次举办讲座。弘扬民族英雄和爱国志士的伟大精神。有《正气歌》《岳飞传》《项羽本纪》《屈原列传》《历代才女》《报任安书》等不朽佳作，让学生认识五千年的民族兴衰。感觉忠臣英烈的凛然正气，痛斥误国误民的昏君佞臣。我常占用自习课，与学生共同欣赏与时代脉搏联系较紧的名篇时文。品评社会影响较大的作品。如《班主任》《高山下的花环》《新星》《沉重的翅膀》《哥德巴赫猜想》。激励学生学习伟大人物的崇高情操，作为自己待人处世的圭臬。我还用系统论的方法类分出：埋头苦干的人，舍身求法的人，拼命硬干的人，为民请命的人，以及这些人的造诣和建树。要求学生“内化”为个体的精神财富，成为他们为人处世的“价值尺度”和“良心命令”。

为了灌输社会信息，启迪时代思想，大量订阅报刊，让学生在信息交流中获取大量良莠、美丑的资源，教会评判是非，展开哲理思辨，提倡中国传统文化的爱国主义，勤劳诚实，正直廉洁等精华；西方文化中的竞争观念，民主观念，法制观念，创新精神，要充分地吸收和运用，转化为学生的道德素质。对中国传统文化的中庸，修身克己，轻利主义和西方文化中的自由、平等、博爱等，引导学生鉴别和选择。对落后观念和黄色的东西，引导学生批判化消极为积极，增强学生的免疫力。

生活在新世纪降临的前夜，全程性导向尤为重要。让我们的学生练就生风四蹄奔赴未来前程，去憧憬新的前景。

用系统论的观点，作为阶段性和全程性的德育导向，我体会到有一个“三结构原理”及推理公式，即德育内容（A），学习者对德育内容掌握的程序（B），应用到实际中的表现（C），这三者中，存在着既有独立性又有联系性的关系。如下图：

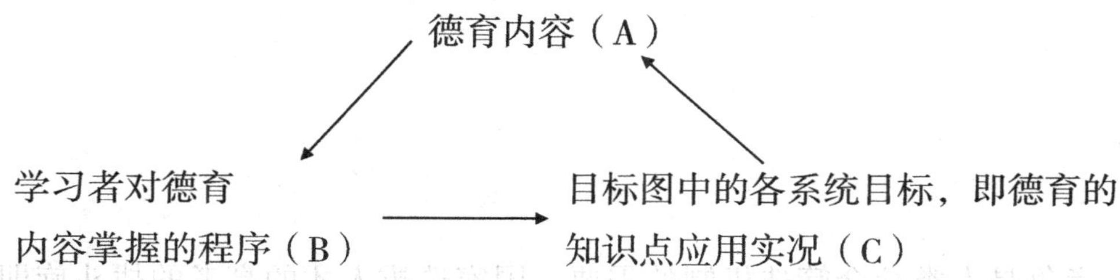

A、B、C 三个结构的大小关系，直接反应德育效果——

1. 当它们的关系 A>B>C 时，就内容结构而推论，教育效果是最好的。

2. 当它们的关系 A<C<B 时，教育效果差。

诚然，教育者要努力使受教育者完善自己的德育内容，使之达到“B 接近 A>C”的境界，这是我探索德育工作的走向，也是师生共同追求的目标。

（以 1989—1990 年学年最近实况说明“导向”的效应：尽管我教的是“差生”的集中班，在全校 32 个教学班中，我班学生获得全校第一名的有：中学生行为规范、教室布置、黑板报、报刊订阅、管理、晚自习纪律出勤，德育内容考查总分、校运动会也是全校第一名。班级卫生、环境卫生等，学雷锋做好事成绩获全校第三名。林华同学获市影评高中组二等奖，题目是《人心向背与事业兴衰》，连同我写的荐评发表在市刊上；郑兴演讲获县三等奖。当然，我首先感谢评分同志的公道。搞政工工作的领导工作深入严肃公平。）

（1990 年 3 月稿　1990 年 10 月修改）

抓好高三学生角色的三重定位

竞争是人类社会筛选机制的需要。国家选拔人才的高考的战斗旋即打响。中学阶段的最后冲刺，高三年学生面临着提升和落第的严峻挑战。肩负重任的高三年班主任，既要高屋建瓴，又要具体入微给学生“教导——扶翼——放手”的全程指导，让每一位高三年学生能够恰到好处地把握自己，抓住契机，实现承诺，拥有明天。这一现实将使用角色进入教育，成为高三年段德育的有效视角和重要内容。我是侧重抓好高三学生角色观念的如下三重定位的。

一、面对挫折，强化承挫能力，坚信自己“我能行”的角色定位

在挑战与竞争的过程中，不可避免地会有人遭受挫折。失败的打击，周围人的奚落，都会使受挫者在情绪上受刺激，以至于困惑迷惘，甚至心灰意冷，沮丧沉沦。可以想象高考后的情形：榜上有名者，皆大欢喜；榜上无名者，痛苦不堪。要强化高三年学生面对挫折，要昂首挺胸，坚忍不拔，向前走。要坚定“啥也别想挡住我，我能行”的信念，即使失败，也一定不能失志，要有转败为胜的决心和行动，扮演好成功者的角色定位。

临近高考的市质检，我赶在年段公布成绩之前的班会上，对我班一贯名列前茅的姚香贵、陈建春、林晓宇等学习尖子心理素质检测，宣布他们的市质检的成绩下跌到年段的第 80 名之后了，警告他们如不加紧苦练“内

功”，高考落选是有可能的。还当场宣布取消他们已报送的“三好生、优干”的荣誉称号。香贵神情飘忽，垂着头，面色苍白。建春红着脸蓦地站起来说：“付出了竟然是这样回报，很意外！但可能性有两种：一是基础不牢，钻太深了；二是也许有一科考卷我忘记写姓名，才算4科成绩吧！”晓宇较平静，他说：“考场如战场，罕见有常胜将军，请老师放心，看我的下一次！”全班同学面面相觑。班长说：“请老师公布全班同学的质检成绩吧！”我愤愤地说：“公布？丢脸，倒数第一！”紧接着，我板书“面对挫折，应该怎么办？”的主题班会题目。

通过讨论，达成的共识是：遭受挫折，悲观失望，恐慌浮躁是心理素质不好的表现。正确的态度应该是：冷静、乐观，找出失败原因，不抱怨，不停步，无论目标多么遥远，目光始终向着太阳升起的地方。挫折是为了下一次的不挫折。从挫折中得到磨炼，在挫折中奋起，操之在我，最后的成功一定要属于我！宣布大滑坡的三位同学一致表示：决不消沉，修炼内功，清醒自己，知耻而后勇，化挫折为动力，为班为校争光。

我总结班会：刚才的战栗和镇定搅拌在痛苦和喜悦之中。这次的主题班会是我出的一份考卷。每位同学都很好地亮了相。在又一次市质检中，香贵、建春、晓宇分别荣获年段的前三名；我们班依然年度第一！经历了这场痛苦的心理磨炼，思想又一次得到了升华，对吗？

马克·吐温说：“甜酸苦辣全得尝一尝，无论是谁，要在世上有成就，总得打这儿过。”高考在即，每位同学心里都希望自己能上大学。但是，因为高考是选拔性的考试，总会有人落选。假设挫折是为了以后的不挫折，这就是所谓的未雨绸缪，防患于未然。拳王阿里每次竞赛都出钱雇人起哄创造危机场面。其用意是精神打造，知耻而后勇，在激烈的思想斗争和痛苦的心理磨炼中，更加有劲地拼搏。于是，迎接阿里的是一次又一次的世界冠军。

人生不但机遇和挑战同在，而且往往是成功和挫折并存。学习之中，生活旅途，多一点危机感好。只要在思想上有了充分的准备，心理上有了足够的炼狱，就能“猝然临之而不惊，无故加之而不怒”。名人说：“从来没有失败过的人，不可能伟大。”道理也就在其中了。又如“秦有六国，兢兢以强，六国既除，迤迤乃亡”，所以有古训“敌存灭祸，敌去召过”。因为有挫折失落，因为失败存在，有危机感才会有紧迫感，有紧迫感，不服输，才能顽强拼。卧薪尝胆，悬梁刺股。“子规夜半犹啼血，不信东风唤不回”“敌存灭祸”矣！

通过班会以及类似这次班会内容的强化教育，学生有了承挫的忍耐力，心胸浩浩，洒脱豁达，为了心中的追求，千难不避，万死不回。这就是避免挫折，走向成功的基因在萌芽。即使挫折了，他们也明确了自己应该怎样正确对待了。

二、成功愉悦，决不骄傲，力争更行，再创辉煌的角色定位

如果说挫折容易使脆弱的中学生消沉，那么成功更容易导致他们自满。所以，强化高三学生面对成功，抵制自满，戒骄戒躁，继续努力，力争更高的突破，争取再创辉煌的角色定位，亦是很重要的。譬如，中举了的范进，被成功冲昏了头脑，乃至疯癫出丑，尽管中了举人，又有什么用处？这虽然是文学作品中的人物，有所放大。现实之中，成功的考验比挫折的考验更为严峻的实例不少；班上有个学生，中考成绩522分，是全县近三千人考生中的第一名。进入高中之后，学习成绩每况愈下，市质检竟然落到年段的第78名了。在报考大学的志愿表上，什么样的大学都不愿意填报，就唯独填报了人民大学。他说，他家里没有当官的受人欺辱受怕了。人民大学培养学生都是为培养当官的。唯有上人民大学，才能让家族翻身。他成绩不足，思想也不对。我对他进行几十次教育，他仍坚持自己的想法。结果可想而知，究其原因，他陶醉在“中考状元”的光环中，迷恋曾经拥有过的第一。班里还有几位同学也容易骄傲。针对这种情况，在接近省质检的一次班会上，我出了一则这样的材料：“有一只信鸽，长期刻苦练飞。它能够以精湛的飞翔技术摆脱老鹰的追捕。后来，它在一次飞行比赛中获得了冠军，被授了金质奖章。它把奖章挂在自己的翅膀上，从此很少练习。后来，在一次飞行中，被老鹰捕食了。”要求每位同学给这则材料定出相关的论题。学生给出的论题有：骄傲是毁灭自我的杀手；铭记古训：“谦受益，

满招损”；莫把荣誉当包袱；要经得起成功的考验；要保持清醒的头脑；给成功者一贴清凉剂；请看我的下一次；谈再创辉煌；奋斗者的前方永远没有停歇的驿站；人类的使命在于自强不息的追求完美……随后进行即席演讲，让每一位同学获得教益，又把他们的发言材料整理出刊。春风大雅能容物，秋水文章不染尘，壮阔，秀气！让学生浸润美的陶冶，思想升华。

我给他们导向：不要让骄傲支配了你们。由于骄傲，你们会在应该同意的时候固执起来；由于骄傲，你们会拒绝有关的劝告和友好的帮助；而且，由于骄傲，你们会失掉客观的标准。每一次的成功，都是下一次的起点。有了胜不骄，拼劲不减的心理素质，也就有足够的能力迎接新的挑战。在前进的征途中，稍微停歇，就会被后边追赶的人超越。不能因获得一次成功，就陶醉了。通过获奖鸟儿的可悲下场，我们可以认识到骄傲结果的惨重。共同掌握这杆“天平”，正确认识自己，评价自己，认识挑战的严峻，互勉互助。人生、社会都犹如一场奥林匹克运动。全县第一算什么，还有全市第一，还有全省第一，更有全国第一呀！上了大学，还有千万回的考试，也会有千次万次的第一！谁有能力保持每一次竞争都能获取第一，他才算创造有价值的人生，即使这样，也不能骄傲自满，还要定下决心，继续努力，希图借此在人类现代的“奥林匹克”运动中，夺取更多、更重要、更有影响的属于我们的时代的金牌。

所以，谦虚谨慎、戒骄戒躁在班里蔚蓝成风了。“铸雄师劲旅，扬县威校威”成为每一位学生的奋斗目标。

三、十年磨一剑，今日显锋芒，加足马力冲刺，自信自己能够夺冠获胜的角色定位

一个学生能考上大学，取决于愿意学，努力学，有能力学，具有一定的基础，而肯学、乐学的劲头源于对自己的前途充满信心。学习尖子已经具备了这样的条件。但是，对中、差生要用心强化。因为他环环跟不上，屡遭失败的学习心理结构在梗阻，他们认为自己没有希望了，被自卑情绪罩住了。思维错位，价值偏差，所以，畏难，怠惰，任何说教都显得苍白无力。面对这种现状，我采用积极鼓励的方法。考试成绩的排行榜，我断然不排，

每次考试就宣布前五名学生的名单。其余的学生，我都说他们有进步。特别是差生，我特意表扬他们，某某从倒数第几名超越到达了前多少名，再加把劲，定能如愿以偿的。苏霍姆林斯基说：“成功的欢乐，是一种巨大的情绪力量，教育上的任何巧妙措施，都是无济于事的。”在班会上，只说鼓励的话，不说泄气的话。激活后进生的进取心，让他们中的每一位都有信心。一个人的潜力是无限的，就像一个弹簧，只要未达到的断裂极限，它就能承受。重要的是你有没有信心。为人师者要敢于并且善于给弹簧加力。班上女生施琴，正值市质检时，她的42岁父亲猝然辞世，灾难临头，痛不欲生。她整日阴沉着脸，沉默寡言，每一个夜晚，泪水湿透了枕头。她平时的成绩仅仅居年段中游，假如缺乏良好引导，落选定然。我对她真情如海，给她讲了许多怎样才算是真正报效父母大恩的道理。她全听我的教诲，解脱悲哀。我多多表扬她，说她的成绩从班级中的第38名提升到了第17名。同学们都对她献爱心，赞扬她，鼓励她，她感觉到自己进步了，受人欣赏，平衡心理，自信心强了，精神振作了，奋力拼搏。果然，高考后被福建医科大学录取了，又在百里挑一选拔到新加坡留学的层层考试中顺利通过录取了。

自信产生动力，自信可以将一个人推向成功。要产生自信，有二个条件：一是相信自己能行；二是被别人欣赏，受人尊重。我就是沿着这两个方面对学生强化培养的。我耐心细致，具体入微。我面向全体，分层教育，分类指导。全班学生都有很强的进取动力和自身成功的积极性。诚然，尖子生冒得出，后进生不落伍，中等生迈大步。他们自己做情绪的主人，以主人翁的态度对自己负责，有信心，有干劲，能够忍耐，懂得克制，从不轻易放弃一次测验。他们个个都能调整自我认识，自己不过分奢求，也不贬低自责，摆脱消极情绪。学习过重，迎考冲刺，能够钻得进，放得下，出得来，想得开。

给了他们一张“21世纪的通行证”，高三学生能够“自我磨炼，承受挫折；戒骄戒躁、顽强拼搏；信心十足，挑战自我，永不言败”的角色的三重定位。我多项反馈调节，交往谈心，心理咨询，心理诊断，从而促使学生智力因素与非智力因素的综合协调发展。在发展智力因素的同时，发挥了非智力因素的激发、维持、调节和补偿的功能，使学生提高素质，发挥潜能，长足进步。如，我校96届的高三年三班，在高一年编班时，素质好的给别班拿走，别的班不要的放到这一班来。全班47人，不符合应届录取的达32人，女生12人。我借鉴许多高明教育方法，调动各种教育手段。春风拂面，细雨润物，渗透濡溉，潜移默化，今日变一焉，明日变一焉，刹那刹那，相继相继，成果出来了：德育评比全是年度第一名。会考的优秀率几乎各科领先于其他班级；高考时，达省专线的有30人。除一人没有达到保底线（这个学生中考仅有386分），余下的几乎都被大专、中专录取了。创下我校绝无仅有的好成绩。学生、家长高兴地走上电视台，多次点歌传达他们对师长的感激之情。

上了大学的30之中，有26人当了班干、校干，有21人领到一、二等级的奖学金。他们品学兼优。他们一封又一封向我来信报喜，道不尽感恩戴德于我的情思。

爱因斯坦说："唤起独到的表现与艺术求知之乐，是为人师者至高无上的秘方。"强化高三学生的三重定位，从增长高考的录取率到提高学生素质以至能够在强手云集的高等学校出类拔萃，实践检验了他们具备了良好的素质。我从中得到慰藉。我的粗浅做法是否科学到位，敬请各位行家大师的指导、匡正。

（1998年12月参加市级交流　1999年3月评为县三等奖）

宏观规划与微观调节

国家对各类中学的要求不同。一场中考的严格选拔，几经“优胜劣汰”的定格筛选，相对优秀的一部分初中毕业生才登上了一中的高中台阶。我们面对的学生，是学习目的性明确，有理想、有追求、有勇气迎接再经过三年学习后的高考挑战。确实，学习对他们来说是一种需要，一种乐趣，一种享受。但是，他们是在改革开放优越的环境中成长起来的。他们的思想也同时受到无奇不有的社会传闻，前庭后院俯拾皆是非非是是的人际关系的影响。在他们的精神里受比“戏说”乾隆还要缠绵的“含羞草”和应接不暇的“星群”等等的过多感染，生活中的喜怒哀乐或积极地或消极地制约着他们的成长。从心理学角度看，他们处于儿童和成人的中间世界，缺乏意志的稳定性，缺乏自控力，无法承认负面的压力，对于很小的刺激也容易引起强烈的情绪反应，并且每个角色由于个性心理诸如动机、兴趣、素质、能力等存在着差异，于是，冷热无常、畏难情绪，过分专注学习，易于心血来潮，承挫能力差等不同形式的负面表现，在一个阶段又一个阶段的时间里更替着出台。

因此，教师必须给刚刚转轨上台的高一年学生以正确导向，提高新生思想认识、道德水准，生理心理素质。正确导向是路标，是一种鞭策，是学生基本道德修养基础上力求完善人格的力量。古人提倡：“无望其速成，无诱于势利，养其根而俟其实。”即道德是做人与成长的根本。教育者的职责，是扩大学生的积极影响，抑制其消极影响，为学生的成长起到号脉和导向作用，让学生的灵魂、心态规格和规定的“这一个”角色达到水乳交融的本质意义上契合。为此，我从以下三方面略作探微：

一、宏观规划德育内容的全程性导向

德育内容浩瀚无边，教育者必须在“全面发展打基础，发展个性育人才”的全盘上来考虑德育工作。胸中要有个教育人的蓝图，既要穿透学生的现有心态，又要规划他们的成长前景。我从所处的时代的大背景来观察各种德育现象，把德育内容当作一个系统工程，并且应用“系统论”的开列法，用系统目标来界定德育内容，给学生在宏观上有个大致的轮廓，基本框架如上篇《阶段性和全程性的教育导向》一文中的系统目标图。这一篇就不再重述。

系统论的创造人贝塔朗菲认为：系统就是相互关联，相互制约的若干要素所构成的具有特定功能的有机整体。显然，子目标是总目标的支撑点和内在构成因素。我把系统论引进德育领域中来，给学生做出全程性的导向。有了目标系统作为德育工作的参照系，施教时，有章可循；学生在自身培养时，也有法可依。各级目标的达成，实际上是一个由分解到综合，由简单到复杂的系统强化教学过程，子目标的完成是为支持小目标的实现，小目标的落实促进了分目标的达成，分目标的达成又保证了总目标的最终实现，随着目标由小到大，由低到高的逐级推进，德育总目标的实现可以在最优化的程度上获得保证。把这个全程的系统目标以及具体的明确要求的导向交给学生自学自律，力抓德育，建构心灵的长城，为整体全面的发展提供一个广阔的起飞平台。

二、微观调节“优化”自我的阶段性导向

“教育的技巧在于随机应变”。宏观规划德育内容，是为了高屋建瓴，创造一种宽厚的意境，给学生比较全面的德育知识。微观调节是寻找德育施教与学生需求的契合点，着重点是穿透学生的心理，有的放矢，及时教育。从学生的举止神态和课堂气氛中触摸学生的真实心态，还常常采用直接谈话、侧面了解、查看日记、碰头询问、作文对话等方式，不断加深对学生心灵世界的认识，不断加深对学生在不同阶段的不同思想特征的认识，从而根据学生的心理要求，调节好变更好该要施教的德育内容，让学生做到物我两忘，粉碎眼前的“自我”，使自己的思想感情，言行举止融合到教育大纲角色的“他我”之中。

从全县乡镇各个初中班汇聚而来的高一年新生存在的较明显问题是：心理素质差，行为习惯不规范，更谈不上文明。我就在“道德品质”分目标中索检到“文明行为习惯”这一子目标，查找有关材料，认真导向，让学生明确：时代要求中学生讲文明，懂礼貌；服饰外观造型要大方、整洁；又有良好的卫生习惯；讲普通话，积极向上，开朗乐观等。学生以《中学生日常行为规范》作为准绳，严于律己。我还教会他们，“一日三省吾身”。于是土得掉渣和花枝招展的都同时受到规范的制约，六项评比年段第一名的是我班，守纪律、讲卫生、懂礼貌的优良班风已近初步形成。

我从作文《向你介绍我》《我的内心世界》《怎样迎接“较量”》中发现，许多学生因为高中科目增多难度加大而产生畏难情绪，甚至感到中考时没上中专是他们的人生错位。我就索检“理想与奋斗”和“自我价值认识”这一小目标范围组织有关内容施教，给学生“不想当将军的士兵就不是好士兵”“有所作为是生活的最高境界”“不到长城非好汉”“问苍茫大地，谁主沉浮”“为中华的崛起而学习”“无限风光在险峰”等等大量感人的材料，指导学生搜索有关此方面的名言、格句、警句，每天按学号轮流表情朗读直至背诵。高尚精神的投影产生了辐射效应，学生振奋了。同时，注重培养学生的“吃苦”精神，有意地设置一些逆境，教育他们处逆境而不惊、不慌、不乱，锻炼他们的顽强的意志品质，引导学生不断战胜自我，培养他们成为敢于向命运挑战，一个为了心中的追求百困不疲，千难不避，万死不回的人。

教育的实践中，我悟出：学生的心田如果没有真理和情感的浇灌，就会龟裂。于是，我寻求真理，激活情感。就教育信息而论，语文课本中功垂汗青者辈出：有盘根究底探索人生真谛的屈原；有反思中国文化决心疗治国民灵魂的鲁迅……当代群英谱上大写着的逆境成才为青年一代树起风范的张海迪………我还把历史上“埋头苦干的人，拼命硬干的人，为民请命的人，舍身求法的人”的建树和影响介绍给学生。中华儿女一代又一代风流潇洒的举措，躁动的血浆，酿就了一脉脉滚滚烫烫的习性，烙印在学生的脑海里，激活了他们的思维，唤起了他们的斗志。伟大人物的崇高理想和奋斗精神叩击了他们的心胸。正像鲁迅说的：“文学是国民精神点燃的灯火，同时又引导国民前进。”学生把今天的努力与明天的伟业联系起来，把个人的前途与大多数人的理想联系起来，明确学习目的的振奋，意象迭出，情感奔流，希望张扬，欢乐燃烧，全班同学没有人不刻苦学习，于是，学期考比半期考的成绩大大提高了，年段的第一名、第二名尽是我班。全班学习成绩据年段榜首。（又是在高一个新生编的平衡班抓签后，素质好的学生被其他班级换走二十八人的不平衡的情况下）

不同阶段，我都扫描系统目标图，索检育人的材料，做好微观调节，关注学生内心世界的变化，把握不同时间里的学习心理运行轨迹，力求施教内容与学生需求的接轨、向宏观世界的步步扩张，向微观世界层层深入，努力达到育人的优化效应。

三、训练器官技能，优化素质教育

微观调节，即针对存在问题索检目标图中的相应的德育内容强化教育。这是因材施教培养德育到位的一种尝试。

社会主义市场经济体制的建立和现代化的实现，改革开放的人际交往，时代需要的未来建设人才，必须是一个有敏捷的头脑，有开拓进取精神，积极向上富有献身精神的铁骨铮铮的好汉。得有一张铁嘴，一手好字，一肚子诗文，一笔好文章，这样能在千变万化的客观实际中做到思接千载，视通万里；竞争场上，身手不凡。我把宏观规划的系统目标图教会学生使用，引导他们针对自身存在的问题，自纠、自理、自学、自律、自护、自强。不断地自我调节，培养发展学生自我教育的能力。指导他们充分利用储存在头脑中的表象和经验重新加工改组成新的形象，把所学到的知识举一反三，触类旁通，多角度、多层次、多结构探究问题和解决问题。目的是培养学生的创造性思维，开拓思路，开动脑筋，使之能想，进而能做，完善自己。

我利用每天早读前以及课余时间、班会、周末等，培养学生即席演讲——

《“埋头”与“出头”》

《梦幻初醒》

《新世纪诞生后的我》

《怎样迎接“较量”》

《迎着世纪风，试看谁风流》

《未来献给母校的礼物》

《“能者”多劳与“劳者”多能》

《我站在山巅上》

《假如我是……》……观千剑而后识器，操千曲而后晓声。今日增一点，明日增一点，刹那长高长大!

这不仅很好地培养了学生的想象力，更重要的是要解放他们的嘴巴，使之能讲，培养实际胆量和叙述、说理、公关的能力。

现代心理学认为：人的感知不是靠某个感觉器官的孤立作用，而是各感觉器官相互影响，相互作用，相互融合形成的。只有充分发挥视觉、听觉、嗅觉、味觉、触觉等器官的协同效应，才能有效地感知事物，把握对象。几乎任何一个完整的感觉表象都是在人的各种感官协同作用下得到的。于是，我寻找大量的名篇时文，批阅文辞，表情范读，学生模仿。有的像潮水，汹涌澎湃；有的像天地，高远广袤，抑扬顿挫的语调把学生卷入高尚追求的境界之中，并强化背诵。独特的韵味和情缕，入之于耳又出之于口，学生沉醉于特定的意象氛围中，缘文想象，我再给适当的点拨启发，使他们产生同化的心理效应。

我开展背诵课文比赛、演讲比赛、辩论比赛、书法比赛、文明礼貌比赛、做好事比赛，要学生出考卷、改作文、定计划、写总结、观察生活、社会调查、评价电影，倡导学生步行回家跑步上学等等。这些微观上的调节都是为培养全面发展的“四有”新人而设计导向的。

宏观规划德育内容的导向，微观调节落实到实处的教育，从面上到点上，从量上到质上教育培养学生，学练结合，调节好输入和反馈，潜移默化，感染陶冶，从中学生不断地转型和重塑自我。学生的优良品质在不断升华，达到步步上台阶的优化效应。

（1994 年 11 月获市三等奖，1995 年 1 月参加省交流）

谁来纠“矫枉过正”

——对学生当评委的冷思考

请先看下面一张表：

教师教学情况调查表				
____年____班	注：A为优　B良　C差			
任课教师	教学责任心	教学水平	作业批改	总评
语文____老师				
数学____老师				
英语____老师				
你喜欢的科目____只限填一科				
理由 1. 自己兴趣（　）2. 老师教学水平				
平时作业负担是否太重（　）作业负担最重科目（　）				

每一个学期的半期考后不知哪一天的一节课里，从初一到高三每个学生填写一张表格，学生坐在评判席上，无记名地评价了自己的科任老师。学校存档，待到第二个学期的某一天，不管是统考繁忙，还是高考冲刺，校长就会在全校教职工大会上不厌烦地宣读每一位老师的A率。得A多的

老师不见得高兴，得A少的有“养鼠咬麻袋”“把投票抛入太平洋”“形式主义”等等怨言。每一个学期无穷复沓、亘古不变，并且还会以此作为评优晋升的依据。“高烧不退，不治大坏。”

怪状，不得不令人反思：为什么埋头苦干教学成绩优异的老师得A最少？为什么资深教学行家里手也没得最高A率？稚嫩的学生能够担当评价老师的神圣评委吗？位卑未敢忘忧国，写出自己的困惑，讨教于同仁。教育家、改革家群星璀璨，定然能够矫枉过正！

冷静思考，“评价”弊病至少以下三点：

一、评价没有标准，学生仅仅凭感觉

栏目中的“教学水平”，就是叫学生绞尽脑汁地填写A、B、C，也是无法评价准确。不是同教一个班；不是他所管理的班级都能让每一位科任教师舒心上好课的；不是受公平公正的考试成绩检验了的；不是他能够打造出创新成果展示模式的。又能够用什么标准去评价一个教师教学水平的A、B、C呢？只能凭感觉，随意填写罢了。又何况还是懵懂的中学生？

栏目中的“教学责任心”。多到学生中去的是有责任心；那么潜心备课深入探索教育教学规律的；把抓质量提高热忱于教学科研有能力改革创新的是不是有责任心呢？学生了解什么？会用哪一个标准去评价教师的责任心？凭借仍然是“感觉”。

再说“作业批改”。全批全改皆大欢喜。但是，徒劳无益。别的学科不说，别的种类的作业也不说，单单说高一的作文批改：详批详改是穷忙。因为学生仅仅看分数，有一些也会再看看批改，也就罢了。而创设师生互动，强化学生“练中学”的演习大有裨益。一次作文二节课连着上，一般是排在上午三四节的，写作时间还可稍延长点。程序是：1. 要学生一小时内写完一篇作文。2. 指导写评语，前后两桌互相看作文。3. 结合评语修改好自己的作文。4. 教师有选择的当全班同学详细评析。5. 收好作文，课后教师再看作文与评语，树榜样，选范文印发给学生。这全过程，历经悟性，使学生心动；评文修改，让其笔动；引导落实，使他们行动。开辟良好的思考线路和操作里程，有效提高作文的认知能力。但是，学生囿于全批全改，思维定势，认定“练中学”

动手动脑太苦。评价时，不假思索给老师填写B或C。因循守旧得A多，改革创新得B、C，秀才遇到兵，有理说不清。评价就是这么残酷。投我所爱，妄加评价，颠倒褒贬。更甚者，连老师的长相美丑、身材胖瘦、婚姻优劣、职位高低、荣辱升降、出身门第、郡望族属都会成为评价老师的价码。

有些学生常常忘记带书本来上课，不参加升旗仪式，作业不做要，考试作弊，调皮捣蛋，教师是不能切中肯綮的。耐心开导也是不能体谅老师的良善用心。偶尔有伤害，也是为了爱。学生就懂得用投票评价老师来要挟。一个优秀的青年教师，因为他任教的班级上实验课时学生打坏了仪器，老师要学生集体赔偿，学生联合起来，怨恨释放，给这位老师全填C。有的因为规范卷面书写的，有的严肃考风考纪的，有的肯抓肯管班级的……只能得多多的C。精神世界的粗鲁，只会消融正确，滋长低劣。也许其中有猫腻吧！

学校制表，校长跟着学生走，学生跟着感觉走。试想：一个学校教书育人的质量如果没有了，一个个教师都得到A，表面上风光体面剩下的却是一堆心灵的瓦砾罢了。致天下之治在人才，成天下之才在教化，行教化之业在教师，没了教师，一切都会回到远古洪荒。教师要不断地通过他们的成长寻找和确定自己的施教坐标，这样才能为国家出多优秀人才。

二、慑于压力，教师装聋作哑，纵容迁就，德育工作走进死胡同

在工作中，教师不自觉地被学生某些特点行为牵着走。当老师的教育行为受到儿童行为较大影响和牵制时，便很难发挥其应有的指导作用，难以较好地履行自己的教育职责。知道学生认识水平不高，面对学生行为违规出格，老师装聋作哑，视而不见，听之任之、或纵容迁就，或打岔逗趣，或把博大精深的德育内蕴转换为专给学生拍拍肩背扯扯衣襟来赢得学生欢心的心理乖巧。这当然无助于学生匡正缺点，弥补过失，更谈不上日臻完善，提升自我！这是一种自然成长，显然把人的发展当作动植物的生长，扼制学生的健康成长。但是，这不能归咎于教师。一个学期又一个学期的投票调查，一个学期又一个学期在大庭广众公布评价结果，得A少了的老师，所受的伤害无异于被凶猛的杀手捅击一刀。随即扬传开去渗透到社会的方方面面，声名狼藉。学生顶撞老师，家长打电话羞辱老师……师道尊严没有了，于是，变德育为宠育，

以牺牲教育职责为代价，寄希望学生多给 A，消灾避难！

有篇文章，说的是韩国某官员微服私访，看到一个农夫驾着两头牛耕地，问农夫："哪头更棒？"附在官员的耳边说："边头的那头更好。"又说："牛是畜类，心与人一样，如果我大声说白它们各自优劣，它们能从我的眼神手势、声音分辨出我对它们的态度，那头虽然也尽了力，但不够优秀，心里会很难过。"一位农夫尚且讲究方法，不当众褒贬，唯恐与他相互依存的牲畜伤心。而比农夫智商不知道高出多少倍的校领导，居然能够依凭未成年人初谙世事而是非不清的评价，在众目睽睽之下，置老师的自尊心于不顾，炒作为他辛苦为他甜的教师！

每一个老师都是经过层层的考核选择，才有资格走上讲坛实习，经过导师集体团队的严格评审，"半百挑一"的得"优"成绩；大学毕业是能叫响的"双优生"；工作后的业绩出彩……怎么给学生当评委得"A 率"就黯然失色呢？这个职场的写意就是：是非不分，好差颠倒！因为学生不给 A，年度考核不给"优"、不能评优评先，不能当主任……还要帽子扣，棍棒打……一个一个赤条条的老师，有哪一点没有做好，领导可以直面直说。俯首勤耕耘，背后挨捅刀。这有违背"尊师重教""尊重人才"的政策！如果是嫉贤妒能，欺负弱小，设局"借刀杀人"，那就是对教育事业的不忠诚！很愿意在阳光下辩论，在报刊上亮剑，像以前讨论《实践是检验真理的唯一标准》轰轰烈烈，让全国人评理，提高认识，增益教育管理。

人人都要风光体面又尊严，学生投票评"A"，让老师很受伤，更让人痛心的是：误导学生，损毁教育。当我要打住增写这段文字时，惊闻复旦大学医学院高材生林浩森，因为嫉妒比他好的同学黄洋，居然下毒杀死了黄洋，而被判处死刑的消息。哀哉！基础教育工作不应该加强吗？不祛除"心理阴暗"的教育，很难说，日后会杜绝林森浩悲剧的重演！士可杀，不可辱！我联想到：我县许多很优秀的老师，居然抛弃"公职"，悻悻地到私立中学打工去了……

利用学生，投票整老师。形式捆绑，摧残教师，德育走进死胡同，误尽学生，损毁教育！

三、架空“实质管理”，教育精髓消泯于无形

作家依靠作品质量确定品位，科学家依靠科研成果树立权威。而一所学校、一个老师，只能依凭其办学水平、教学效果来展示其价值，所以才有“教学质量是学校的生命”之说。显然，提高教育质量，多出优秀人才，才是学校“实质管理”的核心和基本点。

教育的底色，人类善美的特质本真，荡然无存了。长期搞“学生投票评价老师”，执着教改创新的老师，死活要尽心尽责要管教的老师，中箭落马，身心蒙垢，黄钟因之毁弃，百年大计，教育为本；教育大计，教师为本；教师大计，创新为本。教育的命脉是靠那些实干和能够有能力创新的老师支撑着。老师作为教育的主导者，对教育理念的驾驭将影响到整个的教育行为。为了评优晋升，必须保A率，有求于学生，得看学生的面色施教。学生偷着乐，教书育人被动窄化，导致枯萎。同时放大了学生的错误缺点，更加膨胀了当今一代因为家庭溺爱而养成了的“以我为中心”，“投票评价”牵引学生的灵魂，思绪沉潜往复于感觉梦幻的怪圈，心灵萎缩在老师对我的感情差异的旮旯里。这种畸形的教育后果，不堪设想！

教研、听课、教改、写论文等，不见了优劣、好差，是非的界限全无了。五花八门的方式给老师评议，许多优秀教师遭殃。代表学术水平的论文质量还有一届又一届的高考中考成就。那才是检验真理的标准。学校领导热衷教育于搞学生投票评价老师的管理，势必架空“实质管理”，久而久之，人变懒了，良知泯灭，只能做表文章，官僚主义暗滋潜长，最终把自己也害了，其他的负面影响不再赘述了。

综上所述，这种用学生投票评价老师的做法，扭曲学生，危害领导，恶化教育，教育的精髓消泯于无形，大伤教育元气。教师们呼唤：谁来纠“矫枉过正”？

（本文获全国一等奖，收录于中国经济出版社出版的《素质教育的理论和实践》

（三）影评选要

生活真实与艺术再现的交汇

——评影片《毛泽东和他的儿子》

任何一部艺术影片的创作，都必须在创作意图确立之后，找到最能体现它的艺术形式，才有可能产生特有的题材内容和思想意义。《毛泽东和他的儿子》的编导找到一个恰当的形式，采用纵式结构，撷取“毛岸英在朝鲜战场上英勇牺牲”这一中心事件作为经，以毛岸英结婚才一年的妻子刘思齐遵照丈夫的吩咐每周末来探望毛主席的活动为纬，将朝鲜战场的壮阔和主席内心世界的浩瀚组成一个有机的整体。毛主席在卧室内情绪的喜怒哀乐是鲜为人知的。编导精心加工这些至关重要的素材，把握动人细节，营造波澜起伏情节，摇曳多姿，突出了毛泽东作为领袖为国为民的伟大情操和作为，父亲对子女的深情厚爱的重大主题。生活真实与艺术再现的交汇，达到了在求知和审美两个方面给人以满足，产生了空前的轰动应效。具体表述如次：

一、事件完整，叙事层面清晰

影片序幕就是毛泽东为彭德怀置酒饯别并把爱子交给彭总赴朝参战，彭总犹豫但还是默许接纳。烈焰腾空毛岸英奋不顾身地抢救作战参谋高瑞欣而光荣牺牲。噩耗传来，毛主席未把这一消息告诉儿媳；对岸英遗体进行“青山处处埋忠骨，何必马革裹尸还”的处理，并宽慰“负荆请罪”的彭总。编导在宏观上从重大事件把握，在微观上以日常生活的细节化为影片的生动情节，表达了无限丰富的社会内容。

审美者对艺术美的要求是完整和美的连贯。影片流程序列符合了这一审美意象，搏动着“真、善、美”的灵韵，慑人心魂。

二、淡化神的光圈，增强人的韵味，越发显现伟大人物的风采。

毛泽东是世界近代史上的一位叱咤风云的伟人。开国大典的礼炮还在天宇间迴荡，战争的滚滚硝烟逼压而来，中央制定决策和志愿军的组建赴朝，特定的背景和错综的事件，编导没有做过多的铺叙和渲染。而是浓墨重彩描述毛泽东得知毛岸英牺牲的消息后，哀伤、思念、怒火的强烈煎熬，但始终没有眼泪。每周儿媳来看他，他克制自己强颜欢笑，为了不让儿媳痛苦，把岸英牺牲的消息隐瞒了两年零三个月。高贵的单纯，静穆的伟人，崇高美和悲壮美的交融汇聚成了巨大冲击波。这一独特的视点，有效控制影片的命脉和感情强度的张力。建国伊始，天下方定，“送子上战场”，只有无产阶级领袖才能率先垂范；“晚年丧子”悲痛强抑不落泪，唯有彪炳日月的毛泽东才有办法把感情和理智正常溶化到位。

三、情的极写又能驾驭得恰到好处

影片的核心是“情”。父子情，夫妻情，战友情以及党和人民的鱼水情，是惊心动魄的，也是波澜壮阔的。

梦里欲望的满足。编导营造出驳杂而有序，随机而有意的环境氛围，主席得知岸英牺牲后，常常似睡非睡，表达主席与凡人所不同的能“泪蕴胸襟翻巨浪，追思无限写千秋”的浩瀚胸襟。梦幻中岸英同他撒娇嬉戏；岸英从苏联留学刚回来叫他去吃大灶而要岸英背着小米到农村去拜农民为师；仅仅送一件旧呢子大衣给岸英做结婚礼物……梦幻是漫无边际的，漂浮游动的倩影成了“吹过仙洲”的空花虚幻，却恰到好处地把主席不寻常的爱子方法作为教子示范给人启迪，也不同程度地寄托着一定时代人民和艺术家的社会理想和审美意象。

两年多时间过去了，志愿军得胜回国。主席先是对刘思齐开导，再对她吐露岸英牺牲的真情。刘思齐说“不，不……”，接着哭诉离去，主席叫她，她又返；身伏在主席的膝盖上“大声痛哭”，恸哭程序一波三折，循环往复，旋宕而进，在一个又一个否定中，把悲痛感情推向高潮；主席泪水透溢遍身，用“手都凉了”这一潜意识艺术把悲的巨大推向巅峰。两代人的“大哭”与“无泪”互朴共轭地组合，是创作者的匠心独运。

传神写意的镜头还有“亲人的牺牲，是痛苦，也是光荣”。“端详妻儿合影”“扳算指头追思岸英履历”，苹果互相馈赠，替警卫员擦泪，认领收留干女儿，视察大江南北路遇背柴的小女儿情景……细腻地描绘了一幅人类崇高感情的长长画卷。

拔地而起的昆仑巍巍，也攀比不上主席崇高；波涛壮阔的东海茫茫，却更少于主席襟怀蕴蓄着的博大深情。

亘古贯今，人类生命的造型无论多么美好，谁也比不上中华人民共和国的开国领袖毛泽东。

（刊载于1995年春的《福建省献礼影评百篇》）

映衬烘托绘年华

——观电影《豆蔻年华》

中学毕业生面临升学和落第的严峻挑战，需要对人生理解的正确导向；当代青年更希望电影艺术帮助他们深刻地认识人生。电影《豆蔻年华》宛如多棱的玻璃镜，聚摄了人生图像，四面透视，八方折光，众生百态，多姿多彩，起到了启发青年对人生价值的理解和追求的作用。因此，这部影片有强烈的导向效益。它使多少人醒悟——怠情者勤奋，懦弱者抗争，迷途者知返，沉沦者奋起。影片能起反响，功归于该片编导大师的映衬烘托技艺的尽致表达。

请共同欣赏这几组镜头：

盖平和白衣少女都是有理想有追求的落第生。可是，面对生活现实，两人就有截然不同的生活走向。盖平高考落榜，世态炎凉揪心，为了避开世间庸俗人的白眼长舌而离家出走，心灵向命运剧烈抗争。盖平颖悟到：榜上无名，不等于脚下无路。他浪迹天涯，做了许多好事，在闯荡江湖的历程中，发现了自我，找回了失落。他没有再迷惘，也不再彷徨，断然选择回故乡，当山村小教，把培养新农民作为自己的人生归依。他的内心独白、思维记录，袒露了一个正走向成熟青年的心迹。在他不可知的人生未来中会有光辉的明天去迎接他。他为处在豆蔻年华而又身临断裂汲吸课本知识的“断奶期”的少男少女探索了实现自我的人生走向。

而白衣少女，失望、沮丧、失常。二年时光踽踽独行在校传达室的林间小径，无休无止地重复“你见到邮递员了吗”“有我的挂号信吗？”“算了，还有明天”。深重的情愫，无尽的渴望，呆望着朝霞夕晖交替不尽的白昼，苦苦收集岁月的车轮，贫乏困顿和懦弱无能的自白，表明她的豆蔻年华早已消逝了，剩下一具变态畸形的行尸走肉。

历尽颠簸岁月，豪气依然磅礴的盖平，与沮丧失常的白衣少女，同样处境同一年华的二重变奏，沿着镜头的折光，在观者群中穿越，在净化人们的思想，使人在各自心中调整价值尺度。

还有一组镜头表现年过半百的校打字员老汉和尹琼女士。他们也有豆蔻年华的甜甜梦。几十年前，老汉曾是个高才生，竟然变卖家当，把他自己的钱财和留学的机会馈赠给一个同班女同学——尹琼，让她赴美深造。而今尹琼成了蜚声海内外的物理博士，成了母校女生们崇拜的偶像。当她从海外特地赶回参加母校100周年校庆时，被一群豆蔻年华的女生簇拥着为他们签名留念。那种鹤立鸡群的风光和体面，流光溢彩，令人钦佩。而一连四次以背影出现特定镜头的打字员老汉，面朝打字机俯视着，苑囿工场密室，孤守寂寞。二幅人生画卷，不同的人物倩影，让人深层地悟出点什么来？心，崇高；步履，坚实。

又有一组镜头表现同校同班的女生风采。由农村跻身于省重点学校的纯朴无华的姚小禾。在新的竞争形势下，耳闻目睹大都市生活，成功的荣耀与失败的落泊，鞭策她全身心地投入发愤的学习之中，居然从第一次数学测验不及格而变为学校保送参加国际中学生数学大赛的对象。诚实的姚小禾拒绝推荐，毅然决定与同学们一起参加公平的角逐。在人生的量标上，姚小禾几次升格，她像一支优美的小曲，恬静而深沉。她与她同宿舍的大眼睛胖姑娘构成二重奏。胖姑娘拿她在美国的姑姑炫耀，开口闭口都是开店赚钱，在勤奋刻苦的姚小禾面前，胖姑娘精神困顿和灵魂猥琐充分得到曝光。博大精深的人生意韵在映衬中寄寓。

再如城市出身的曹咪咪的热情、洒脱、好恶分明，与农村长大的姚小禾娴静、软弱、善良纯朴的烘托；夏雨老师曾在插队时以不磊落的手段争到独有一名回城名额而压抑在心头的负罪感，与女生管理大妈的勤恳坦荡的人生映衬；国际大奖赛到来之际，出于嫉妒，以“母病，速返”电报陷害姚小禾的人，与考场上姚小禾被监考老师误认作弊驱赶时，许多同学为她解脱的坦然情景的烘托，都给人深刻的启迪。

纵观全片，艺术大师融正误是非于映衬烘托，成功地为中学生探索了正确的定位走向，又让观众得到宁静愉快的美的陶冶。

注：习近平总书记在1990年任福州市委书记，为《福州影评》题词：繁荣电影评论，发展电影事业。

（刊载于1990年12月的《福州影评》）

三　退休吟咏

(一) 游记

爱着的深沉

时尚旅游，退休空暇。催生我“行万里路”，做环球游的畅想与践行。车、船、飞机，放飞奋我。坐地日行，巡天遥看，经天纬地，跨步地球，游贯中西。江南塞北，纵横捭阖。体验“穷千里目”的惬意，过足旅游瘾，潇洒了好几回！

我登泰山诚拜孔子庙；沐浴西藏拉萨的雪域风光，浏览布达拉宫；流连杭州西湖；品评桂林山水；领略黄山黄河的磅礴气势；驻足于长江长城的良久沉思；逛颐和园，淌万泉河，跨九寨沟……我端详美国的自由女神，张望法国的埃菲尔铁塔，观赏日本盛开的樱花，弥望加拿大嫣红的枫叶……旅游底稿，故垒萧萧！青山秀水，莺歌燕舞，桂兰梅竹，娇艳隽秀；麟风龟龙，怪诞传祥；万谷飞瀑，气象万千；层峦叠嶂，峻奇险绝；台榭庙宇，意蕴深邃；湖海河江，烟波浩渺；风云诡谲，妙不可喻。天工造化自然景观看奥妙和人文景点的写真，瑰怪，奇伟！

祖国伟大，人类睿智，地球锦绣，宇宙浩瀚，景观荟萃，一张张旅游明信片，我将恒久收藏！

地域不同，气候有别，景观格调迥异，壮观天地，雄视中外，透析古今，唯我家乡——平潭岛，形似麒麟，比肩景观尖顶水准。“海滨沙滩冠全国，海蚀地貌甲天下”，闻名世界，千古风光，独领风骚！天工钟情眷顾，平潭独树一帜。

平潭，中国第五大岛，福建第一大岛。位尊海峡西岸，扼西太平洋南北“海上走廊”之要冲，居福州闽江口三角经济圈南翼突出部位。距离台湾新竹仅68海里。不仅仅是大开发大开放的兴业热土，更重要的是祖国统一大业的前沿平台！人口40万，面积392平方公里，相当于4个香港。由126个岛屿，702块岩礁铺拼联嶂，碑碣团垒，石团锦簇，卓立中流，众星捧月拥簇海坛的主岛。海域面积6064平方公里；海湾曲折，港沃纵横，湖美岸阔，沙白水净，石美礁秀，海产富饶，味美补身佳品。岚气氤氲，风光旖旎，碎浪如花，长波犹缎，葳蕤绵延，蓝天接碧海一线！群鱼竞跃，螺蛤抱石。千帆竞发，渔歌互答，满载而归！海峡大桥，横海出世，长龙卧波，岛州连体，通图畅达。游客纷至沓来，看潮起潮落，听风声涛声，品海上日出。风生水起，风姿绰约，天上人间。建设部中科院权威发布：“垄断性的世界级旅游景观！”荣耀与盛名归属你——平潭。

君山，海拔400多米，是平潭的最高峰。常年岚气飘拂，宛然黄山云海，因此平潭又被称为“岚岛”“吉祥岛”“财运岛”“有福岛”等。登临君山，山青海蓝，海风拂脸，目明脑醒。高瞻远瞩，目巡环岛，扫描海景，脚下君山，眼中平潭，胸中海岳，心旷神怡。君山顶上看日出宛如泰山极顶！风翔九天，非梧莫栖。东南方向，百海朝阳，紧依海沿，是神仙栖息地。海坛天神，仙人观音，联手造福，平潭平安，乃风水宝地矣！

岛南，塘屿沙滩，海坛天神，以沙为席，头枕沙滩，负势平躺，身倾入海，海水披盖，天神躺势长达330米，胸宽150米，头高31米，头宽35米，脖长18米，是世界最大天然花岗石巨型象形石的裸体石人。睡姿安详，矫健阳刚，雄姿勃发。遥望苍穹，仰观流云，神飞六合，心游八荒，领略天意，福泽人类。据资料记载：良家妇女，求子心切，挨近天神，触摸阳根，即得贵子。天神，是一座爱的雕塑，庄严而又神秘！造子神话，匪夷所思，令人拍案叫绝！在相距几十海里的台湾，也有海蚀地貌。有一个栩栩如生的女王头，与平潭的海坛天神遥相配对，浅浅的海湾，莫非是天上银河倒影？海坛天神与女王头，牛郎与织女，盈盈一水间，脉脉不得语，异曲同工，低婉高亢，心与理汇，遐想不尽！

岛东，东海仙境，前后二洞的仙人井，与金观音扎堆组团，别有洞天。仙人井的前洞攀附着门前碧海千水秀的东美村。仙洞井底皆石罅，微波入焉，涵淡澎湃。向井投石，噌吰如钟鼓，如乐鸣奏，水石相撞，风入石罅，造音悦耳！环绕小山丘，是仙井后洞。洞朝大海，海天一色。悠久的风水相吞吐窾坎堂鞳。洞内洞外大小石头皆溜光圆滑。大海风情万种，变幻莫测。不同季节，不同天气，传达不同神韵。动景幻化，供人神游万古！仙境压轴胜景，是晨曦阳光里金光闪闪的观音佛像，慈眉善目，双眸凝视大海，专为耕海牧渔的子民保舟护航。

地处“天神”与“仙境”中间，是南寨山的石林大观园。五峰一谷。仙子、绵羊、神雕、青蛙，惟妙惟肖。别处还有：天地蛋、风动石、福禄寿三星、花豹巡山、神鼠观海、苍鹰雄视、鸳鸯理翅、骆驼启程……形神兼备，入木三分，动物石像扎堆，天趣盎然。天体物像，演绎天人合一的激智奥秘！

岛西，半洋石帆即石碑洋。平潭明信片，天下奇观，傲视全球！一块平坦宽阔长宽适度的巨石拔海而立，一高（33 米）一矮（19 米）距离恰到好处的两块像帆一样的大石柱无缝接轨屹立平旷巨石上，气势轩昂，是世界上最大的花岗岩球状风化海蚀柱，酷似扬帆起航破浪前行的巨大轮船。蓝天阳光垂照，碧海波光粼粼，微风过处，浪花缱绻，海水亲吻巨石，游人仿佛听到低吟浅唱的小令歌曲。美轮美奂的听觉视觉盛宴，彻底忘却“秦淮河畔的风花雪月，商女甜美圆润的载歌载舞”。东海托举石巨轮，“风景平潭独好”，叹为观止矣！

岛北，岩崖石峰峥嵘而崔嵬。巨浪排空，水石击战，飞湍瀑流争喧豗，礁崖转动石壑雷。冲波逆折，曲折回旋，连天巨浪无穷碧，喧嚣直上九重天。崖水抱团，礁浪共舞，潮起潮落，落差巨大，腾挪跌宕，仪态万方！海天相接，激越轮动，美的元素，变幻不尽，耳得之而为声，目遇之而成色，取之不尽，用之不竭，翻新创美无限！平潭，秀甲天下！

岛腹，造物主凿出三十六脚湖，垒出君山，一凹一凸，湖光潋滟，山色青翠，亲昵相望，相映成趣。岛沿，天神横卧与石帆坚挺；仙人与观音和谐组合，形似麒麟的平潭，蕴含着多少庄严的审美和高贵的浪漫！陶渊明诗:

汪洋平潭，乃漱乃濯，邈邈遐景，载欣载瞩。造词得体、妥帖！海天寥廓，天纵奇景，人赏其观。凌万顷之茫然，浩浩乎如冯虚御风，羽化而登仙！神奇，平潭！宇宙图案，天地创意，人类得细细斟酌。

地貌奇观，智慧角逐，客滚如潮。决策英明，高度投放，先行先试，开发开放，移山填海，拓荒扩土，建港铺路。推土机、运沙车汇成的交响乐响彻云霄。蠕动的人群裹着憧憬热浪，沸腾澎湃。祖国统一，序幕拉开。一个金碧辉煌的新平潭朝着人类文明巅峰挺进，将会威震全球，冠盖世界！

“平潭新闻”、《今日平潭》与时俱进，准时报道狂飙突进，日新月异地展进。假如我一天没听，一天没看，就会茶思不进，饭食无味。吴金泰、成苏明、陈灿、薛理星等人，妙笔生花，字句珠玑，令我醍醐灌顶，昼夜回味，品评他们才华横溢的外形绽放，无愧于林能泰老师捐赠书法：海滨邹鲁，藏龙卧虎；华夏和谐，平潭多娇！

1992 年，机遇赐给我：打拼大上海，财富不用愁。家乡父老在我上大学时给我资助，我铭记！执意耕耘讲坛，教书报国，固守海岛。我记着，良臣择主而侍，平潭，我爱着深情！辛卯年春节，儿子驾车奔驰而归，催促我与他在国际大都市安居乐业，共享天伦之乐。我还是选择留守家乡平潭，我还是记住：良禽择木而栖。平潭，我爱着深情！

看报、读报、听新闻，做点什么。用忠诚诠释信仰，待祖国和平统一！见证平潭，麒麟展翅，翱翔天宇，兆瑞呈祥，脉延永福！

发表于 2011 年 5 月 25 日《今日平潭》报 A11 版

溪口风情

一、概况素描

溪口，国家级重点风景名胜区。自然风光、人文景观、佛教文化的多元叠加，聚焦成稀缺的旅游资源。抢眼律动，客潮滚滚。

诗仙李白因景生情，文字井喷："我欲因之梦吴越，一夜飞渡镜湖月，湖月照我影，送我至剡溪……"溪口，在浙江奉化，位于剡溪九曲之口。东靠武陵山，西挹四明山，南望笔架山，北侍雪窦山。千峰矗立，群山环绕。峰峦竞秀，旁照四极。群山万壑，谷深峪长，山水抱团，刚柔相摩。溪水潺潺，由西向东，盘绕穿行溪口镇。风生水起，盘盘焉，困困焉，蜂房水涡，柔秀鸣吼，昼夜不绝。汉代名流称之为：海上蓬莱，陆上天台。清代文人妙曼勾勒十景：

奎阁凌霄，武潴浪暖；
碧礴观鱼，溪船夜棹；
锦溪秋月，雪峰晚照；
屏山雪霁，松林晓莺；
平沙芳草，南国早梅。

静景因为有了人的活动，才生机盎然。19世纪末，20世纪初——

蒋介石、蒋经国父子相继出生于溪口，闻名遐迩。蒋氏故里，跨越三世纪，历览沧桑：王朝落幕、辛亥革命、军阀混战、抗日战争、解放战争、“文化大革命”、改革开放。时代更替、摧枯拉朽，翻天覆地，蒋府仍稳坐妙高台。英明伟大的共和国领导人向世界宣告：奉化之庐墓依然，溪口之草木无恙”。“溪口茔墓修复一新，庐山美庐保养如故”。1996年，国家列之为“近现代重点史迹及代表性建筑”。

溪口，统一祖国大业和发展旅游经济，举足轻重，魅力辐射，亮点景点，意义非凡。遥襟甫畅，风靡内外，群贤毕至，文人墨客，各抒己见，人声鼎沸，独领风骚。

二、入口三景

溪口门户，武岭门。雄居武岭山脊，盘踞溪口东首，飞檐翘领，气势宏伟，与峰峦对峙，武岭大门的后额题字“武岭”遒劲突兀，游客驻足观赏玩味，拍摄不已。

“文昌阁”，耸立在武岭山巅。1731年建成。楹联有：奎曜冲牛头，阁同霄汉通。岁月洗礼，阁亭楹栋欹斜，古物旧痕，把玩物语，回味历史的沧桑美。

“乐亭”，也是建筑在武陵山上。筑亭三楹，二层楼，建筑面积500平方米。乐亭两旁石级负势盘旋。南面频溪有“憩水桥”。小桥流水，凭栏观鱼，跃鱼争食，激浪翻腾，涟漪谴绻。“两岸桃花夹，中间一水通，泉温有土脉，冻解不关风”诗句白描乐亭流水生态风光。

武陵突立于剡溪九曲之口，独立于四明群山之表，作中流砥柱，为万山所景仰。水绕曲山走，峰端沐祥云，花草葳蕤，景色氤氲，弥散芳香，令游客心旷神怡。

三、雪窦山曼妙

雪窦山，位于溪口北向偏西，是四明山在奉化70峰中独享盛名。峰高突兀，红斑绿绣，姹紫降蓝。势拔山峦掩群峰。景观景点抱团簇拥，名胜古迹扎堆竞秀：

雪窦寺，千年古刹，天下禅宗十刹之一。

御碑亭，飞檐翘角，挺绝雄放。

三隐碑，双流效奇，珠琳垂秀。

亭下湖，湖光澄碧，旖旎潋滟，变幻奇妙。湖底蓝天，湖光天景，摇晃缱抖，

名闻江南的千丈岩瀑布，峰值186米，飞湍瀑泻，浩荡不见底。上似五龙腾空，下若珠帘垂地，素缟彩霞满天飞舞。壁崖幽谷，群泉助兴，狂飙动地，飒然浮空，巨崖跌宕，丘峦崩摧，转石万壑，熊咆龙吟，栗林惊巅。萦绕迂回，水石撞碰，刚柔相摩，逸兴遄飞，足畅斯怀。溪口山水留人醉，高枕峰巅不欲回，依山迷瀑聆听惊天万壑雷！带队声声吼，转身跟队，凝视的双眸投注深情的一瞥又一瞥。好在王安石留下诗句：

拔地万里青嶂立，
悬空千丈素流分，
共看玉女织丝挂，
映日还成五色纹。

窦地赏不够，诗作咀味添涧幽石奇，峰青水趣，壮阔心胸。

宠辱不惊，闲看庭前花开花落；去留无意，漫观天外云卷云舒”的千古功臣张学良，曾经有一段时间软禁在雪窦山。“政见之争，宛若仇敌。”对这里的风景，也还赞叹不已。中国历史在这里嵌入深重的痕迹。历史积淀，人景共舞。观赏一帘幽梦，兹游奇绝冠平生矣！

四、妙高台托举蒋府

距离千丈岩瀑布约500米，峰峦峥嵘二崔嵬。峰尖直指，力挺平台端坐，冠名“妙高台”。海拔700多米。三面临空蓝天覆，下临深渊万丈深。涧底负势斜上，石砌规整，壁立千丈，铜墙铁壁般地托举“妙高台”。松樟翠竹台下立挺，古木参天，花草娇艳，疏影横斜，暗香浮动，给妙高台镶上绿紫的花边。亭下湖面，澹澹绿波。山房相缪，郁乎苍苍。望峰多树，夏日生寒，游目骋怀，心生爱恋。随处珍惜夸地貌，任由想象显天姿。

蒋府，丰镐房。取名由来：周文王建都丰邑，周武王建都镐京，坐落在妙高上，

悬崖尖峰平台举。丰镐房占地4800平方米，建筑面积1850平方米。坐北朝南，正对笔架山。西挽四明山，东掖武陵山，北依雪窦山，南濒剡溪水。妙高台坚挺。溪水从宅基地下几百米深涧穿山过峡喷泻；清泉冽出，溪水山房次第耸峙。水嬉山涧，动静流畅，调情包孕。天空星座，祥云沐顶，扶吉顺昌，妙不可喻。

丰镐房高二层，前厅后堂，两厢四廊，楼轩相依，廊庑四环，青瓦鱼脊，墨柱赫壁。雕梁画栋，富丽堂皇。前厅左右有个花园井然有序，月洞门相通，中间有天井，围墙蜿蜒连成一体。西墙外有一个比房屋还高的大水塔，汲引的千丈崖深涧底下的原生态清冽矿泉水。

五、丰镐房内

（一）前堂

跨入丰镐房，天井两旁，挺立着两棵大桂树，一金一银，枝繁叶茂，组合匀称。周围玉兰树错落点缀。有“捍门双林，良将守关”之意。“花木飘香，远近馨芳，沁人心脾”！

房前门额题字“素居”。房厅正中堆塑“福禄寿三星高照”，两边是“双龙抢珠”。左右墙壁上嵌着“五马散墙”。后边走廊两边是彩画。东墙“八仙过海”，西墙是“渭水垂钓”。柱头两侧“牛腿，木雕取材历史故事：周文王拖车，登坛拜师，姜太公垂钓”。

四根大木柱从东到西雕着：《三国演义》中的“甘露寺”“夜战马超”“关羽战长沙”“回荆州”。

东西厢房走廊雕刻取材《精忠岳传》中的“汤阴大水”“拜师周侗”“操场比武”“岳母刺字”。

西厢房走廊雕刻着八仙个像：

神态怪异的李铁拐；潇洒飘逸的吕洞宾；

持笛横吹的韩湘子；提篮媚秀的何仙姑……

神仙演示，形态迥异，精妙绝伦，栩栩如生。

（二）后堂

后堂额题“报本房”。仿照王侯家势气派装潢。朱柱赭壁。两旁木桩贴金楹联：

报本至亲，是谓至德要道；
光前裕后，所望孝子顺孙。

横额是：寓理帅气。

解说员说：这是老蒋送儿子蒋经国40岁生日礼物。寄意：继承家业，以理服人，统率万物。

报本房，屋檐粉墙彩绘取材：《封神演义》中的“闻太师回朝”；《狸猫换太子》中的“陈琳抢盒”，《说岳全传》中的“岳飞收枪”。

堆塑彩绘，精雕细镂，家居庭训，书牍诲勉，鞭策督考，取材历史的积淀文化。蕴含的价值取向与人生追求，游客静咏，玩味不已。

（三）室内

一层的室内陈设，井然有序，古朴的农村人家的生活用具、大锅、大灶；分娩用的木床、木桶；祖上开店专用的算盘、账本、秤杆；念经拜佛的设置；几代先祖的灵位，木雕灵相。还有一块蒋经国因为他母亲被日本炸死的亲手题字“以血洗血”石碑，矗立着，赫然醒目。

游客大多聚集的是二楼东厢房的“蒋宋卧室”。墙上贴着蒋介石人生不同时期的照片，以及宋美龄的各种画作。蒋宋床铺有特色：床宽1.5米，床头与床尾的靠背是均等的1.2米。解说员说：这是宋美龄强调“男女平等”。床头下边有两只大脚；床尾下边有四只脚，寄寓着主人心思：天地作合，春夏秋冬，如沐春风。床头两边大小均等，高约2米，同样规格的三开门大衣柜与梳妆台连体。明镜荧荧，夫妻均为悦己者容矣！宋随蒋意，曾经绽放名人恩爱精彩。如今，人去楼空，旧痕展放，告白故事。

溪口，峰环叠翠，飞瀑腾空，自然俊逸。水是眼波横，山是眉峰聚。人赏风景，地气动歌。风光无限！仁者乐山，智者乐水，山水畅乐，仁智掀欢！

同游者，平潭一中67届高中同学46人。带队的是同班同学陈世武。岁在辛卯，时维九月，序属三秋。

（修改于2011年冬）

（二）词（四首）

沁园春·平潭

海峡西边，
波涛翻掀，
簇垒岚岛[①]。
瞰翡翠荡漾，
麒麟[②]呈祥；
君山矗立，
仙境朝阳[③]。
天神惺忪[④]，
角湖潋滟[⑤]，
石帆起航正当[⑥]时。
美如画，
观海蚀地貌，
秀甲江山。

大桥跨海延展，
铸华厦雄魂万古长。
向祖国献礼。

拓海扩疆，
两岸对接，
兄弟比肩。
描绘画卷，
构建蓝图，
开发开放斗志昂。
飘红旗。
待神州一统，
看海乐天。

注：①岚岛即平潭；②麒麟，岛的形状；③④⑤⑥岛上景点分别是：东海仙境，海坛天神，三十六脚湖，石牌洋。

（本文获2012年全国“金奖”，收录于华人国际新闻出版集团出版的《情系中华》）

沁园春·盛世

壮观天地，
雄视古今，
璀璨星空，
阅金榜帝王。
人文始祖，
文景兆瑞，
光武中兴，
贞观开元，
康乾繁荣，
励精图治创首富。
履至尊，
为民生人主，
名垂青史。

万钧历史撬动，
唱开国大典东方红。
解复兴密码。

港澳回归，
农税免征，
水电移位[①]，
探海航天[②]，
构建和谐，
盛世中华宏图展。
抒长卷，
拔萃竞风流，
彪炳千秋。

注：①南水北调，西电东送；②蛟龙探海7000多米，神八在茫茫太空中追寻天宫一号，精确变轨，成功对接。

（本文获全国“金奖”，评选单位：中国诗词名家研究院　多家出版社约稿）

沁园春·缅怀

拨乱反正，
正本清源，
恢复高考，
伟业尊基牢。
土地承包，
劳力整合，
筑路建楼。
国计民生，
胸中海岳，
怀揣报国壮山河。
总设计，
绘复兴宏图，
运筹帷幄。

高瞻远瞩英明，
邓公理论富国强民，
挺中华脊梁。

开放搞活，
实力飙升，
民享盛世，
潜海飞天，
港澳顺归。
千古风流群英会，
竞媲美，
观日月星辰，
小平，您好！

（本文获全国“金奖”，评选单位：中国诗词名家研究院　多家出版社约稿）

沁园春·圆梦

旭日东升，
万道霞光，
祥云际会，
看东方巨龙。
中山为公，
泽东爱民，
小平复兴，
泽民承传，
锦涛发展，
时雨春风中国梦。
擎天柱，
耀历史丰碑，
指点江山。

圆梦范本舒展，
有五千年文明滋养。
撷价值核心，

温馨风雅。
德才栋梁，
依法行政。
革弊贪馋，
扬善为民。
睥睨百代圣明主，
堪翘楚。
刷新编年史，
冠名千古。

注：词中简述领袖语录，原话是：孙中山，天下为公；毛泽东，为人民服务；邓小平，改革开放总设计，“我是祖国人民的儿子，我深爱着自己的祖国和人民”。江泽民，三个代表；胡锦涛，科学发展观；习近平，中国梦：国家富强，民族振兴，人民幸福。

（本文获全国“金奖”，评选单位：中国诗词名家研究院 多家出版社约稿）

（三）演讲稿

春华秋实同窗咏

——平潭城关中学八一届高中毕业三十周年同学会花絮

结束“文革”十年动乱，国家由大乱步入大治的快车道，改革开放序幕拉开了。入学于1979年9月1日的城关中学八一届高中毕业生，8个班近500人，沐浴着浩荡的春风。经过高中二年的学习，于1981年7月1日毕业。

这一届同学的童年，恰逢“文革”，学校几乎停办。偶有复课，学习内容也不规范。时光流逝，浪迹社会，空空如也。幼儿园、小学、初中，没有汲取到应有的文化知识，入学、升学成了匆匆过场。虽然年幼道理懵懂，而今回首，痛失良机，更让我们这代人倍惜读书的机会。

回首入学城关中学，正值学校初创。学校建在红星知青场，牛栏当教室，杂草满校园，后移新址，风起沙飞，荒芜一片，百废待兴，通道木梯，围墙石砌，教室简陋。桌椅破旧，摇晃颤悠。

于是，我们成为母校的建设者一员：我们用稚弱的肩膀，参加抬沙挑泥，建操场，平地面，挖围墙地基；有条件的同学，从家里抱来花草树苗，绿化校园，装点教室。我们捡石头，搬大石，用铁锨锄头挖掘平整出属于我们的书香天地。

我们行走在洒遍汗水的校园，幸福里约会读书，渴求知识，闻鸡起舞，鏖战书海。我们尊师守纪，争先创优，团结奋进，镌刻文明，在历练中与母校一起成长。

弹指一挥间，毕业30年。

春华秋实，喜逢盛世，年富力强，激情厚重。

春回神州大地：弘扬中华民族优良传统，传递礼义正能量；情绕学子心间，30年岁月倍增相聚同窗友谊。2011年7月4日，八一届高中同学联谊会在母校城关中学正式成立。

30年，同窗情谊，记忆犹新。

30年，地各一方，渴望相聚，翘首以盼。

30年，铭记教诲，奋发进取，大展宏图。

30年，一万多个日日夜夜，怀揣着对母校的赤子情结。

多少个昼夜的激情在酝酿，多少个心底情愫在萌动。日丽和煦聚人心，满怀激情赴友会。聚会之日，盛况空前，到会的有300多人。校园内外，彩旗飘扬，锣鼓齐鸣，仪仗队两旁整列，欢呼雀跃，声势浩然。会议流程，有条不紊。感恩仪式，催人泪下；晚会节目，相声小品、歌舞戏剧，精彩纷呈。又有抽签博彩，曼妙助兴，人人投入，畅快怡然。

毕业三十周年庆典活动是一个凝神聚情的开端。同学们的活动由此拉开了序幕。

正月初四的年聚会，邂逅相遇的小聚会、公司庆典增人气，开业祝贺增财气，“三八节”活动增喜气，儿女婚宴增福气——各种聚会，创意纷呈，学友情浓浓，行远恒久……

想我学友，人才辈出，海内海外，事业如日中天，德才名气遍扬神州内外。

业成不忘桑梓情，回馈社会，回报母校，功德誉满岚岛上下，传遍八闽大地。

身处龙翔地产老总的陈明强，和蔼可敬，亲切感人，知恩厚报，慷慨大气。业成不忘母校，令人肃然起敬。出资联系，热忱邀请母校领导老师至仙游、莆田、崇武等地教育考察，积极为母校行知园的建设慷慨解囊。不仅如此，年年同学会，年年献爱心，三年里为同学会捐款20多万元，为同学会的活动奠定了坚实的基础。

热爱这个集体，爱护每一个同学，建设这个温暖集体的、陈明强式的热心好友一个又一个，高明杰、林杰生、许铁牛、魏文铨、魏乔龙，还有为这个集体默默奉献力量的郑昌荣、叶诚、吴文娟、林镔、王勇敢、李钦、许新江等一个又一个激情燃烧着的好同学……

学友林官贵，欣闻同学三十周年庆典聚会，特地从香港寄回宝鼎一尊送母校，为恩师们送上精致茶具，为同学会增添光彩。

学友陈华龙，临危不乱，奋不顾身，勇敢救人，名扬八闽。他的见义勇为的精神，感动了所有的人。消息传开，同学们开展献爱心捐款活动，组织同学到医院看望活动，点点滴滴，无不闪现八一届同学的深情厚谊，折射出同学会的集体力量。

桃花潭水深千尺，不及学友你我情。

学友爱的大河，浇灌滋护着同学会，绽放出鲜艳的文明花，情溢心胸，香飘四方。纯真的友谊是永恒的，它不会因千山万水而阻隔，更不会因峥嵘岁月而淡化。我们年相近，习相拥，接地气，通人脉。同学会，会同学，精神气质，风采禀赋，抱团品评世间万象，烙着的同窗缘，刻着一家亲。年富力强正当时，涛声依旧笑春风，并肩携手齐努力，创建一流同学会。为和谐社会，为盛世中华贡献绵薄之力！

有力献力，有钱掏钱，人人托举着一个凝聚同学感情的快乐平台，一个倦鸟归林的强劲支点。我们相信：挂着重温，写着追忆，揣着未来，担当共同，共享岚霓的平潭城关中学八一届高中同学联谊会，在家园般的浪漫里，将约会幸福，共话文明。文韵情咏，春华秋实！岁月无痕，心灵有寄，年轮易逝，情缘有托！

锤事增华，“八一”届同学会永存。与时俱进，八一届同学会，日妍日上，逐年更精彩！

（2014年春节）

峥嵘岁月稠

——67届高中毕业45周年同学会上的发言

老师同学们:

大家好!

敬爱的老师：你们是平潭社会文明与进步的火炬手。你们德高望重，敬业奉献的高贵精神，是我努力学习和忘我工作的不竭动力。

林振贵老师在各类刊物上发表文章20多篇，多有获奖；雷开应老师大手笔，唱响平潭；何可澎老师字文并茂，独树一帜；林能泰老师周游欧美列国，游记、墨宝载入世界刊物，书法荣获大奖……我师群贤，教我搏击出彩的人生征程。

老师：在我们求学的记忆里，你是一缕明亮的烛光，有了您，我们挑灯夜战题海耕耘遨游书海；在我们当知青回乡耕田的日子里，你是一轮明月，有了您，我们抖落心上的雾霾，怒放的生命，在黄土地上卖力穿行；在我们报效祖国的征途上，您是我们心中开足的马达，给了我们奔跑进入快车道的力量和冲劲。

老师功高德隆，我由衷地崇拜和礼赞！祝敬爱的老师福同海阔，寿比南山。生命有机缘，有幸得高师；好风凭借力，送我登君山。

同学们："文革"十年，冠给我们尊用名词"老三届"。1967年秋，平潭一中用"毛主席去安源"的图片当作毕业证书，打发我们上山下乡去，家居农村的称是“回乡知青”，我们苦读寒窗十多年学习到的知识扔给了沙土。我们的青春年华全被浩劫。栉风沐雨耕田种地，虚心向贫下中农学习，教唱歌曲，读报宣传，学习雷锋。但是，推荐上大学，招工招干，当民办教师、赤脚医生等等机会，全都没有我们的分儿。“四人帮”时期的“造反派”夺权，权力自肥，有好处全归他们的亲人好友了。“0分”上大学，连他们自己的名字都不认得，都抢尽风头。而无依无靠的知青，不管表现多好，就是不给机会。他们还会捏造罪名打压。多少次破灭的幻想，多少次据理力争，失败苦痛，遍体鳞伤了。理想灰飞烟灭，只好看破与放下。可是，讥讽挖苦，恶语诽谤。破船载酒泛中流；破帽遮颜，夹着尾巴做人。连父母兄弟姐妹也遭作践，在幻灭中苦行，挣扎煎熬十年。

1977年，恢复高考，已近而立之年，也已草率成家了。子女嗷嗷待哺，朝气不在，意志消磨殆尽，书本复习材料全都丢失了。后来才知道：“老三届”比普通考生的预选线多60分。

算我幸运，首战告捷，高校师生选举我当学生会委员，负责抓学生会宣传部工作。我和干事们把所知所感写信给当时任教育部部长的柳斌，突出品学兼优的“老三届”是被时间耽误，早已身心疲惫，重担压肩，请求公平地统一地制定高考预选线。果然，1978年开始高考分数线统一了。优秀的“老三届”圆了大学梦。我很欣慰！

每当我一届又一届指导学生迎接高考，就有茶思不进饭食无味的沉重。“老三届”就没有这种人生幸运，如果不是青春耗费十年，在风华正茂时考进高校，现在我们的同学也会有人是高层的政要官员，也会有人是科学院院士。现在许多同学已成为岁月遗落的珍珠。但是，茅庐出人杰，也熠熠生辉。

林道志：先知先觉，拼命硬干。先是力争参军。因为堂兄在台湾当兵，政审卡住；只好跟着村民到山区做民工养活自己。但是因为水土不服，差点丧命，回家路费也得依靠家里卖掉养命的粮票，连同他赎回家；有幸找到熟人获得一张“不占大队名额”到生产建设兵团的表格，但必须得到大队盖章，请求直到哭诉几个小时才盖上。他去了建设兵团，随后诬告信也跟随着到了。因平时林道志的出色表现，还有是兵团领导的高水平，才没有中箭落马。后来，就推荐他上了厦门大学。入党分配晋升成家，一路凯歌。林道志能够曲线自救，挣脱捆绑，缩短七年的农村磨难，找回青春，实现人生价值。有“两岸猿声啼不住”的气魄，高歌一曲“桃花依旧笑春风”的扬眉吐气。林道志的苦行与成长，烙下的历史印记，是“老三届”中靠个人奋斗成功的一个代表。

林友哲：抓住任教机遇，脚踏实地，潜心钻研，教艺高超。创造初考优秀率100%；满分率50%以上。亮丽绽放，笑傲讲坛。一手好字，隽秀灵动，传承着汉字的潜质美。他多才多艺，超越平凡，晋升副校长，领军教学。证明“老三届“不仅仅是默默无闻的专业骨干，也会成为行业的领军。林文玉、林文奇、李心国以及奋战在教育第一线的每一位同学，都大写着高尚的师德和高超的师能，都创造出一流的教书育人业绩。

历史孕育“知青”，“知青”选择道贵，道贵潜心戏剧研究。18年摸、爬、滚、打在农村。读书与耕田，责任与担当，造就了一个出类拔萃的剧作家。18年的淬炼，18年的含辛茹苦，18年的呕心沥血，压不垮的脊梁，读懂一个又一个逆境成才者的坚强。与风雨返往，与百姓神交，与先贤对话，坚守寂寞，学富五车。梦不灭，劲勃起，担使命，就与文字共起舞。褒奖赫然，点赞如潮，铿锵地走进人民大会堂。捧回“文化奖”“五个一工程奖”“曹禺剧作奖”……一发不可收，仿佛成为获奖的专业户，享受“国务院的特殊津贴”。稀缺人才，声名鹊起，他和他的作品，将定格在历史的丰碑上，成为浪淘不尽的千古风流。宝刀不老，精彩还在继续。

陈世武、杨际岚、陈德玮、潘传枝、林庆顶等等一个又一个响亮的名字，大写着“老三届”的铁血荣光，以及任职党、政、军干部，是栋梁，是国宝。仁、义、忠、信、智，担当使命，廉洁奉公，一身正气。

多少个夜晚，困惑迷惘，无眠入睡；多少载刀霜烧烤，铮铮铁骨，毅然坚挺；多少载卧薪尝胆，欲酬壮志……青春年华被掏空了。也许在事业上没有大的建树，在许多方面不论怎么追赶，也跑不赢伟大的时代。但是，我们成为普通领域的主宰，成为埋头苦干默默无闻的业务骨干。几十年沧桑练就的人性美，人的内在素质是没有办法用高度来衡量的。锦瑟无端五十弦，一弦一柱思年华。沧海月明珠有泪，谁堪伯仲比高低？

我的同学，星星璀璨，聚合起来一团火，分散开去耀眼星；我的同学，群秀英姿，文明人间，我的同学高尚尊严。

阳光普照，生命就会灿烂；
高贵滋润，灵魂就会净化；
尊严辉映，威仪就会增高。

十年浩劫，悲怆地创造另类大学。“老三届”，独辟蹊径，浴火重生，心血洗涤，抒写出每一个人的“西游记”，生命的精彩，卓尔不群。

社会转型，国门大开，污浊渗入。“老三届”很少违法乱纪，很少坑蒙拐骗，没有人迷失在灯红酒绿的浪子戏场。是伟岸，是阳光，是真心英雄。道德坚守，承传文明，长存德范！

从失学回乡到倦鸟归林，岁月沧桑，浮沉宕跌，沧笙踏歌。有了同学会的大集体，兄弟姐妹情就有了汇聚的井喷平台。这是绽放友情快活的日子，是会长理事们集体智慧的经典营造，是有作为同学的慷慨捐款。人脉的丰满凝结，同学游历山山水水，奥运会、世博会潇洒走几回。

祝愿同学会常开常新，高品位，有创意，年年好，步步高！岁月永远记住着我们。

姑且聊抒几句，共勉吧！

离别一中四方散，
结束升学好沮丧，
务农十年历沧桑，
花样年华消耗光。

喜迎盛世获机遇，

彰显价值堪翘楚，
报效祖国赤子心，
拼搏奋进恒常舞！

四十五年重聚首，
涛声依旧朱颜改，
往事如烟叙不尽，
弥足珍贵情谊牢。

祝师友幸福安康天天开心！

王桂英于平潭西航路宾馆
2012.10.18

（四）记着的

铭记恩师林能泰

小学、中学、大学，历练冲刺跨越。希望和理想攀援着意志升腾，催生我“欲穷千里目”的沉勇和执着。知识长进，感悟萌芽，心智诞展，情感净化，见地定立，庆幸自己受教的全是一流学校一流老师。真情兮，春风煦煦的母爱；师魂兮，日月浩荡齐放彩。老师，您是学生永远的依恋和归宿；您是学生真诚的朝圣和礼赞！

穿越时空隧道，伫立在上个世纪60年代的平潭一中教学园林，那里的学生，是放眼全县精挑细选的；老师则是优秀者中的再遴选。初中每一个年段300人编6个班；高中每一年段100人编成2个班。也许生命是一种机缘，我的中学时代就读于平潭一中。教育培养着我的精英老师中，对我影响最大的是林能泰老师。他是我高中的班主任和语文老师，时序1964年9月至1967年。林老师当时意气风发风华正茂26岁左右。

英俊酷帅博学多才的林能泰老师，在他的学生时代就崭露头角，在全国报刊上发表多篇作品。他的书法古拙雄浑，刚柔相济，若干年后定然是国家的一级文物。2009年他有两幅书法荣获“新华表奖”和“兰亭撷英奖”，并且入选《海内外书法家作品集》。他有电视主持人的风采；演讲家的口才；影视导演的睿智。真知灼见，德才双馨，教艺精湛。老师的儒雅帅韵，颇有人缘。但是，真正能植入学生心扉的还是他的渊博学识和富有个性的语言魅力。他殚精竭虑，披肝沥胆，鞠躬尽瘁，一腔热血。祖国未来学生成才魂牵梦绕着他。他日良才承大厦，赖今朝血汗翻倍滴。“不用天边觅，论英雄，教师队伍里，眼前便是。”

教育家陶行知说：“做”上教，乃是真教；学生“做”学，方是真学。为践行这一教学理念，林能泰老师精心策划“语文学习链”，用功铺设着通往成功学习的快车道。“听、说、读、写”循序渐进，“知、情、意、行”梯度训练。框架搭建，脉络通透，宏观调控，微观驾驶。从东方欲晓到华灯初上，林能泰老师扎根学生之中。协调各科，放眼语文，精彩讲坛，引领前行。从周一到周五的每一天早上七点，提早进教室，规范班级的种种摆放，重点检查“学习园地”的三个栏目：“对话栏”——设疑解难，模拟试卷；“自荐栏”——习作、书法、品评见解；“鉴赏栏”——名著摘要，时文趣事。并且把这三个栏目命名为学习语文的金三角。一以贯之，评比激励，纵深导向。每天早上七点半，林老师就把用毛笔字写好的有关“爱国、理想、世界观”等等的内容新颖、语言典雅的短文挂好，由陈世武同学领读，全班同学字正腔圆声情并茂地跟读、背诵。高山流水，吞吐浮沉，浅斟低唱，偃仰啸歌。既开动思想马达，又培养“说”的能力。仿佛喝下一杯心灵鸡汤，让每一位同学精神饱满地开启崭新的一天。

“孺子、稚子、童蒙之初，最广泛的文化活动，便是精心的练字。”林能泰老师的隶书草楷自成一体，皆堪称一绝。每天下午课前半个小时，分门别类的名言对句，黑板白字，热烈富贵，远近深浅，得体熨帖。字形结构，下笔运笔，先后顺序，匀称搭配，审美奥妙，要领诀窍，都探幽发微地细致指教。书法是文人的绘画，鉴赏、品评、玩味，千锤百炼。林老师的字体成了我的同学的仿写真迹。老师从中选秀，讲评、张贴，精益求精，弥久隽永。

语文：炎黄子孙五千年历史忧乐爱憎的图腾印记；六合天地八万里风云光影的画卷写意。有限的课时是无法说尽的。夜幕降临，林老师踩着不变的步伐，迎接我们的到来。他关爱学生的成长，总是时时审视每一个学生的进步和变化，恰到好处地设计授课内容。他依照历史年代先后，觅篇摘章精选需要文学内容印发学习材料，分析时代背景下作者性格的养成，以及该作者在历史上的地位影响作为贡献作品重量潜质厚重。更加异彩纷呈的是班会课，周末晚自习课：周记品评；赛诗辩论；知识擂台；坦诚对话；时文专阅；真情告白；文艺舞台……灵动开放，推陈出新，古为今用，洋为中用，人为己用。教的艺术，声的交响，美的元素，情的流动，生心直指，教与学同频共振，学以致用的运作，匠心独运，精妙绝伦。润物三春雨，芳心醉心田，成长在其间！

课外重特色，课内重基础，课内课外渗透互补碰撞交融。始终没忘字、词、句的出典和辨析的教学。善用学生脑子里上进的火花井喷推动着大脑机器运转。林老师的教学艺术独到之处是让每一个学生头脑的马达动起来，成为思考的永动机。动脑、动口、动手、设疑、质疑、答疑；要点、重点、难点，顺天从正，启发开导，引领拓阔，通透搞活，循循善诱，曲径通幽，訇然中天，醍醐灌顶，茅塞顿开。教艺纷呈翻新；或浅吟低唱，揣摩意会，潜移默化，陈仓暗渡；或引吭高歌，旁征博引，源头活水，柳暗花明，妙趣横生；或师生对话壮观天地，雄关古今，显幽发微，纵横捭阖，万道金光，洞彻天宇。“浩浩乎如冯虚御风，而不知其所止；飘飘乎如遗世独立，羽化而登仙！”口若悬河，激扬文字，指点江山，主宰沉浮，靠博学娴熟并能驾驭语文的强识精通者。我们同屈原、李白、苏轼对话，体悟“路漫漫其修远兮”的沉毅；品味“古道西风，小桥流水，大浪淘沙，沧海桑田，豪放洒脱，婉约缠绵”的蕴含；感悟“怒发冲冠，金戈铁马，大江东去”的雄浑……又走进了莎士比亚、巴尔扎克、托尔斯泰……林老师放眼语文大世界，神游八极，意壮九天，演绎得酣畅淋漓。把脉悟道，琅琅书声盈耳；含英咀华，涵泳品味，咬文嚼字，质疑问难，出神入化，荡气回肠。

写作训练，刻不容缓。作文是两节课连着上。60分钟搞定；20分钟同桌互评互改；20分钟选出名篇评析；最后发给的是老师精选的范文或下水作文。并且附上指导要点：选材与中心，谋篇布局，剪材组材，开头结尾，中间铺排，连章运作，修辞章法等等。老师评改作文投入大量的时间与精力，面批、详批、眉批，兼加批文育人。不仅详细批改作文，还认真批改学生之间互评的评语，整个作文流程的规范有序，学养践行步步高。久而久之，同学们练就了敏捷的思维畅通的口才，扎实的作文功底。许多学友出口成章，下笔千言，倚马可待，妙笔生花。达到的境界是：自能读书，不待老师讲；自能作文，不待老师改；即席演讲，语出惊人。才华横溢，气韵非凡。

莫闲微不足道处，真情常在细微间。至今萦绕脑际的还有林老师的脱口秀。清明扫墓“烈士回眸应笑慰，擎旗自有后来人”。下乡家访“门前碧海千水秀，村后青山万森春”。班会课“雷锋精神撼日月，阴沟私欲噬肺肝”。因势利导，灵动得体，宽严相济。我敬仰老师，择业执教，接力恩师，持续演绎，直面讲坛，挑战高考，对话教育，写作演讲，课上课下，以林老师资标，与林老师的方方面面相比照，考量自己的成败得失。铭记恩师，历练打磨，上下求索，探秘真谛，拷问人生，寸草心长！守望恩师，资源整合，完善创新，定力指向，动力不竭，攀升演绎，稳操胜券！

奉献与回报同在。老师的最大快乐是塑造出让自己骄傲的学生。学生成长大有作为验证了为师者的真功，验证了为师者的德与能！“文革”十年，运交华盖，破船载酒泛中流，理想灰飞烟灭。回乡务农，太多怪异，太多悖谬。，没有抱怨，没有沉沦。劳作之余，与书为伴。穷且益坚，游弋于传说与典范之中，修身养性。“位卑未敢忘忧国”，担当责任铸心才！我们与新中国几乎同龄，长在红旗下，受到优质教育，天之骄子，理应尽心报效祖国，却茫然不知所措，路在何方？平静之中蕴涌张力。因为同学们都记住林能泰老师的教诲：“人才是强国之本，天生我才壮我中华！”改革开放，中华崛起，但是，灯红酒绿，物欲横流等现象困扰国人。而我同学能够不受污染，自觉抵制，远离“毒、赌、色、贪”，远离低级趣味，自洁自律，正气伟岸，因为同学们都受林能泰老师为人师表、言端行正的人格影响和思想熏陶，都牢记林老师谆谆教导：做高尚的人，凭借自己的崇高品质超越时代的社会，走人间正道。思考着，践行着，于无声处，绝地风景。改革春风浩荡，踏着时代巨轮，同学们都成了各行各业的中坚和骨干。有的是党、政、军领导；有的富则兼济天下的大企业家；有的是享誉中外的名流作家；有的是创一流业绩的教书育人兼为习作高手……瀚墨飘香，英才拔萃！党的阳光普照，功在当年林能泰老师的栽培，机遇才会青睐有准备的人。

群英荟萃，举一例说。

陈道贵：国家一级剧作家，中国剧作家协会会员，福建省优秀专家，享受国务院政府津贴。大笔如椽，名扬遐迩，独领风骚。作品荣获大奖的有：

《天鹅宴》全国第五届“优秀剧作文华奖”；

《画龙记》五个一工程奖，第十四届田汉剧作一等奖；

改编《钦差大臣》荣获台湾戏剧“金钟奖”……

一发不可收，名冠剧作获奖专业户，定将成为浪淘不尽的千古风流人物，定格永恒，名垂青史！名师高徒，鲜活写真！

国运昌盛，在于教育；教育成败，在于教师。桃李葳蕤，敛华收实，群星璀璨，簇拥恩师林能泰。教师的生命因耕耘而芬芳。

林能泰老师出类拔萃，曾担任福清市文化局局长，率领剧团走出国门到新加坡登台亮相，绚丽绽放，大获成功。并且能够把这一精彩写真文字见诸刊物，声名鹊起；林老师的三个子女全成大才，都出国深造。托子孙福，他横渡大洋彼岸，周游列国，放飞世界。能够有几十万字别出心裁的旅游观感载入报刊。旅游名片，岁月流金，给人启迪。

手浇桃李千行绿，点缀春光满上林。学高为师，德高为范！学贯中西，才高八斗。受教于您的学生，都永远铭记着——我们的林能泰老师！

啊——

一部《论语》，至圣先师；

一届执教，祖师遗风！

（辛卯年八月十三日）

日照月明玉生辉

地震、海啸、风暴、火灾、水灾、雪灾、瘟疫、泥石流……这些天灾给人类带来了毁灭性的打击。但是，人们可以举全国之力瞬间战胜它！而妇女一旦丧失丈夫，便是五雷轰顶，痛不欲生。因为她承受的苦难是无助的，个体的，长时间的！

于是，中外作家纷纷投笔，揭示人间这种灾难。

日本作家栗良平的《一碗阳春面》中的女主人公中年丧夫，单身女人必须抚养两个未成年的儿子，还要偿还她丈夫生前欠下的巨大债务。日本有过年必须吃阳春面的习俗。过大年时，这一家人经济拮据，无法每个人各吃一碗，又担心被人嘲笑，母子三人顶着严寒，躲在门外。一直等到深夜，面馆的人全都散尽，快打烊了，三人才怯怯地走进面馆。征求老板同意，三个人“头碰头”地共同吃一碗阳春面。

我国伟大的文学家鲁迅的《祝福》中的祥林嫂，也是因为二次丧夫，受尽诽谤、凌辱、奴役、蹂躏、摧残，在过大年的爆竹声声中，承受“死后分尸”的恐惧，饥肠辘辘，走投无路，暴尸雪地。

还是因为中年丧失，我国宋代杰出的女词人李清照，人生仿佛坐回“过山车”，生命从巅峰跌入谷底，留下词作“寻寻觅觅，冷冷清清，凄凄惨惨戚戚……”“花自飘零”的哀痛绝唱。

世间的人都说：男人的一半是女人。而古今中外的著名作家达成共识是：女人的全部是男人。没有了男人，女人就失去了家庭的顶梁柱；没有了男人，女人就失去了背倚的大树……

平潭县城北小学德高望重的高级教师魏明玉，经历过中年丧夫的人生劫难。苦难袭击，她能够咬紧牙关挺直脊梁，直面人生，实现了以“凤凰涅槃到浴火重生”的跨越。她的心路历程，可供有相同经历的人借鉴！魏明玉老师的精神，是感人至深的。

魏明玉老师的丈夫翁绳登，上个世纪80年代担任平潭一中副校长，抓高二年段教学工作。分流两个差班不好配备科任教师，翁副校长亲自担任这两个差班的化学教学，各科考试，统考等成绩揭晓，这两个差班的成绩与好班的成绩不相上下。兼有学校管理等工作的繁忙，寝食无度，体能透支，心力交瘁。成绩上去了，他却病倒了。可他又是硬撑着，利用暑假给学生补习，一直到8月22日结束，急速赶上福州住院治疗，8月30日又赶忙回校。1989年9月1日，他从讲坛上走下来，再也没有能够站起来。翁副校长永远离开了讲坛，永远离开了学校，永远离开了他忠诚奉献的教育事业。

翁君撒手人寰，魏明玉老师失去她志同道合风雨同舟共同走过23年的惬意伴侣。飞来横祸，草木尽悲，黯然神伤，举家哀恸。魏老师无声痛哭，悲痛欲绝，昏厥不醒……

县长来了，校长来了，各级领导都来了；师长来了，亲友来了，同事、学生全都来了。劝说、安抚、慰藉……可贵的亲情、友情的暖流汩汩传递，从呆滞中苏醒，哀痛减缓，感悟升华，思绪转轨，思路理清了。即使流干眼泪，哭瞎双眼，也无法让亡夫复活。大树飘雪，栋梁摧折。造化居然如此惨烈设计，就以时间的流逝，来洗涤旧迹！还有嗷嗷待哺的4个儿女，自己再苦再累，也得把他们培养成才！“知其心，然救其失也。”生命可透支，亡夫不亏欠！也绝不求助政府，绝不麻烦别人。这就对亡夫的最好悼念，也是一种具体报国的行为！

情何以堪，痛彻心扉。魏明玉老师强抑哀痛，擦干眼泪，打起精神，直面惨淡的淋漓鲜血，营造慰藉自己的精神寓所。孝，从尊祖敬宗始！她断然搬走了自己卧室里的所有东西，把她已故婆婆睡过的几十年的古床，用过几十年的家具搬进自己的卧室，结草衔环，摆设完妥，再把亡夫的遗像端悬在床头……理性的动作，惨淡的营造，虚拟的爱情保卫战，这个精神避难所，似乎找到自己生命的家园，哭祭一隅，心音共鸣，缅怀祖宗，追忆祖训。对话阴阳，寸寸柔肠，脉脉心语，眷眷思念，缠绵悱恻。嘤嘤泣诉，泉源长年，默送清凉。匠心摆设，诠释着“生命诚可贵，爱情价更高”的底蕴内涵。有了这生命灯光，任凭八月十五云遮月，正月十五雪打灯，岁月无痕，心灵有寄。能够分担寒潮、风雪；共享流岚、虹霓，仿佛终身相依，却又永远分离！梦为远别啼难唤，唯将终夜长开眼，神往于个人的自由世界里，一寸思念一寸灰，爱情真空，却实至名归。爱的守望，意的寄托，虽然虚幻缥缈，孤影自怜，但是，心里少了一点空荡荡，冷飕飕。

矜贵蕴香，坚贞得可与钻石较劲！宗旨既定，自趋正轨，铁肩担家业，妙手育子女。魏老师把 4 个子女唤进卧室，端坐在遗像前，庄严地说：幼年丧父，人生不幸。但是，有妈妈在！有了你们，妈妈也绝对不会倒下去！共同就在这所苦难的大学里，百炼成钢。你们的父亲是孤儿，筚路蓝缕，是靠人民的助学金哺育成才。在他的心里还存着多少的报国理想！争气的你们，共同为他填补！福从读书积德来。要求你们每一个人都做到两点：刻苦读书，力争优异；品行修炼，无愧亡父！没有了父亲，一切全靠自己。如果遇到欺负、讥讽等，世界让三分天宽地阔。心田种植宽容，眼界放飞八方，铸就文明修养，苦寒梅花香！沧海横流，方显英雄本色，你们都要成为优秀的孩子，社会的良才！

宏观操作是：每天每人一日记；每周一小结；每月一评比；半年一小奖；全年一大奖。大的帮助小的，联手互动，互相促进，共同进步。评比由儿女们共同推荐，并且写出详细理由，再细则考量，对比，好中选优。热烈、公平，让子女们的上进心得到激活。每个人都认真收集各自同学的优秀作文，编印成册，阅读、背诵，让儿女们生长在浓浓的学习氛围中。魏老师精心策划、导向、教育、激励、鞭策，拓阔。还有：定报刊，进书馆，下农村，上工厂，深入了解社会，品评民俗民情，访问从苦难中华丽转身的人士，采撷逆境成才的宝贵经验，汲吸精神力量。为了锻炼孩子，增长知识，魏老师还带孩子屋前屋后种瓜果，种蔬菜。跋涉海滩，抓鱼捡螺。旭日朝霞，落日暮霭。亲近自然，感悟苍茫大地的浩瀚无边，领略潮起潮落的风情万种，放眼人间的五彩斑斓……滋润、体悟、升华，大有裨益。魏老师还重视子女的对句、赛诗、演讲、书法、文体等等的培养训练……精心描绘子女成长蓝图。愁肠百结，母子连心，报团取暖，分工协作，奋力自救，共渡难关，乐在其间！

放飞母爱，艰难困苦，闯关道道，硕果累累，满意回报。升学考试，分配工作，男婚女嫁，一路顺畅，令人赞叹。亡夫之后，历练20年，现在——

大儿子：平潭县医院中医科副主任主治医生；

大媳妇：平潭一中工会副主席，中学语文高级教师；

二儿子：企业家；

二媳妇：平潭一中中学英语一级教师；

还有三儿子、女婿等个个强手；

女儿：平潭实验小学任教，出类拔萃

她子女成才，全是魏明玉老师的担当，全是她一个女人的心血浇灌。

一个人不能仅仅看他拥有多少财富，也不能仅仅看他的知识多少，而是要看他用知识认知达到的高度、深度。魏师见之以细、觉察之远，是睿智的！后代有作为，传承薪火，有子有孙是幸福的，也足够、完美的。

挑战命运，难多不愁，心潮波逐，漫话天长！在一个充满生机的原野上拓荒，收获的何止是果实！少年强则国强，儿孙强则家业旺！生机勃勃地鲜活灵动的写真，一种奉献，一部杰作，一幅画卷！试想：当今的计划生育，夫妻二人共同培养一个孩子升学成才，似乎都累得腰弯背驼！武则天治国，震撼古今中外；魏明玉持家无愧天穹。东方女性的智慧、能力、内秀，朗朗乾坤，悠悠岁月，人类苍生，韵事审苏，有几个欤？

亡夫横祸，灭顶之灾。同是中年丧夫，结局截然不同。宋朝伟大的女词人李清照，改嫁，受骗，灾难叠起，痛楚终身。细细考量婚姻质量，李清照与赵明诚和谐美满是婚姻绝配。魏明玉与翁绳登的般配也一点不逊色！翁君英俊潇洒，品行高尚，才华横溢；魏师空谷幽兰，靓丽绰约，教学高手。翁魏二人结识于学术交流会；英雄所见略同，心有灵犀，观点默契，言辞同频共振。志同道合，天作之合，疾风劲草喜结连理，胜却人间无数！蓦然回首，联想到唐宋八大散文家苏轼的《念奴娇·赤壁怀古》中的“遥想公瑾当年，小乔初嫁了……”的婚配奇葩，相濡以沫，如诗如画，赏心悦目。周瑜驾鹤西去，丢下的三个儿女，还有周瑜侍主孙权的倚柱，不知道小乔有没有把他们的三个子女栽培成继承父志的报国良才？！

天地真情照汗青，家园花木秀葳蕤，翁君回眸应笑慰，承传家业有后人。遗风流韵，生生不息，火继薪传，灿灿燎原！

魏明玉老师，恪守妇道，处变不惊，特立独行，汪洋恣肆，家业崛起。植根于她的学生时代的品学兼优，聪明贤惠，修身养性，不断完善。工作业绩也很突出。教书育人名列前茅，独当一面。好生促优猛进，差生痛改恶习，迎头追赶。班生数常常超编。居然有家长双腿下跪恳求“一定要接收他的孩子”。每当公议举荐先进劳模给她时，魏老师总是把荣誉谦让给“快退休”“成绩突出”“有上进心的年轻教师”。她的学生茁壮成长，毕业了十年、二十年的学生，持续着给她拜年。三尺讲坛，垒不起功名，但是，学生成才，学生能够长久感恩，佐证了为师者的成功！单身女人，家业、工作一肩挑，风雨无阻尽朝前！有的时候，伟大来自于苦难。

现在，魏老师退休了。但是，她退而不休，争取多干一点力所能及的家务事，执意让儿辈多点时间休息，以提高工作效率！而儿媳们怕累了魏老师，常常把换洗的衣服，该洗的脏东西锁起来，尽量减轻她的劳动量！长幼和谐，其乐融融。一个大家庭，不论是风吹雨打惊涛骇浪，还是风和日丽波平浪静，都是那样生机盎然，劲挺向上！

踩苦于脚下，心犹一寸丹。无助中有了依靠，迷惘中有了定力，是得益于亲朋好友的关爱。在她人生遭难之后的20年里，她从平时写信师友的信件中选取一部分汇编《枫叶寄语》三册，以表达感恩之心。情动辞发，意在笔先，句式匀称，质朴简约，蒸发了水气的凝结，纯真纯情。摘录原诗几句（赞平潭高扬龙县长）的，共同品评。

宰相总是腹撑船，
日理万机从不烦，
废寝忘食为民劳，
爱国忧民父母官。

廉洁奉公严职守，
德高望重百姓仰，
善良敦厚讲信义，
沧桑巨变浩海航。

“89”除夕风雷夜，
万家灯火爆竹鸣，
县长惦民心不安，
夫妇挨家登门临。

（注：“89”指1989年9月1日，她丈夫的忌日）

“不读书，就教不好书；不教书就不会更好地读书；不写书，就枉读书，枉教书。”魏明玉老师，凭着生命真诚，高风亮节；扬传统文明催生正气。生活是具体的，人间正道是沧桑！

有学生，有儿孙，有诗作，人生圆满。
读书优，教书强，写书能，表率风范。

古人规范的女人四行：妇德、妇言、妇容、妇功。魏老师积秀一身，祥云缭绕。

魏明玉：为师、为妻、为母；称职、到位、胜出！人生有价值！

成功兴旺岂无凭？
厚德载物亮公允，
斗转星移鉴褒掖，
日照月明玉缀瑛。

后来，她送给我一套《枫叶寄语》，我赠诗一首：

世事沧桑心事定，
胸中海岳梦中飞，
一泓清泉映日月，
敢问人间是与非。

（庚寅年九九重阳节）

燃柱心香寄哀思

——追悼俞明钦厅长

青海省商务厅领导俞明钦匆匆走了!

身披党旗，静卧花柏；新星陨落，挽幛如云；追忆故友，悲泣泪涟；十里长街，白花胜雪；哀乐低旋，灵车缓缓；八宝山驻，长眠公墓。

惊闻陨星，凭轩涕泗；痛失挚友，锥心镂骨。

是江南塞北，气温反差，地缘不适？还是恪尽职守，披肝沥胆，体能透支，久劳成疾？！

是高科技疗术对绝症的苍白无力，还是“聪明人寿命不长”的天意诠释？！

百思不解，怎个了得？捶胸顿足，天旋地转，俯地流血？

汝若有灵，听吾泣诉：

吊汝聪明过人。豆蔻年华，才思敏捷。一目十行，过目成诵。争分夺秒，博览群书，各科成绩，盈盈满分。多才多艺，品学兼优。渊博思辨，出类拔萃，志存高远，脚踏实地!

吊汝满腹经纶。激扬文字，妙笔生花，下笔成章，倚马可待。清新俊逸，深厚凝重，高山流水，大气磅礴，屡冠范文，美誉校园!

吊汝工于书法，绘画文娱，通才全能。神思飞动，仪态万方。舞动青春，豪放婉约，声情并茂，英姿飒爽。令人倾倒，叹为观止。

吊汝体育出众。田赛径赛，全能全优。激情燃烧，活力迸射，打破纪录，全面刷新，蝉联冠军。拼劲勃挺，英姿飞度，满场喝彩，掌声雷鸣。

吊汝表率风范。学习雷锋，下乡支农，专挑重活，脏累不怕。访贫问苦，扫盲宣传，教唱歌曲，成绩斐然。

吊汝远见卓识，独辟蹊径，报考择校，见微知著，运筹帷幄，决战千里，首战告捷，天津大学，第一志愿，一举成名。

吊汝精忠报国。“到祖国最需要的地方去”。大学毕业分配，放弃大城市，奔赴大西北。人生征程，有“出国留学”“经商致富”，种种诱惑，不动汝心。世事沧桑，心定意坚，凤翔九天，非梧不栖。为党工作，扎根塞北。奉献终身，无怨无悔！催人奋进，感人肺腑！

吊汝锐意进取，雄关漫道，而今迈步，点燃生命，挑战跨越，天道酬勤，百炼成钢。科员、技术员、工程师；“五金矿业进出口大公司”党委书记兼总经理；青海省商务厅副厅长；青海省商务厅巡视员。九层之台，起于累土。层层历练，深深印记，一路凯歌！践行“三个代表”，以“科学发展观”为指导，领跑“五矿国企”，效益名列全国前茅，荣获外贸部“先进进出口企业”的褒奖！金子闪光，璀璨夺目。拼搏倩影，熠熠生辉，泽润桑梓，沾此福祉！

吊汝执政为民，求真务实，艰苦奋斗。深入到少数民族的聚居地，与百姓同吃同住，广泛调研。编制《青海省争取国际多边援助项目指南》；放眼世界，心系祖国，结合实际，撰写《关于加强青海省对外经济技术合作意见》；成立“青海省争取国际多边援助项目领导小组”。为民请命，创新机制，搞活经济，开辟经营通道。在全省接受外援，劳务合作，境外投资，招商引资……拼命硬干，开创青海省“商务”新局面。做到了“情为民所系，利为国所谋，才为党所用！”威望、爱戴、鲜花、掌声簇拥着汝！根之茂者，其实遂；膏之沃者，其光晔！辉煌铸就，源于博学，蓄智于德，胸中锦绣，心游八方，放飞才智，酿造琼浆！

吊汝殚精竭虑，焚膏继晷，精益求精，追求卓越。出国邦交，谈判生意，为了便捷，力求高效，不带翻译，刻苦攻读，五国语言。学贯中西，睿智矫健，刺刀见红，游刃有余。足迹遍布美国、德国、法国、日本、韩国……雄才大略，纵横捭阖，唇枪舌剑，赚获厚利，汩汩滔滔。捍卫尊严，劲挺国威。东方故事，不辱使命，中国情怀，功勋卓著！对话世界，胜出才俊！

吊汝冰心玉洁，高贵庄重。经营五金矿业，金银珠宝，潮涌环绕，汝能清正自律，点滴不沾，鞠躬尽瘁，物我两忘，清气氤氲。患病治疗，公费不足，卖掉住宅；山穷水尽，儿子借债；兄弟姐妹，个个资助。至今家人，租房蜗居，朴守其贞，两袖清风，一部精典，一面旗帜，一座丰碑，史册传芳！

吊汝奋不顾身，忘我投入。分娩临近，工作服都没来得及换掉，也来不及通知家人好友，独自一人，闪入产房。也没有产后“填腹食品”，隔床一位产妇掏出一颗糖果塞进汝嘴，命令咽下，避免了产后中风……赤女衷情，致力工作，一腔热血，至高至纯！

吊汝珍爱生命，渴望活着，挑战体能，不忘奉献！动刀疗病小型5次，大型2次。再动刀是不能打麻醉了。汝毅然挺起脊梁，执意再动刀。说：江姐竹针插指，关羽刮骨疗毒！“挖掉病灶，只要康复，去扫大街，净化环境，也是奉献！”“家乡平潭，海西大岛，荡漾东海，明珠翡翠，海蚀地貌，石帆天神，海隅芳甸，酷景海食，天下一绝！来闽旅游，观看大海，山海互补，创汇！”……泪飞顿作倾盆雨，问苍茫大地：精英，为啥不挽留！2009年8月24日，汝揣着报国理想遗憾地走了，年仅63岁！汝若活着，多少事还等着汝去办！凭生命真诚，为时代立传！著名作家冰心说：“生命，七十岁才开始呀！”摧折栋梁，缘何由？山岳肃立，江河呜咽，草木含悲！

我等失去了一位最挚爱的好同学！

老师们失去了一位最得意的优秀生！

平潭人民失去了一位杰出的年轻的好女儿！

党和国家失去了一位共产主义战士和忠诚的革命女干部！

惜哉！痛哉！

正气参天地，丹心照古今。神留寰宇，魂上九天。嫦娥舒袖，吴刚捧酒，万里长空，尽为忠魂舞！开国领袖，悉闻才女，重委大任。精彩人生，永不落幕！汝一路走好！

政声人去后，民意闲谈时。口碑幢幢，祝福绵绵！

吊汝挑准佳配，相濡以沫，举案齐眉，比翼齐飞。厚戴载宝，喜获龙种，承传卓越，续写辉煌。媳惠孙贤，桃李葳蕤，天伦之乐，如诗如画！

吊汝平易近人，深情厚谊，不忘学友。书、信、贺卡、电话频频，心心相印，尽言报国，惬意隽永。返岚探亲，抽空访友。嘘寒问暖，体贴入微。汝说：“咱俩最谈得来。”壮观天地，雄视中西，高屋建瓴，意蕴深邃。眼底风云，言传异彩，鞭辟入里，独领风骚。

上个世纪，六十年代，平潭一中，入学相逢。耳鬓厮磨。半个世纪，相知相识，点点滴滴，血脉流淌。呜呼明钦，于今永别。立身坦荡，音容笑貌，阳光风采，定立眼前，镌刻脑海。头晕目眩，饭食无味，昼夜难眠，柔肠寸断，悲无断绝！痛忆旧雨，哀思袅袅，燃柱心香，对汝照片，号啕不已。

魂若有灵，常返家乡，常返母校，常探亲友，梦中相见，佑诸永昌。

一桥飞架，长虹跨海，岛州连体，平潭腾飞，俊采星驰，魂兮归来，助力家乡。

（庚寅年农历七月十六日）

忠魂泼洒漫天雨

——写在壬辰年清明

一

清明时节雨纷纷，天人感同泪涟涟。清明牵系着每一个华夏儿女的血脉。每一年清明节，我都到爷爷奶奶以及不曾谋面的唯一有过的三个哥哥和两个姐姐的坟冢，祭悼他们生前贫病交加，挣扎在死亡线上断气，没有能够看到新中国的成立；到父母的墓茔，痛惜他们辛劳一生，到了我有能力尽孝报恩的时候，他们却永远地走了，没有能够过上改革开放后的好日子。子欲孝，亲不在，痛心疾首。献花贡蔬果，纤纤除野草，阵阵涌酸楚，泣涕零如雨。也曾经登上黄土高原，点燃万寿高香，拜谒天下第一陵，肃立在轩辕陵前，细细体悟人文初始，栉风沐雨，奠定华夏宏基伟业的艰辛……仰望苍穹，眼帘掠过：白发渔樵的筚路蓝缕；英武天骄的金戈铁马；古贤先哲的睿智练达……沧海桑田，承载托举着沉甸甸的忆念。天人遥遥隔，脉脉不得语。整合思绪，缕缕情愫放飞。华夏心灵积淀着厚重的文化元素，绽放着东方特定时令的灼灼清明花。清明，缅怀志士仁人，忆念先烈殒身不恤精忠报国的举功。清明，燃着忆念亲情的一炷香；清明，斟满忆念忠魂的一杯酒。这至纯至真的袅袅烟盈盈酒，沁润着良知初萌的芳华心田，滔滔不绝倾情诉说着家国天下！千年清明雨，人间不了情！

二

壬辰闰年闹清明。紧随人潮攒动，焚烧一把清明火，走进平潭继芸陵。园陵阔，碑标繁。目光聚焦，墓碑上赫然烙着清朝道光皇帝特颁的祭词：

鞠躬尽瘁，臣子之芳踪；

恤血报勤，国家之盛典；

尔江继芸，赋性忠直，国尔忘身。

御敌冲锋，奋勇阵殒，朕用悼焉。

特颁祭葬，以慰幽魂。

呜呼！聿昭不朽之荣，庶享匪躬之报，尔如有知，尚克歆享！

钦赐祭葬、帛竹彰显。溯源历史沧桑：帝制末年，国势衰微，列强群侵，频招外侮。不列颠恃强，首启战端，向中国输入4万多箱鸦片。国人遭毒，银钱被掠，危害甚巨。林则徐在广州虎门销烟缴获的鸦片273万多斤。随即，英军进犯要挟。清王朝革职林则徐，赔款6百多万银元，割让香港，开放广州……寒骨江野，哀鸿遍地，丧权辱国，民怨沸腾。

事变于已穷，气生于所激。大将江继芸肝胆欲裂，说："大敌当前，国家有难，我身为朝廷武将，守土有责，主将大臣遭贬，难移我为国效力，扰击英夷之心。"铁骨柔情，剑胆琴心，担当责任，勇赴国难。

1841年8月25日，英舰9艘载大炮310门，大船5艘载炮26门，运输船22艘载兵2519人，直逼厦门并下战书。

朝廷屈膝求和；主战大臣遭革职；敌人坚船利炮，我方大刀长矛小炮零星，军力对比反差悬殊。总督严伯焘绝望了，率兵从厦门逃到同安。军心乱，水勇散。

受命于败军之际，奉命于危难之间。江继芸知其不可为而为之，接任指挥厦门保卫战。8月26日晨，英军乘潮入港炮轰厦门沿海阵地。江继芸深知战势绝难撑持，还是英武从容地指挥连环开炮反击，稳、准、狠，击毁敌舰敌船6艘。敌人反扑，又连续5次打退敌人进攻。敌人号叫。"清军反击很好！"8月26日下午，英舰重创溃退。贼船驶遁，清军猛追，江继芸纵身跃上敌船，撑拒移时，手持大刀，与英军肉搏血战。寡不敌众，肝脑涂船，以身殉国，生命不朽。民族气节撼山岳，视死如归泣鬼神。如果世界上没有“落后就要挨打”的野蛮，就不会有忠良赴难的惨烈。亦唯有赤胆忠心勇敢抗击的浩然正气，贫弱国家才不会被吞灭！

不以成败论英雄。国家利益总是第一位，这是硬道理。强盗入室，狠狠痛击，打不赢也要打，只要还有一口气！如果像严伯焘总督贪生怕死临阵脱逃，只能当亡国奴，遗臭万年！

江继芸铁骨凌霄，不屈外侮，不畏强暴，不怕革职，不受逃脱者诱惑，民族气节凛然，坚挺脊梁，用实际行动诠释了“苟利国家生死以，岂因祸福趋避之”的人性，军威、国魂，壮哉，伟哉，巍哉！他的禁烟殉难，名垂青史，流传罔替。逢他忌日的十周年，全县集会，踩街弘扬，烈烈悼念。矗立在平潭城关高地的江继芸纪念馆，他的事迹成为爱国主义的灵动教材。一个民族惨痛的历史记忆，永远镌刻在国人心中。来自五湖四海的游客扼腕凭吊。清明、五四青年节学生年轻人纷至沓来，温其情、明其理。忠烈精神熏陶滋养，激活情感，沁润身心，修改完善自我，教化世风，晓谕童蒙。

拳拳爱国心必须有灿灿的具体行动。铸炼过硬的报国本领，恪尽职守为国争光。爱国主义是：殒身不恤的忠贞；挺身而出的勇毅；以身殉职的从容；是力挺担当使命的功业……是属于排除万难冲锋陷阵的江继芸；是属于掀露胸膛堵住敌人枪眼，舍生忘死的黄继光；是属于导弹飞落时镇定自如向祖国发报的邵云环；是属于“位卑未敢忘忧国”，在“抗日救亡”“振兴中华”的征程上敬业奉献鞠躬尽瘁的坚守者！他们是一座座丰碑，成为名垂青史的不朽永恒！

慎终追远祭先烈，知恩图报慰忠魂。一百多年前被列强占据的香港、澳门在20世纪末顺利回归祖国。忠烈碧血润沃土，顶天立地的中华儿女奋发图强艰苦卓绝为祖国的复兴而奋斗，奥运、世博名冠全球；蛟龙探海，神舟飞天，天神对接；儒家学说弘扬世界，中国文化争相学习；经济跃居世界第二……四面诚服，仰如九天阊阖；八方来朝，拜讨治国方略。赢回了中华民族的高贵与尊严。热爱和平的文明大国崛起，世界瞩目。宇宙的安宁有了希望！

开放开发，先行先试，惠政宏图，牵手台海两岸。海西方略肇启，平潭区位突显。江继芸家乡福建平潭，发展蓝图写满了先德后功的生机盎然。海峡大桥飞跃地球断裂带。一桥飞架，岛州连体，天风海涛，雄放铿锵颂歌；吹沙船开定马达，填海造地拓疆扩土缩短两岸距离；碧波荡漾，豪华渡轮，海峡流觞；公路大道环岛井然纵横列阵，通衢渐延，华宇叠绵；工程机械往来穿梭如火如荼；排涝防潮架电引水推进讯飞在日夜兼程；岛韵风姿，建筑规划宏图底稿，故垒萧萧。地球摆设的格局盛典，新平潭创造奇迹，写满自豪。忠烈有灵。倚天望海，回眸笑慰，重振雄风，助力平潭，强大祖国，一统江山。英雄气、民族魂，纵横驰骋！

三

清明，心旌猎猎，独处静隅，掀翻记忆：我曾经走进黄花岗七十二烈士陵园，噙泪吟诵《与妻书》，领悟先烈以国家强盛为己任的担当与崇高；曾经捧着一束红杜鹃走进南京雨花台，领会“忍看朋辈成新鬼，怒向刀丛觅小诗”的爱憎与责任；曾经伫立在天安门广场人民英雄纪念碑前，悲怆放歌“血沃中原肥劲草，寒凝大地发春华”的凝碧诗篇……血海长城燃烧着的熠熠国魂，触摸历史，感悟大义；国家兴亡，匹夫有责！百余年曲折，百余年磨难，精忠报国精英们，视死如归，前赴后继，爱国火把，传递接力。烈烈先贤，树碑垂范，赳赳后生，承基拓荒，才有今日的华夏巍巍，正气凛凛，旭日喷薄，气象鼎新。

剑桥大学教授李约瑟巨著《中国科技史》中有：中国人发明火药用做爆竹，而西方人接过去做登月爆破；中国人发明指南针只是用测风水埋死人，而被西方列强的舰队用做导航称霸。凿凿铁证，中国人正确常态的价值取向：中国人不称霸，不掳掠，环球同此凉热，传达的是中国友善：世界太平、人民安乐的高贵精神理念；并不是造不出灭杀活口涂炭环境的凶器，资源有限，人类无穷，不想过分开发，要多多留给以后的人。如果有机会与持有李教授同样观点的人正面对话，识辨其中的是非，妍媸，是很有价值的。高科技是用来造福人类，如果用做逞强、侵略、欺侮别的国家，倒不如不造。世界必须建立一个高屋建瓴的评价体系，品评人性，区分对错，扬善抑恶，德茂识卓，糅合中外，融汇古今，整合优劣，吸其精华，弃其糟粕，上下求索，寻求进步文明之道。太平世界，各国担当。把杀人凶器抛入大海！

四

纵观近代世界风云，透视各国演进轨迹。想用武力征服世界的霸王元凶落下可悲可笑的下场。灭人者自灭！祸国殃民。他们的心地善恶指向决定了其代表的国家兴衰！也让全世界明白：中国能够强盛，秀出群伦，礼仪邦交，播撒和平种子，以和治天下，让孔子雷锋走进世界的亿家兆户。空气馨芳，蓝天碧海，山爽水绿，万亿桂子，亿里荷香，阳光和煦，春风徐徐。

把人类的精力、物力、财力，用在建造美好祥和的地球村，研究防御自然灾害，如海啸、地震、龙卷风；瘟疫、旱灾、泥石流等。而不是耗资在军演、造兵器、攀比军工……每一个国家都祈求和平，兵器武力有啥用？但是，当热爱和平的善良忍性的底线被击崩，战争不可避免。那时，血雨腥风，战火硝烟的洗礼，世界上又会有多少的才俊精英殉难，惨哉，痛哉，惜哉！狂夫作乐，知者哀焉！战争，是人类智慧的缺失！

天地之大德，生兮！违天，不详，天将严惩之！人类进步，智慧提纯，成熟通透，理性对话，捷达共识，放歌和平，杜绝惨烈。新时代主宰世界沉浮的伟人，驾驶世界，集结人性，评估优劣，转换思维，创新主宰，共建福祉。这样的元首担山撼月，璀璨星空，彪炳史册！“文明，和平，科学，进步，发展”的深度、厚度、高度，是锻造领袖形象的标杆！也是考量政务官员的砝码！世界要和平，人民要幸福，江山锦绣，天地人和，墨韵风华，世界飞歌，宇宙飘香！天骄元首，都在描绘？！海啸、地震、龙卷风、台风、水灾、机船失事，能否制造出造福人类的先进器械，扼制天灾呢？智慧、聪明、伟大，就应该表现！

清明雨蒙蒙，
忆念情绵绵，
同一个世界，
同一种情怀？

“胸无点墨敢骂鬼，顶无乌纱偏忧天”。看见世间许多美丽的毁灭，夜半漫涌难忍的哭泣。

是谁搅得世界不得安宁？
是谁制造人间的腥风血雨？
忠烈魂，清明雨，
诉说人间罪魁祸首，
诅咒战犯人渣。

（2012 年岁次壬辰清明）

女人的力量

几句点赞

屠呦呦款款地走进国际领奖台，抱回属于她的诺贝尔大奖，用她的科研成果“中药”，作为礼物献给全人类，为国争光。

德国女总理，默克尔不怕丢失支持率，执着收留西方难民，荣获诺贝尔和平奖；世界上许多国家的政要女首领，都在谱写着她们治国爱民的伟大功绩。女人，拥有世界的一半，有了他们，地球村闪耀着“半边天”的辉煌。

啊，人类历史的二十一世纪，文明有礼高度！顶尖的男人与女人交相辉映，携于媲美，圆融阴阳，演绎着世界平衡的靓丽。

几许期盼

台湾正在竞选新一届的领导人。团队的整体战斗力写意尽在其中。优雅自信的蔡英文，凸显领先，给人的感觉，稳操胜券。但是，让我更加钦佩的是洪秀柱。她，内心强大，精神高贵。

“危难之际”，洪秀柱坚守信仰，奋不顾身，冲锋在前，敢于担当。

勇气冲霄汉，忠诚撼日月！得票率低，仍千难不避，万死不回。有一种“不到长城非好汉”的英雄气概。当“党”要男俊出赛，洪秀柱虽有委屈，却从容淡定，绝对服从，竭力辅选。识大体，顾大局，干练纯粹。一个真人的形象，走进人们的视野，给“半边天”增色。

今日，台湾二位女杰，让人刮目相看。

两岸同宗同祖，骨肉亲情，台海和平，人心所向。“武器销售”，掠夺财富，凭借二位睿智，联手杜绝“武器进岛”。守住钱财，就是在造福台湾民众，对吗？

香港回归，澳门回归，台湾回归正当时，你们能够助力前行，开创祖国的和平统一，将是功高盖世，一定会名垂青史！

铁娘子撒协尔夫人，风云人物默克尔，韩国总统朴槿惠……巾帼风流，撬动支出，点点锦锦绣，闪闪星光，激发男杰潜能，漂亮的移位，正能量增大，文明基因传递，提升地球村的人文高度。

啊，女人的力量强大，女人影响着世界！

马航客机 370 残骸至今没能找到；

地震、水旱灾、龙卷风……天灾，无法预测，提早防范；

欧洲难民苦苦挣扎求生，谁是人祸制造者；

枪炮舰弹种种杀人器械比尖端抢买卖……

火药味呛人，恐怖玩命……

地球还能承载多少？

地球的寿命还能有多长？

“顶层女精英，能够使人类赖以生存的地球村，处处都有‘三秋桂子，十里荷花’的景韵吗？”“女娲补天”是神话传说，“女杰补地”应该会是鲜活传真！造福全人类，美丽地球村，定然名垂青史！

2015 年 12 月

怕老婆的是好男人

马丁仪表堂堂，风趣幽默。他刚两岁就没了爹，娘裹脚。他爱读书，所以家贫如洗。到了谈婚成家年龄，他认为比较满意的女子，都说："美，不能当饭吃。有吃有穿神仙女，没吃没穿乞丐婆。富在偏僻有远亲，贫在闹市无人问。"几年折磨过去了，马丁气馁了，说：冥冥定数的摆布，打一辈子光棍罢了！

辰艾，牛头马嘴，哭丧脸，眼睛一线宽余，歪斜着，眼帘周围红彤彤；嘴巴宽厚；鼻梁塌陷。一字不识，粗俗不堪，出身的阶级成分不好，嫁不出去。

有，就好！辰艾没有理由嫌弃别人。饥不择食的马丁，经媒人介绍，认命自己只能取她。坏酒胜过瓶底空。辰艾心中窃喜，也许是自己前世修来的福分，能够得到这么帅的郎君。天作之合，亲定婚成。开心的辰艾摆摊设点，起早摸黑耕耘"小商品"，卖花卖扣卖针线，赚钱不少，养家糊口，绰有余裕。圆满结束了大龄男女孤独的感情流浪，双方都享受着家的温馨。

光阴静谧流逝。阳光和煦普照。春风公平沐浴。提供给马丁华丽转身的机遇，先是走上讲坛，当代课老师，为人师表，教书育人，可以与最美的乡村教师媲美。随后不久便被提拔当上国有企业的厂长。帅哥，有能力，有地位，身旁美女如云。有的暗送秋波，有的勾肩搭背漫步在花前月下，携手登山逛公园、潜海畅游……婚外恋的另类风景，辰艾尽收眼底。任其下去，家将不家。咽下泪水，毒毒地点了点头，不再麻木，绝不容忍，更不放过！

辰艾雇了一个打工妹，替她经营小商品。自己日夜跟踪，趁着厂里开大会，辰艾闯入会场，掀翻讲台，揪住马丁的耳朵，破口恶骂，数落不休，拔出早已准备好的菜刀，举刀砍杀。旁人按住，扶她退出会场。职工们晕了，全场鸦雀无声。马丁指令副手会议继续，自己带夫人回家。

马丁说：你疯了，叫我怎么做人？

辰艾说：被你逼的，我就是疯了。你不怕我死活，我还顾及你怎么好做人？

马丁说：丑，我不嫌。但是，语言举止修养内在不能缺！你现在从里到外，只会让我恶心，很受伤，很痛苦！

辰艾说：我丑比你美！

接着淋漓尽致抖落马丁与别的女人间的浪漫丑陋。

马丁说：你跟踪我，咱俩好聚好散！

辰艾说：离婚，你敢？！

随即拿出白衣白裤白头绳，说："逼我离婚，我就披着白衣穿上白裤，扎着白头绳，敲响破锣鼓，你走到哪里，我就跟在哪里，哭诉你这没有良心的。反正我不想活了，什么事都干得出来！不信，就试一试！"她两手叉腰，牙咬得咯咯响，灰飞烟灭的无奈，泪下如注，嘶哑地怒吼：我有哪一点对不住你的？

美女们的倩影掠过马丁眼帘。心中痛苦，脑中波澜，辗转反侧，彻夜不眠。马丁想：皇帝都要服从老婆管，家才像个家。皇帝后宫佳丽三千，不见幸福，女人越多，反而越痛苦。我马丁是从穷苦中挺过来的，贫穷落泊的时候，女人们躲着我。今天，美女绕我转，是爱吗？糟糠之妻不下堂，辰艾没有移情别恋，要杀我，有我的不对。吊妻发罪，有辱祖先，自己的良心亦不宁！孤灯挑尽夜未眠。"外边彩旗飘飘，家里红旗不倒"。有滋味，很得意。细细思忖，很猥亵，辱祖宗。逢场作戏，提心吊胆。爱情真空，可憎可卑，况味无聊。白居易的《长恨歌》中有“七月七日长生殿，夜半无人话语时”。人生路漫漫，真情向谁诉？妻子，我在最苦难的时候要了我，忠信，可靠，放心。愚也可以调教的。

夫妻没有隔夜仇。次日清早，让辰艾跟他一同上班。在厂里给她安排当清洁工，让他夫妻时时见面，严格监控，鞭策自己坚守“夫道”，夯固基室，保鲜爱情。爱的音符，情的旋律，传统道德的回归。迷途知返，尘埃落定。戏剧性的突转，叩击职工们的心扉，全厂上下风正气顺，没有敢再议论马丁家事的了，反而一致称赞他知错能改，肯负责任，能够担当，不为情动，内心强大，是准男子汉！

私底下，马丁对亲朋好友说：“家，是基层小单位，家庭和睦，社会和谐，人类文明。再说，自己死爱面子，只好迁就。素质越差的老婆，权，越重！你们要说我怕老婆，我认了。与其在灰色情场上醉生梦死，不如狠狠地爱自己的老婆。”马丁的情爱道德观，捍卫了一种纯粹的价值。“皇帝都得服从老婆管”，“爱老婆才是硬道理”，在为传诵中的马丁名言。严正端庄，简约传统，仿佛律定的训诫，是多少糊涂男人的定海神针。人间正道定乾坤，醉醒回头看朝阳。东方男子重纯洁，净化情爱福无疆！

随着改革大潮撞来的黄色舶来货的污染；某些影视闹剧情爱越轨的挑逗；现实之中野合男女荒诞的风花雪月。严峻考量每一个人的情爱操守，验证着每一个家庭的牢固程度。马丁辰艾夫妻携手步入“金婚殿堂”。经过整容，压缩凸隆，美容化妆，重塑再造，变脸包装，辰艾时尚了。换装打扮成为每一天的工作。佩戴着标志她富贵足金足粗的项链，宛如套在狗脖子的项圈链；耳坠丁当响，手镯、脚链金光灿灿；手指甲染得发亮的紫红色；脸上刷白，嘴唇抹红，浑身略喷香水。珠光宝气如乐作焉。头套服饰搭配得体，宛如上天遗落在人间的仙。有时穿上旗袍，踩着高跟鞋，流云飘飘，婀娜多姿。拧着小洋包，牵着白毛狗，春风得意，招摇过市，逢人便声情并茂地颂达她的“严管丈夫”经。

阶级论，贫富差，门第观，制约着人们的婚恋参照核心，夫妻的不匹配，是一种常见。能够善始善终，是对传统婚姻的守望。能够包容、坚守，不容易！

爱情，是甜的；
变味，是咸的。
疗治还原了，由咸变成甜的。

好男人带给妻子的，是幸福；
窝囊汉甩给妻子的，是灾难。

碰上优秀的或是孬种的另一半，是命运决定，还是天意使然。顺天从正的乖乖女，为什么婚恋家庭不幸福？这是很不公平。

（2009年3月8日）

（五）影评裁剪

正能量的艺术绽放

——电视剧《于无声处》观后感

文化如水，润物无声。正能量给养，人间净气升。电视剧《于无声处》传递出献身使命，爱情至善的人生核心价值观。净化了精神气场，艺术绽放出来的真善雅写真，艺术美的熏陶，回肠荡气，亢奋激昂，思愫涟漪。

剧作截取的时间是改革开放初期到现在的30年；地点是国有军工企业202厂；事件是间谍设局窃切“蓝鱼”“蓝鲸”核心机密的设计图纸，以及盗窃军工制作的钢材。“捍卫国家利益恪尽职守”和“爱情高贵”的双线分进平衡舒展。间谍与反间谍“魔高一尺，道高一丈”的搏斗，展示国安战士的责任和担当。与个人恋情，二者只能取其一，只好选择忍痛割舍爱情。精忠爱国，坚守信仰，是国安战士的崇高形象。剧情缜密，悬念紧张，错落有致，摇曳多姿，提携观众，审美赞比，点赞如潮。

男一号马东，国安战士。上级指配他以保安的身份，到202厂当门卫。他拦截敌人盗窃钢材，破获间谍窃取“蓝鱼”“蓝鲸”的设计图纸。于无声处，大智大勇，忠诚卫士铁血男儿，展示中国形象的“窗口”。马东是国安战士集群中的个像，也是各行各业中“于无声处”精忠报国的普通人形象特质。他们是民族强盛的脊梁。作品酿制出醇香的正能量，艺术绽放的典雅灵动，啜饮品尝，醍醐灌顶。“有作为，有担当”应当是每一个人的理想追求。

“生命诚可贵，爱情价更高，若为自由故，二者皆可抛。”剧作写意直白。

“反间谍之作”更需要，马东放弃爱情，圆满完成保护“蓝鱼”计划安全。但是，原先他深爱的冯舒雅，已婚丧夫，有两个月大的遗腹子，马东恋情不改初衷，上门求婚成家。上级拖延“批婚”时间，马东欣然辞去国安之作，到202厂当名副其实的门卫。冯舒雅与前夫的儿子生下时，难产注定不能再生育。“断后”对任何一个男人都是致命打击。马东能有爱情坚守，一直把马承志当作自己的亲生儿子，无微不至地培养教育。“上学不给接送”，“抛入荒山野岭，让他自找回家路”……他包揽全部家务，工资全部归妻子管控，对妻子一声声的“听从领导指示”等等的搞笑亲昵，家庭始终暖阳如春。支持妻子工作，马东把衣服、日用品、泡好的“人参汤、柠檬茶”送到妻子的工作室。马东的家庭担当及男人味，诠释了中国男人的顾家爱妻的精神高贵，复活了爱情比生命价更高的人性理念。孟子说“国以家为本”，家和万事兴，有家的文明幸福，大爱无疆，“爱”的传递，维系中华优良传统，繁荣昌盛生生不息。习近平总书记说：“不论时代发生多大变化，不论生活格局发生多大变化，我们都要重视家庭建设，注重家庭、家教、家风。”马东的“家”，内涵概念是普世范本，是女人之大幸。

爱情与婚姻，事业与家庭，是文艺作品的永恒主题，编剧赋之于大智慧，清澈纯净，人性捍卫，立德树人，传递的正能量，精深博大。触达大众，达到“人远离禽兽”的艺术效应。剧作还颂扬文明祖训“生子没功劳，养子才功高”道德教诲；“烧纸钱”表示后人对已故先人的缅怀。通人情，接地气，承传统，继文明。春分化雨，点滴入情。陈其乾赞扬马东，对他儿子说：这是“英雄识英雄”。文明元素，高境界。

英国著名的哲学家罗素说：“中国至高无上的伦理品质中的一些东西，现代世界极为需要。”“若能够被当今世界采纳，地球上肯定比现在有更多的欢乐和祥和。”

马东是很优秀的国安战士，对家庭尽心尽责的男子汉，是顶级的好丈夫好父亲。剧作映衬出“平凡中人物的崇高”的魂。润物无声，感人至深。好看、耐看，教育人。

追求同学冯舒雅六年，到1984年下半年才结婚。这样算来，陈其乾是“文革”后恢复高考首战告捷的质优生；由上海农村考入。他有理想，有追求。几乎知情的人都认为“不可能”的事，他做到成功。洞房花烛夜，他问妻子：“你不爱我，是怜悯我。”妻子说：“我欺侮你，嫌弃你，你始终给我温暖和微笑。”精诚所至，金石为开！全家人和妻子都“很需要他”。儿子马成志对他说：有机会，陈其乾也一定是体贴入微的好丈夫。悲哀、痛惜的同时，深恶痛绝间谍毒辣，挖空心思硬拉死拽陈其乾下水，他痛苦挣扎，无可奈何。最终还是守住了人生底线和良知。逝去的岁月，没有能承载它的理想和抱负。国家也损失了一个很优秀的工程师。他替子消灾，自责所为，英年自戕。离开人世间的最后一句话：求马东照顾好他的妻儿。马承志有了好爹娘的呵护、关爱、化解，间谍的阴谋才没有得逞，才免除丧身毙命的灾祸。儿子没有叫他一声“爸爸”的陈其乾，知道敌人设局，毅然挺身代子殉难，不失做父亲的伟大，真情渗心，伦理道德的感化审美，观众涕泪滂沱，唏嘘不已。

谨防上当受骗。老牌间谍齐大爷，美女间谍茹珂，医生间谍乔大夫……间谍用各种手段乔装打入我国，就生活在各行各业中。睿智勇敢忠诚是国人的必有素质，识破间谍打垮间谍，剧作的悬念紧张，情节缜密，丝丝相扣，审美接悦绵绵。

融入前瞻时尚元素。高科技、网络信息在剧作中运用。如乔大夫下毒“造病”又下药治病祛病；茹珂给马承志注射纳米病毒，在马东家里安装窃听器，摄像头；马承志操控网络并能排除故障；威廉陈的办公厅高科技设施……揭示反间谍斗争的艰巨性，复杂性，常态性。要金眼火眼辨别真相，策略措施占先机。魔高一尺，道高一丈，试看天下谁为敌！

组合拳，协作力。马东、冯舒雅、陈其乾等人的演员团队，实力超强。出神入化诠释剧本潜质，活化了剧中人。演员自身的内在涵养、深厚的文化底蕴、娴熟的精湛演技、隽永的正能量，激活了观众的审美情愫。有这样叫响的编导演员，一定会变影视大国为影视强国，在地球村谱写中国影视的世界一流。

为什么女娲恒久被人咏诵？

为什么蒙娜丽莎和她的微笑一起成为永恒？那是因为人类对“真、善、美”的神往。影视编导高手巨擘，观众等待着观赏像《于无声处》这样有深度、有广度的好电视剧。

（2015 年 7 月 1 日）

嬗变中的魂香意象

——电影《香魂女》的主题浅评

女人拥有世界的一半。女人与男人本来是比肩托起天人合一的太阳。男人离不开女人，女人不能没有男人。不同的性别有不同的姿态和色彩，但在人的含义上，彼此却完全是对等独立而不是一种依附从属的性别关系。然而，性别不等的爱，永远是赐予和被赐予，施舍与被施舍。中国两千多年的封建男性专权下，男人可以妻妾成群，拈花惹草，晨三暮四，而女人只能嫁鸡随鸡，嫁狗随狗，从一而终。这样代代承袭相传，于是一代又一代酿塑了太多的秦香莲和孟姜女，却罕见有居里夫人和法拉齐（女作家）。这些令人深深遗憾的历史，杰出的第四代导演谢飞以敏锐的洞察，冷峻的穿透力，持着对女人命运的特意关怀，在他编导的电影《香魂女》中作了楔入腠理的剖析。影片在纪实风格的日常生活图景中，流淌着浓重的艺术探索和文化反思。为那些在事业上不懈拼搏而婚姻生活极为不幸的女性的命运走向做了指点迷津的意识导向。《香魂女》第一次大胆地把女人反抗封建婚姻的“偷情”与“离异”酣畅地定格为“香魂”出台，荣获了柏林电影节金熊大奖。这是一次思想的裂变，这是一次精神的突围。

影片没有过多的铺叙主人公香二嫂如何艰辛创业，把香油坊办得火火红红乃至招引日本客商慕名而来。导演的高明让外在的矛盾冲突转向以家庭婚姻为重心的社会学研究，转向人物的心灵与感情世界的最隐秘处，从而使影片的主题升华为人性问题的深度，渗透着中华民族文化底蕴的审视和批评。

这一题旨，通过 7 岁被卖到香魂淀，13 岁被迫嫁于暴戾酗酒的腐二叔且生下了癫痫的傻儿子的香二嫂的灾难史来表达。香二嫂所历经的蹂躏和砍戕，就是中国苦难妇女受摧残的虐杀在艺术上的一个代表。改革开放，使香二嫂成功了事业，但是她无法忍受苦难婚姻的折磨，断然与个体司机野合了。编导用墨如泼，使“丑”变形为“人性美”。“偷情”是在她得不到正常性爱生活的无奈选择。这是活力和纯洁的化身，是勇敢忘我的追求爱情的一种高尚。偷情是香二嫂生命延续的支柱，这种可悲的生活内容，毕竟在她生命荒漠中呈现出的一片这枷锁的绿洲——她的生命得到了安慰和乐趣。偷情演绎的故事，实质上是对萦绕中国数千年文化至今仍然十分敏感的伦理制度的一次审判。而人性充当了这次审判的法律。有激情的张扬，更重要的是从理性角度对获得生命激情的肯定。对生命这类囚禁而突然获得解放和燃发的肯定。性，人的一种最基本的要求，贯穿人的一生，长期的禁欲意识，导致了对性的神秘和“可为而不可言”的奇异现象，也导致了个性、人格的双重性。在这里，导演打破了这种沉闷而标新立异，堂而皇之涉猎了性现象，为女性争回自然、青春、爱情、自由、平等、正义而热烈赞歌。香二嫂与司机的偷情隐喻了承受几千年男权压制的女性憧憬自由幸福的潜意识。有感官上的价值，也有美学上的神圣。

诚然，情妇是可悲的。电影中描写丑，又能以高尚的审美理想对它进行批判和否定。如此审丑才有价值，才能将生活丑化为艺术美。导演设置了“偷情”的暴露，在责任面前，相好几年的情夫，竟然扔下一千元钱一走了之。这一惨痛悲怆的灾难，使香二嫂感悟到世界中男性的丑恶，人性的泯灭。她裂胆撕心地痛哭后，终于觉醒了：偷情不是求生存的基本权利，离婚比偷情光彩与合法，也许对人生还能有救。于是，她不惜 15000 元巨款买下给病儿子冲喜的媳妇，最终发生了先是强迫媳妇料理儿子到劝请媳妇离婚的突转。从腐朽的樊笼里挣扎几十年的香二嫂修正了她的人生坐标。意象突转，是她对偷情丑恶的强烈愤恨和叛逆，寄托着她对重塑美好人生的向往。如果说：起先的偷情是在承认其丈夫的权威性的前提下，压抑不住欲望而偷尝“禁果”，表达了人对秩序的皈依与认同的话，那么，将此意象嬗变为劝请媳妇“离婚”，恰恰是对封建旧秩序的彻底反抗。一切生命以性爱生殖作为生命的再生产，不断复制各种基因，又在复制中不断进化。墩子较傻二叔更加残废，趁早叫“傻”加“残废”的男人们断子绝孙罢了。慧眼辟蹊径，赫赫独超群，这就是嬗变中的魄香意象，也是作品主题博大精深之所在。

（本文刊载于平潭县《电影报》1994年2月第二版）

（六）养生保健

尝试着（摘要）

——为和谐，为健康

子女尽孝歌

父母双亲，恩似海深。养儿育女，备受艰辛。
年老体衰，要人关心。子女成人，理应孝顺。
衣食住行，勿使受困。健康状况，每日必问。
父母嘱告，万勿迟钝。上老教诲，牢记在心。
老人有求，竭力俱进。父母所恶，当即除摒。
父母有过，规劝诚恳。说话和气，态度恭顺。
双亲卧病，求医问诊。精心侍奉，仁至义尽。
好言安慰，宽其精神。端屎倒尿，事必躬身。
婿对岳丈，亲上加亲。媳对婆翁，孝敬至深。

贤达父母歌

为人父母，通情达理。不可以老，威逼子女。
处事公正，讲话有理。是非分明，不偏不倚。

儿女婚事，当由自主。不可包办，不可代理。
子女有过，不能包庇。溺爱娇惯，有损无益。
批评教育，实事求是。启发诱导，促其自励。
打骂作风，坚决取缔。婆媳关系，分外注意。
关心呵护，媳女一理。媳妇有错，正面梳理。
不可辱骂，不可讽刺。勿伤亲家，勿向外议。
改过即可，不必再提。指狗骂鸡，实不可取。
没完没了，其害无比。家中有事，共商共议。
不能独断，万勿歧视。媳儿不睦，调解为主。
万勿心偏，袒儿欺媳。上下团结，幸福无比。

养生保健五字歌

每天一只果，老翁赛小伙。
每天吼几声，抗老返年轻。
每天笑呵呵，舒心远离病。
每天一片姜，可控制血糖。
每天两瓣蒜，解毒又保健。
每天五杯水，美容亦减肥。
每天一盅醋，血液不凝固。
每天散散步，浑身皆舒服。
每天吃点葱，病灾无影踪。
每天三颗枣，一生不显老。
每天饮杯茶，保管不龋牙。
每天看看报，增识健头脑。
每天一勺蜜，润肠排毒气。
每天打打拳，体质自然健。

水果食疗歌

西瓜消暑治口疮，黄瓜止渴除烦热。
葡萄开胃增食欲，苹果消食来顺气。
生梨止咳去脓痰，杏仁润肠定哮喘。
桃子养颜解劳热，石榴疗渴解酒醉。
樱桃含铁防麻疹，柿子健男止痔血。
山楂消积降血脂，柑橘镇咳化痰液。
香蕉润肺通肠胃，荔枝解毒养肝血。
菠萝消食亦止泻，龙眼益脾能益智。
甘蔗清热去疲劳，大枣润肺补五脏。
白果益气清废痰，核桃乌发补精血。
枇杷润燥治热嗽，乌梅抗菌止腹泻。

健康食疗歌

食补“优干”“药补”。现代人对于健康的观念已在改变。对于日常生活的食物，渐渐注意到它的疗效。由于蔬菜、水果种类繁多，它的疗效，很难一一记得，甚至有时张冠李戴。最近有一首“食疗歌”将32种食品，简明述其疗效，做成七言诗句，押韵易读，对于在日常生活中选择基本种疗效的食品，有很大助益。

歌词内容如下：

生梨食后化痰好，苹果消食营养高。
木耳抗癌素中荤，黄瓜减肥有功效。
紫茄祛风通脉络，莲藕除烦解酒妙。
海带含碘消瘀结，香菇存酶肿瘤消。
胡椒防寒兼驱湿，姜汤酸辣治感冒。

大蒜医治肠胃病，菜花常吃癌症少。
鱼虾猪蹄能补养，猪羊牛肝明目好。
啤酒能降胆固醇，绿豆解毒有疗效。
蜂蜜润肺且益寿，葡萄悦色人不老。
盐醋消毒又消炎，韭花补肾暖膝腰。
花生降醇亦营胃，冬瓜消炎又利尿。
柑橘消食化痰好，抑制癌症猕猴桃。
香蕉含钾解胃火，禽蛋益智要记牢。
萝卜化痰消胀气，芹菜能降血压高。
生津止渴数乌梅，润肺乌发食核桃。
番茄补气助容颜，健胃补脾大红枣。

健身忌口歌

主食切忌太单调，膳食搭配要合理。
狗肉莫与绿豆见，黄糖皮蛋可相欺。
芥菜兔肉不顺情，黄瓜花生别相依。
面籽螃蟹莫相见，豆腐难合糖与蜜。
香蕉芋头忌同食，甘草鲤鱼不相宜。
食梨禁即喝热茶，麻疹油腻忌初期。
端午忌饮雄黄酒，以防中毒损身体。
结核病人忌海带，食用海藻也无益。
神经衰弱忌绿茶，兴奋中枢有咖啡。
肠炎泻痢忌生冷，谨防生辣受刺激。
眼病患者忌大蒜，肝硬化者莫食鱼。
尿路结石忌菠菜，肝胆病患忌油腻。
疮疡肿毒忌酸辣，忌食羊肉吓蟹虫。

肾病水肿忌过咸，糖尿病人忌糖蜜。
心肝胃病忌烟酒，肾炎病人香蕉忌。

注意：

灭虫剂、农药、化肥、除草剂，是健康的杀手，而当下，所有的绿色食物都被污染了。不知道吃了会否见效。

那么多人亚健康，“吃多少食物同时也吃进了多少毒”的百姓悲叹。19世纪的异族，用鸦片毒害中国人。现在，中国崛起，看不顺眼，是否变换手法，用高科技手段，裹着毒的各种各样物品、食物来暗害我们呢？病源不杜绝，难以强健国人体魄。上年纪的人是这样说的。

2000多年前《内经》中有“毒药攻邪。五谷为养，五果助之，五蓄为益，五菜为充，气味合而服之，以补益精气”。记住：体内有“五行”，会自动调节平衡体内器官。任何人为的增减都不理性。例如：水喝太多，会伤肾。人造孽，不可活！根据各个人的体质，保养好身体，受命于人，即享永昌。

（七）接力传递

三篇日记数流年

桃花崖上桃花欢

福建省平潭一中高三年（3）班高尼（98届）

物换星移，沧海桑田，岁月可以改变很多。但永远不变的是祖祖辈辈血液里流动的那份赤子情。

——题记

“村后青山万木春”，我的家乡偎依在连绵起伏的大山脚下。她，是一个偏僻的小山村。

家乡没有出现过叱咤风云的人物，也没有什么亭台楼阁可以供人欣赏。倒是村里长满了桃树。每当春暖花开的时候，大大小小的桃花便竞相怒放。红艳艳的，粉悠悠的，姹紫嫣红，一大片一大片挂在枝头，煞是热闹。于是家乡就以“桃花崖”命名的。

桃花崖的历史有多久了？这恐怕是村里胡子最长的长公公也说不清的。一脉青山下，这些淳朴的人们是如何生息绵延，祖祖辈辈又该走过怎样的风风雨雨？作为桃花崖最年轻的一代，我急切地想知道家乡的变化发展。

十八岁生日那天，父亲送给我的生日礼物竟是两本厚厚的微微泛黄的日记——爷爷和父亲的。那晚，我又取出自己的日记，橘黄的灯光下，我轻轻地翻开了这些日记。祖孙三代人的三则日记折射出不同时代的不同风采，也镌刻着桃花崖蒸蒸日上的印迹。

爷爷的日记

1970 年 4 月

昨晚一场暴风雨，终于摧毁了那两间草房——那是桃花崖唯一的一所小学啊。娃儿们都走了。这年头，革命的口号震天响，人们的肚皮撑不紧。不要文化要文盲，不要文明要野蛮，还读什么书呢？唉，我也一把年纪了。想当初，我是村里唯一进过私塾的人。那时刚回到村，我发誓一定要在村里建起一座小学。可是，封闭的脑筋敲不开啊，人们说：识两个字当饭吃啊，还不如上山砍柴去！这正是当时的人们的愚昧状啊。几十年过去了，我是教了几十年才有了两间草房和一群娃儿。现在，连草房都没了……我老了，再没有当年的勇和劲了。桃花崖的书香味就此淡化了吗？

窗外一片凄凉。片片桃叶本已初成气候，现在遭受了一夜的暴风雨，毛茸茸的叶子都蔫了。光秃秃地在风雨中摇摆，桃花崖，你的出路在何方？

父亲的日记

1980 年 2 月

十一届三中全会的浩荡东风，吹遍神州大地。全国上下都沐浴在改革开放的春风里。

今天，县里来了几个人，说是要在桃花崖办学校。县领导让我担任小学的校长，我心里别提有多激动了。我一定要鞠躬尽瘁，报效家乡。十年前，自从父亲辛辛苦苦地操办的那两间草房倒塌了之后，就再也没人操办这事了。我是村里唯一的师范生，但英雄无用武之地啊。没有文化，愚昧麻木就像胎记一样印在人们身上。当外面的人们正享受电视电话的物质文明时，桃花崖的人们还在满足于面朝黄土背朝天的生活。永远不会忘记陈玲姑娘的死，那么好的姑娘，却被父母包办婚姻逼上了绝路。这都是没有文化的罪恶啊！这一切都必须改变，必须改变！

又一个春天来了，桃花开得正旺盛，像颗颗红宝石嵌在树上。迎着和煦的春风，绽开了动人的笑容。“凭君莫厌临风看，占断春光是此花。”欢乐的桃花啊，你给古老的桃花崖注入了勃勃生机。

我的日记

1995 年 6 月

桃花崖小学哺育我成长，“红花少年”“三好学生”的称号一直冠着我迈入中学。今年，我是初中毕业生了，面临着人生的重大选择：报考中专还是普高。我向往普高，因为普高是大学生的摇篮，是通往知识宝库的圣殿。我渴望获取更多的知识，渴望到更高等的学府深造。可是，我又怕苦，我知道读高中不但需要智力，更需要勤奋。于是，我的人生之舟开始迷航了。这时，父亲及时为我指明了小舟的航向。他说：“孩子，青年人要有远大的理想抱负，不能满足于暂时的享受。人生不是为了吃苦，但不吃苦也就没有绚烂的人生。记住：你是桃花崖的女儿，桃花崖的未来需要的是勇于进取，勇于奋斗的鸿鹄，而不是那些不求上进的燕雀。”父亲的话，拨开了我心中的迷雾，我终于清楚了：我要上普高，我必须用现代科学文明充实自己，将来回到家乡，接过父辈的事业。我扫描了一眼志愿表，果敢地填写了唯一的志愿：平潭一中高中。

正是草长莺飞的季节，那一片绿油油的桃林又点缀上了朵朵彩锦，“桃之夭夭，灼灼其华”，确实如此。你看那红的、白的、粉红的桃花灿烂芳菲地压满枝头，把桃花崖幻成花的海洋。桃花崖上桃花欢，桃花崖儿女志在四方。桃花崖，我亲爱的家乡，我不会令你失望，再苦再累我都不怕。为你，为了你！

本想就此收笔，但好消息来得太快，使我按捺不住激动的心情要让亲爱的读者和我一起分享这快乐：在今年的高考中，桃花崖的五名考生全都考上了理想的大学。其中一个成绩是市第二名，还有两个分别居县第二名、第三名。父亲苦心耕耘的那所小学升学率100%，优秀率80%，录取重点中学的人数居全县之首，已被评为县先进小学。

又是八月，正是桃儿成熟的时候，嫩黄中泛着红润的桃儿挂满了枝头，压得枝丫像两把撑开的花伞。一枚枚泡染着米黄色的桃子像颗颗宝石闪着熠熠的光彩。啊，又一个丰收年来啦！

《语文报》全国语文专业报开展的“爱我家乡”的征文比赛，“80后”，98届，我学生高尼《桃花崖上桃花欢》，荣获全国高中组一等奖。

全文通过爷爷、爸爸、“我”三代人的三篇日记，承载着一所乡村学校由衰败破落到复兴勃起的全景写意，演绎着“文革”期间到“改革开放”的乡村进步的时代跨越。

先抑后扬，构思缜密，文思捷达，纵横捭阖。情景交融，错落有致，语言酣畅淋漓，质地清丽。

崖泉滴透石玲珑。师德、师能、敬业心、爱国情……日月两轮天地眼，不用扬鞭自奋蹄，几十年默默躬耕，心血没有白流！努力还在继续着……

我的书作就以《桃花崖上桃花欢》为压轴，与开篇的“先说80后”，首尾呼应。“青出于蓝而胜于蓝”“长江后浪推前浪”。

喜看新鹰出春林，
立德树人须倾情，
后生才高多超越，
慰藉挺劲恒打拼。

他日良才承大厦，赖今朝血汗翻番滴。才俊雏形，国之大器萌。翰墨飘香，英才拔萃，壮民族声威！师德师能与民族的未来紧紧跟连。

伏羲八卦，仓颉造字，先秦诸子，汉唐赋诗，宋元词曲，明清话说，现当语势，万卷古今消永日，一窗昏晓送流年。利来利往不心动。在普世范本中，渴望读懂曾经的中国。撷英咀华，滋养生命，哺育学生。原本也爱热闹，都市广场长不出五谷；霓虹灯斑斓眩目消弥斗志。放眼世界，契诃夫，普希金，雨果，巴尔扎克，莎士比亚……钻进了艺术大师的精神世界。在“N 味书屋”里达观世界。行色将秋，投入依然，比照中西方文化，书中展示，对照现实，厘清事理，认识世界。当一个人获得知识，转化为能力，撒播正能量，奉献国家，风范于人，这才有价值。来者精足气壮，薪火相传，踵事增华，发枝散叶，为之追求，我孜孜不倦。少年强，则国强！

流年几十载，平仄节拍，沉雄婉约，雅俗交响，经纬曼妙，波澜壮阔。

春秋几十年，风雨兼程，凿路拓荒，漫游嶙峋，上下求索，激情燃烧。

学童，春蚕，蜡烛，铺路石；

路灯，园丁，人梯，孺子牛。

日月星辰可鉴，天地人神共知！

天意怜幽草。改革开放，雄关漫道。民族元素升腾，沐着旭日初升的暖阳。不负古训，独善其身。开足灵魂的马达，系上学生和儿孙侄甥辈，奔驰在绿色生机的梦乡。

人间正道在，
过处掂自栽，
寄君悠相忆，
登高精选摘！
啊，一个“50 前”的农民后，
立足家乡海岛，
向着太阳升起的地方，
立志与时代同行！

草木沾恩有余芳，
感谢伟大的时代；

感恩帮助支持我的人；
崇拜忠信睿智的真人；
本真的坚守，
绝不会忘记童年追梦的初衷！

2016 年 3 月 8 日

跋

君山底座一潭水，
荒草半遮少污染。
倘若无人来问津，
自留清澈映蓝天。

清泉甘甜沁心脾，
润肺滋肝沐眼明，
江河湖海琼浆灌，
碧潭活水泽青山。

王桂英
二〇一六年三月二〇日
丙申年二月十二日